神様の裏の顔

藤崎 翔

角川文庫
19915

目次

登場人物

坪井《つぼい》誠造《せいぞう》（故人） 元教師。無私の精神で理想の教育を追い求めた、神様のような男。誰からも慕われていたが……。

坪井《つぼい》晴美《はるみ》 坪井誠造の娘。父の背中を追って小学校教師になった。容姿端麗で生真面目な性格。

坪井《つぼい》友美《ともみ》 晴美の妹の、売れない女優。姉とは正反対の自由奔放な性格。

斎木《さいき》直光《なおみつ》 坪井誠造の教え子。長身で端整な顔立ちの、スーパーの店長。晴美とは高校の同級生だった。

根《ね》岸《ぎし》義法《よしのり》 坪井誠造の元同僚の体育教師。厳しい生徒指導で鬼教師と恐れられていた。

香村《こうむら》広子《ひろこ》 坪井家の隣家に住む年輩の主婦。太り気味で少々お節介な性格。

鮎川《あゆかわ》茉希《まき》 坪井誠造の教え子で、坪井家の敷地内のアパート「メゾンモンブラン」の住人。ギャル風の外見。

寺島《てらしま》悠《ゆう》 「メゾンモンブラン」の住人の、売れない若手芸人。

一　読経

〈葬儀社員〉

二〇一三年十一月某日。

東京都杉並《すぎなみ》区、阿佐ヶ谷《あさがや》葬祭センター。

坪井誠造《つぼいせいぞう》氏の通夜には、大ホールに入りきらないほど大勢の弔問客が詰めかけていた。しかも、そのほとんどが泣いている。

まれに、大企業の重役が亡くなった時なんかに、もっと多くの弔問客が来ることはある。でもそういう式はたいてい、故人にゆかりのない若手社員などにまで動員がかけられていて、泣いている人の割合は、決して高くはない。ところが今日の通夜は、数多くの弔問客の八割方が涙を流している。これは僕たちのようなプロの葬儀社員にとっても、異様な光景だった。

　子供の弔問客も多かった。子供はたいてい、葬式に来ても状況がよく分からずにぽかんとしている場合が多いのだけど、この日は違った。小学校低学年ほどの、家の中の黒っぽい服をなんとかかき集めて着てきたような少年が、遺影を見上げながら「坪井せんせ～！　坪井せんせ～！」と叫び、号泣している。その少年の背中を撫《な》でながらなだめる、やや寸足らずの学生服を着た中学生らしい少女も、やはり大粒の涙を流している。

上は高校生から下は小学校低学年くらいの、どういうわけか一様にややくたびれた制服を着たその集団は、遺族の次に焼香を済ませると、引率の大人たちに連れられ、むせび泣きながら会場を後にした。引率の大人たちも子供たちの手前、必死に気を張っていたようだったけど、やはり溢《あふ》れる涙を抑えきれていなかった。子供たちの痛々しいほどの号泣の余韻で、式場全体にいっそう、すすり泣きの声が高まった。僧侶《そうりょ》の読経がかき消されそうなほどだ。正直、僕まで少しもらい泣きしそうになった。

それにしても、この坪井誠造さんという人は、よほどの人格者だったらしい。

あれだけ多くの子供が泣く葬式なんて、普通は同世代の子供が不幸な事故で亡くなった時ぐらいのものだ。でもこの坪井さんは、享年六十八。充分おじいさんだ。たしかに最近の平均寿命に比べればやや早死にかもしれないけど、それでもまあ通常の範囲内だろう。そして死因も、よっぽど不幸な事故だったり、溺《おぼ》れた子供を助けて犠牲になった、みたいな同情を誘うようなものではなく、心不全。まあ、正直ベタだ。

なのにこれだけ大勢の人が泣いているというのは、僕の十年近い葬儀屋のキャリアの中でも初めてのケースかもしれない。坪井さんは生前、中学校の先生だったと聞いてるけど、これほどの人数に慕われるということは、さぞいい先生だったんだろうな。金八《きんぱち》先生的な。――あれ、でも中学校の先生だったとしたら、さっきの小さい子は教え子ではないってことになるよな。かといって親戚《しんせき》でもないみたいだったし。どういう関係だったんだろう。

まあ、とにかく今日は、言い方は悪いけど、みんなが心から故人を悼んでいる、最高の雰囲気の通夜だ。自然に僕らの心も引き締まる。真摯《しんし》に故人の冥福《めいふく》を祈り、雑念を取り払い、万全の仕事をしよう。喪主のためにも。そう思って、僕は遺族席に座る女性を見た。

いやあ……それにしても今日の喪主、誠造さんの娘さんの晴美《はるみ》さんっていったっけか。すごい美人だよなあ。喪服姿だからなおそそられるよなあ。あんな美貌《びぼう》で涙流されたら、思わず抱きしめたくなっちゃうよなあ。

……はっ、しまった。さっき取り払ったのに、もう雑念だらけじゃないか！


〈坪井晴美〉


私は、読経が続く中、遺族席から父の遺影を見上げ、今日十何度目かの涙を流した。

このところ父は、調子が悪いとこぼしてはいた。でも、年を取ればどこかしら調子が悪くなるもんだ、などと言って、結局家で倒れて救急車で運ばれるまで、病院には行かずじまいだった。その結果、こんなにもあっさりと逝ってしまった。

思えば、四年前に亡くなった母もそうだった。病院嫌いの、自分たちの健康を過信してしまうタイプの夫婦だったのだ。もっと早く自身の異常に気付いて、病院に行っていたなら、もしかしたらどちらかでも、もう少し長生きできたのかもしれない。

しかし今回は、母の葬儀の時の、さらに何倍も辛《つら》い。とうとう両親ともに亡くしてしまったという喪失感もあるが、坪井誠造は、私の最愛の父親であると同時に、教師としても最高の手本だったのだ。

父は、どんな教え子に対しても分け隔てなく、実の子供と同じくらいの愛情をもって接していた。まさに教師の鑑《かがみ》だった。中学校の校長にまで出世したが、決しておごることはなかった。管理職になっても、生徒とのふれあいが一番大切だという姿勢は一貫していた。不登校気味の生徒を校長室に気軽に通わせて、基礎的な内容から無理なく勉強を教える「校長室開放」という試みは話題を呼び、見学者も相次いだ。「カリスマ校長先生」「教育の神様」などとあがめられるようなこともあったが、謙虚さは片時も忘れなかった。

六十歳で定年退職した後も、理想の教育を追求する姿勢は変わらなかった。再任用制度で引き続き教員を続ける道もあったが、父はあえてその道は選ばず、貧困家庭や不登校の子、俗に不良と呼ばれてしまうような子たちを、小学生から高校生まで幅広く支援するNPOに参加した。安定した給料や環境を捨て、より恵まれない子供たちに、体験学習や学び直しの機会を提供する活動に身を投じたのだ。そんな父の姿勢は、そう簡単に真似できるものではなかったが、実家暮らしで小学校教師を続けてきた私にとって、同じ家の中に最高の手本がいるという状況は、常に身が引き締まる思いだった。

また父は、まだ土地が安い時代に買って持て余していた広い庭に、長年無駄遣いせずにコツコツ貯めた貯金や退職金を元手に、アパートを建てた。父は大家として、清掃やメンテナンスなども管理会社まかせにせず、自ら行うことで経費を浮かせていた。家賃収入で退職後の家計を成り立たせていたのだが、お人好《ひとよ》しの父は、その家賃も相場よりかなり安く設定していたため、実際には利益はほとんど出ていないようだった。

教え子を大事にし、アパートの店子《たなこ》さんも大事にし、家族も友人も、近所の人も大事にしていた父。決して贅沢《ぜいたく》はせず、昔勤めた中学校でもらった余り物のジャージを、退職後も普段着としてずっと着ていた。また、庭に小さな畑を作り、採れた野菜を近所にお裾《すそ》分けしたりもしていた。ささやかな、人に尽くしてばかりの生涯。娘として、そんな生き方に不満がないのかと思ったこともあったが、父はそんな生き方しかできなかったのだろう。

そしてその結果が、今日のお通夜の参列者の数と表情に、如実に表れているのだ。これほど多くの人が父の死を悼み、涙を流してくれている。私は父を失った悲しみの涙とともに、感激の涙も流していた。やはり父は、とてつもなく偉大な人だったのだ。

でも、そんな父に、私は何も親孝行ができなかった。花嫁姿も、孫の顔も見せられなかった。そして教師という仕事の上でも、私は父の足元にも及ばなかった。そんな自分のふがいなさにも涙が出てきてしまう。

「お姉ちゃん、しっかり」

五歳下の妹、友美《ともみ》がささやいてきた。泣きっぱなしの私を、こうして傍らで支えてくれるのは心強い。

ただ残念ながら、友美は親戚たちからは、歓迎されているとは言い難かった。

数時間前。通夜を前に久しぶりに親戚が集まり、しばらく話をしたのだが、友美が少しでも会話に参加するたびに親戚たちの顔が曇るのは、見ていて辛かった。

たしかに友美は、最後に父と仲違《なかたが》いしてしまった。倒れる直前の父と、電話で大ゲンカしてしまったらしい。そのため、父の最期を看取《みと》ることもできなかった。親戚たちもその経緯を知っているため、なおさら冷淡な態度をとっているようだけど、今日は父とのお別れをすることに専念してほしい。

自分の夢を追って家を飛び出した、自由奔放な妹に対して、私だって言いたいことがないわけではない。それでもやっぱり、友美は私にとって、かけがえのないたった一人の妹なのだ。


〈坪井友美〉

姉は、泣き続けている。あたしも同じように涙を流してるけど、たぶん心の中は、姉とは全然違う思いで満たされている。あたしの心の中はずっと、疎外感と罪悪感でいっぱいだ。
あたしには、泣く資格なんてない。親戚からつまはじきにされるのも当然だ。
あたしは最後の最後で、父と仲違いしてしまった。原因は、簡単に言うと、あたしが
父の安心より自分の夢を優先したことだ。でも、まさかこんなに急に父が死んでしまう
とは思わなかった。それが分かっていれば、電話口であんな言葉をぶつけることもなか
っただろう。
あんなに素晴らしい、理想的な父親は、他にはいないってことぐらいあたしにも分か
っていた。でもあたしは、いつも父に不満ばかり抱いていた。悪い娘だ。
父は、教師としては本当に理想的な人だったようだ。どんな教え子に対しても分け隔
てなく、実の子供と同じくらいの愛情をもって接していた、というのが、教師としての
父を知る人からの共通した評判だ。でも、教え子に対して実の子供と同じくらいの愛情
で接するというのは、言い換えれば、自分の子に対しても人んちの子と同じくらいの愛
情しか注がない、ということでもあると思う。実際、あたしはずっと不満を感じていた。
教え子より、もっとあたしを見てほしかった。
進路のこと、学校のこと、それに恋の話だって、もっと父に相談したかった。でも、
家に大量の仕事を持ち帰り、教材や教え子の資料を書斎で広げている父の姿を見ると、
その手を煩わせるのは申し訳なくて、結局いつも相談できなかった。かといって母に相

談しても、頑張りなさいとか一生懸命やれば大丈夫とか、精神論で片付けられることが多かったし、何より学業のことは、どうやら勉強が苦手だったらしい専業主婦の母より、教師の父に相談したかった。

そんな、思春期の頃にずっと抱いていた不満が徐々に反発に変わり、ついにあたしは行動を起こしたのだった。

大学を出て就職までしたのに、親の期待を裏切って仕事を辞め、すべてを捨てて、学生時代から憧《あこが》れ続けていた演劇の世界に飛び込んだのだ。まあ、実はその前にも一度、大学を中退して劇団に入ろうとしたことがあったんだけど、その時は母に猛反対されて断念していた。でも結局、あたしは最後に夢を選んだ。

あたしは家を出て、一人暮らしを始めた。その結果、家族は離ればなれになった。

それで、せめて売れていれば親孝行になったんだろうけど、現実は厳しかった。学生や社会人の時には、キレイとかカワイイとかあんなにちやほやされたルックス。正直、多少自信はあったんだけど、芸能界に入ってしまうと、もっとキレイな人はいくらでもいた。それに、ゼロから芸能界に飛び込むにはちょっと年もいきすぎてた。

結局、親が生きている間に、誇れるような実績は何一つ残せなかった。テレビや映画にも出たことは出たけど、ほとんどエキストラ。台詞《せりふ》もあって二つ。劇団でくすぶったまま、三十路《みそじ》に足を踏み入れ、もう三歩ほど歩いてしまった。原始人だったらそろそろ死んでる年だ。

でも、そんな親不孝なあたしに対しても、父は優しかった。母と違って、あたしの夢を応援してくれた。学生時代は演劇部の公演を見に来てくれたこともあったし、あたしが一人暮らしをして演劇活動を始めてからは、お中元やお歳暮でもらった缶詰や、庭の畑で採れた野菜などを送ってくれたりもした。

正直、あたしは母のことは嫌いだった。敵だと思っていた。四年前に母が死んだ時も、ほとんど悲しみは湧いてこなかった。でも父は味方だった。大切にしようってずっと思っていた。

なのにあたしは、最後の最後に、そんな父ともケンカ別れしてしまったのだ。後悔と自責の念が押し寄せ、涙が一気に溢れてしまう。

「大丈夫？」

従妹《いとこ》の由香里《ゆかり》ちゃんが、大泣きするあたしたち姉妹を見かねて声をかけてくれた。由香里ちゃんは、お通夜のために集まった親戚の中で唯一、あたしを邪険にしなかった。そんな由香里ちゃんの優しさに感謝しながら、あたしはなんとかうなずいた。

〈斎木《さいき》直光《なおみつ》〉

坪井先生は、本当に素晴らしい先生だった。おれが小学校から大学までに出会った、すべての先生の中でも、最高の恩師だった。まるで神様のような人だった。

おれは焼香の列に並び、ぼんやりと読経を聞きながら、大げさじゃなく、そう思った。

坪井先生は、おれが中学三年生の時の担任だった。進路相談では、レベルの高い志望校を目指したおれを、時に優しく、時に厳しい言葉で激励してくれた。でも決して「お前にはこの高校は無理だ」とは言わなかった。「もっと勉強しないとこの高校は受からない。でも直光ならきっとできる」そんな言葉をかけてくれた。先生の専門は社会科だったけど、休み時間や放課後に質問に行けば、他の教科も上手に教えてくれた。おかげでおれは、当初は偏差値が十近く足りなかった志望校に合格することができた。二十年以上経った今でも、本当に感謝している。

また、おれと坪井先生には、登山という共通の趣味があった。おれは父親の影響で登山が好きになったんだけど、先生の山への造詣《ぞうけい》の深さは、父親をはるかに上回っていた。そんな先生から聞いた山の素晴らしさに憧れて、おれは高校で登山部に入ったのだ。そう考えると、おれの高校時代は、ほぼ坪井先生によって形作られたといっても過言ではないだろう。

そんな思い出を振り返っているうちに、つい涙がこぼれた。年を取って涙もろくなったかな、と一瞬思ったが、いや坪井先生の通夜なら若い頃でも泣いていたはずだ、と思い直した。

坪井先生は、当時すでにベテラン教師だったけど、心はとても若々しかった。決して体制側にばかり与《くみ》することなく、反抗期真っ盛りのおれたち生徒の声に、常に耳を傾けてくれた。

そんな坪井先生を語る上で絶対に外せないエピソードといえば、中学最後の文化祭の前の出来事だ。

おれたちが通っていた、東京都調布市立柴崎《ちょうふ》《しばさき》中学校の文化祭では、三年生の有志が体育館のステージで、全校生徒を前にバンド演奏をするのが恒例になっていた。当時おれは、自慢じゃないが、と言ってる時点で本当はちょっと自慢なのだが、学年でトップクラスの人気者のポジションを誇っていた。そのため三年生の時、おれをボーカルにしてバンドを組み、文化祭のステージで披露することになった。曲目は、仲間たちと話し合った結果、尾崎豊《おざきゆたか》メドレーに決まった。おれたちは文化祭に向けて、休み時間や放課後に練習に励んだ。

ところがそんな時、思わぬ横槍《よこやり》が入った。「あんな反抗的な歌を文化祭で歌わせるわけにはいかない」という理由で、生徒指導部から曲目を変えるように命令が出たのだ。

馬鹿げた話だった。たしかにおれたちのグループは日頃からやんちゃで、服装指導なども守らなかったが、だからって授業妨害もしないし、校内暴力もしないし、煙草も校内で吸ったりせず、ちゃんと家や公園で吸っていた。もちろん、盗んだバイクで走り出したり、夜の校舎窓ガラス壊して回ったりなんて絶対しない。他校と比べたら、むしろおとなしい方だったろう。

ただ人気の歌で全校生徒を盛り上げ、若さを発散したかっただけなのに、歌詞の内容だけで取り締まろうとするなんて、生徒指導部は馬鹿としか言いようがなかった。そんなことをすればかえっておれたちの反抗心が高まるだけじゃないか。なぜそんなことも分からないんだ。おれたちは命令を聞いた日の放課後、怒りにまかせて職員室に抗議に乗り込んだ。

ところが、その時職員室にいた生徒指導部の教師は、よりによっておれたちが最も恐れていた、国体出場経験もあるという柔道部顧問の体育教師、通称ボスゴリラだった。ボスゴリラはおれたちの抗議をまるで相手にせず、それどころか「お前ら、殴られたくなかったらとっとと帰れ」と、今だったら絶対に問題になるような脅し文句を口にした。

おれもその言葉にはさすがに腹が立ち、「殴れるもんなら殴ってみろこの野郎！」と怒鳴り返そうとした。ところが、おれが裏返った声で「なぐ……」まで口にした時だった。

「ちょっとちょっと、その言い方はあんまりでしょうが！」

坪井先生がボスゴリラの言葉を聞きつけ、こちらにすっ飛んできたのだった。

「歌わせてあげましょうよ尾崎豊。なにも歌ったからって、彼らがとんでもない不良になるわけじゃないんだから。根岸《ねぎし》先生、あなた生徒のことを信頼してないんですか？」

坪井先生はボスゴリラに食ってかかった。普段は温厚な坪井先生が生徒のために熱くなっている姿に、おれは密《ひそ》かに感動した。ところがボスゴリラは、先輩教師の坪井先生に対してぞんざいな態度で言い放った。

「そうやって生徒に自由を与えすぎるからつけ上がるんですよ」

「つけ上がるとは何ですか？　あなたは自由の大切さというものを分かっていない！」

坪井先生はますますヒートアップすると、ボスゴリラに向かって、自由とは何か、自由がいかに大切かを社会科教師らしく熱く説き始め、近代ヨーロッパにおける民主主義の成り立ちにまで話が及んだところで、正直おれたちも内容がよく分からなくなっちゃったんだけど、とにかくおれたちも坪井先生に加勢した。

しかし、ボスゴリラの側にも多くの教師たちが加勢し、議論は職員室中を巻き込んでますます白熱。結局その日は議論はまとまらず、その後も連日、おれたちは職員室に行って尾崎豊禁止令の撤回を求めたのだが、そのたびにまた議論は白熱し……と、そんなことを繰り返しているうちに、気付けばバンドの練習時間が足りなくなってしまったので、結局おれたちの側が折れて、文化祭本番では、当時おれたちの間で尾崎の次に人気のあった、ジュンスカイウォーカーズを歌うことになったのだった。

もちろん不満もあったが、ちゃんとバンドの練習をし、下手くそながらも文化祭本番のステージは盛り上がった。今考えれば、教師に反抗したことや、坪井先生の生徒を思う気持ちに感動したことも含めて、いい思い出だ。

ただ、あの頃おれたちが心酔した尾崎豊の歌詞が、最近の若者の心には響かないらしい。おれが今店長を務めるスーパーのバイトの学生たちも、一緒にカラオケに行った時におれが熱唱した尾崎豊の歌を聴いて、「クサい」とか「反抗期だからって人に迷惑かけちゃダメ」とか「そんなに反逆したいんなら北朝鮮とかシリアに行って独裁者にたてついた方が人類の役に立つよね」なんて、さんざんな評価を下していた。まったく嘆かわしいことだ。そんな屁理屈《へりくつ》をこねる前に、あの歌から尾崎の熱烈な魂《ソウル》を感じることができないなんて、まったく今の若者はダメだ。……という話を家でしたら、「今の若者はダメだ、なんて言い方をする大人こそが、尾崎が一番嫌ってた大人なんじゃないの?」と、葉子《ようこ》にごもっともな言葉を返されてしまった。あれはいつのことだったか。葉子がいたってことは、少なくとも二年以上前のことになるのか。

しかし、おれは四十手前になってしまった今でも、尾崎の精神は忘れていないつもりだ。そりゃ職場では、悪質なクレーマーや、酔っ払って因縁をつけてくる客に、下げたくもない頭を下げることもある。ただそれは生活のためだからしょうがない。心の奥底では、今なお反骨の炎を絶やしてはいないのだ。その証拠におれは今、焼香の列の中で、間に二人挟んで前に立つ男の後頭部を、中学時代同様の敵意むき出しの目で睨《にら》みつけている。

根岸義法《よしのり》。忘れるはずもない。二十年以上の時を挟んでも、顔を見れば一発で分かった。おれがフルネームを覚えている教師なんて、坪井誠造先生とこの男だけだ。といっても、坪井先生と違って、こいつの名は憎しみの余りに覚えてしまったのだが。

それにしても、中学時代はあれだけ大きくて威圧的に見えたのに、あの時の根岸の年齢を追い越してしまった今となっては、根岸はおれより十センチ以上背が低い、ただの小太りの初老のオヤジだ。かつてボスゴリラと恐れられた風格などない。まるでボスの座を追われた老いぼれゴリラだ。今なら間違いなく、取っ組み合いのケンカになっても勝てるだろう。

しかし根岸め、どの面下げて坪井先生の通夜に来やがったんだ。坪井先生とは犬猿の仲だったはずだ。教育方針を巡って言い合いになっているのを何度も見たことがある。というか、温厚な坪井先生が怒ったところなんて、根岸との言い合いの時しか見たことがないくらいだ。

優しく紳士的だった坪井先生と対照的に、根岸は今だったらマスコミ沙汰《ざた》になってもおかしくないような体罰を、年がら年中していた。服装検査では指示に従わない男子生徒を殴り、女子はさすがに殴らないまでも、大声で怒鳴り散らしていた。脳味噌《のうみそ》まで筋肉の、スパルタ体育教師。噂だと、当時は毎朝一番に登校し、校庭でランニングや懸垂をして、生徒を抑えつけるためのゴリラのような肉体を維持していたらしい。顔もゴリラ、体もゴリラ、頭の中身もゴリラ。もはやただのゴリラだった。言葉を話せただけでも奇跡だったといえるだろう。

おまけに根岸には、女性蔑視《べっし》の傾向もあった。当時はヤワラちゃんブームが起こっていて、根岸が顧問を務める柔道部にも、それまでいなかった女子の入部希望者が何人かやってきたのだが、根岸は「女が柔道なんてするもんじゃない」とか「ブームに乗って柔道を始めようとするような奴はうちの練習にはついていけない」などと言って断っていたのだ。時代錯誤も甚だしかった。それでも、奴のスパルタ指導によって柴崎中学校柔道部が都内でも有数の強豪になったというのは事実らしく、一部の保護者や同僚教師たちから、根岸はおおいに支持されていた。それがおれからすればなおさら腹立たしかった。

そう、腹立たしかったといえば、根岸はゴリラのくせに一時期、学校のマドンナ教師だった内田《うちだ》先生と噂になっていたのだ。

内田先生は、小柄で清楚《せいそ》で、当時二十代半ばだったはずなのに、女子高生と言っても通るぐらいのかわいらしさだった。でも、そんな内田先生と根岸が、たびたび校内で親しげにしゃべっていたのだ。内田先生を前にした根岸は、ただでさえ長い類人猿風の鼻の下がますます伸び、それはそれはだらしない顔になっていた。その様子を見るたびに、おれの嫉妬《しっと》の炎がめらめらと燃え上がった。たぶんおれ以外の男子生徒もみんな同じ気持ちだっただろう。

しかし内田先生も、たしかにあの頃の柴崎中学校には若い独身の男性教師が他にいなかったとはいえ、なにも根岸を選ばなくてもよかったのにと思う。まあ、本当に交際していたのかどうかは分からないし、その後結婚したという話も聞かなかったから、ただの根岸の片思いだったのかもしれないけど。

……あっ、気付けばずいぶん長いこと根岸のことを思い返してしまった。何をやってるんだおれは。今日は坪井先生の通夜であって根岸の通夜じゃないんだぞ。というか根岸の通夜なんて誰が行くもんか。百万円積まれたって行くもんか。いや、待てよ。百万円なら行っちゃうな。一万円積まれたって行くもんか。

――なんてことを考えているうちに、いつの間にか焼香の列は進んでいた。あと十人ちょっとでおれの番だ。焼香の列は三列に分かれているが、それでも後ろを振り返ると相当な長さになっていた。この長さこそが、生前の坪井先生の人望の厚さを如実に表している。

「あれ……斎木君?」

再び前を向こうとした時に突然、斜め後ろの席に座る女性から声をかけられた。おれはその相手の顔を見て驚いた。

「あっ……晴美ちゃん?」

思わぬところで、高校の時の同級生に再会したのだ。彼女は四十手前とは思えないほど美しかった。おれはとっさに涙の跡を隠そうと頰を拭《ぬぐ》ったが、もう乾いていた。

おれは座っている彼女に向かって、極力小声で尋ねた。

「晴美ちゃん、どうしてここに?」

「どうしてって……私、喪主だから」

「えっ、晴美ちゃんって、坪井先生の……」

と言いかけて思い出した。そうだ、彼女のフルネームは、坪井晴美ちゃんだったっけ。

驚いた。まさか人生最高の恩師の娘が、高校時代に密かに思いを寄せていた相手だったなんて。

〈根岸義法〉

坪井先生は、本当に素晴らしい先輩だった。到底超えることのできない、理想の教師像そのものだった。しかも、公私ともにお世話になった、最高の恩人でもあった。

俺は改めて遺影を見上げた。見上げることで涙がこぼれるのを防ごうとしたが、無理だった。遺影と目が合ってしまったことで数々の記憶が思い起こされ、むしろ逆効果だった。

調布市立柴崎中学校は、俺の教師生活で三番目の赴任先だった。坪井先生の優しい人柄は、赴任したての俺に自己紹介をしてくれた時の、人懐っこい笑顔を見ただけで充分伝わってきた。実際、校内の案内や備品の場所の説明などは、ほとんど坪井先生が率先してやってくれた。

教育方針には、大きな違いがあった。俺が規律を重んじるタイプなのに対して、坪井先生は自由を重んじるタイプだった。その方針の違いを巡って、時には生徒の前にもかかわらず言い合いになることもあった。しかし、そういうことがあった後には必ず、生徒たちからは見えないところで、坪井先生はこう言葉をかけてくれたのだった。

「悪いね根岸先生、憎まれ役をさせちゃって」

初めてそう言われた時は、坪井先生が俺を憎まれ役にして自分の人気を高め、しかも俺の前で堂々とそれを認めたのかと思って腹が立ったが、その後の言葉を聞いて、俺は感銘を受けた。

「私はね、生徒たちにああいうやりとりを見せることで、自由を勝ち取るために闘うことが、いかに大変かを感じ取ってほしいんです。そして、今自分が欲している自由が、果たしてそんな闘いを経てまで勝ち取りたいものかどうかを、考えてほしいんですよ。私個人としては、厳しい生徒指導には反対です。生徒たちにとっても理不尽でしょう。でも世の中には、もっと理不尽なことがいくらでもある。もし社会に出てからすべての理不尽と闘っていたら、とてもまともな生活など送れないでしょう。かといって、みんながすべての理不尽を許容していたら、世界全体であらゆる不平等・不公正が放置されてしまいます。そこで彼らには、多少の妥協は重ねながらも、ここぞという時には立ち上がる、そういった精神を養ってほしいんです」

――坪井先生の行動はまさに、社会科教師として考え抜かれたものだったのだ。それを知ってから俺は、立場の違いを超えて、坪井先生を心から尊敬するようになった。

当時の生徒たちから見れば、俺と坪井先生は犬猿の仲だと思われていたかもしれない。でも実際は違った。俺は仕事のことも、プライベートのことも、坪井先生に何十回も相談に乗ってもらった。坪井先生は、主義主張の違いを超えて誰とでも仲良くなり、相手の気持ちを深く理解しようとする、まさに理想の教師、いや理想の人間だったと言えるだろう。もはや神様のようだったといっても過言ではない。俺では足元にも及ばない器の大きさだった。

とはいえ、俺だって本当は、坪井先生のように生徒に好かれる人気の先生になりたかった。でも結果的に、鬼のような生徒指導教師になってしまった。

しかしそれは、俺の努力が足りなかったからではない。努力ではどうしても超えられない、ある深刻な事情のために、俺は鬼教師にならざるをえなかったのだ。

その事情は、坪井先生にさえ、とうとう打ち明けることができなかった。

一言でいうと……俺は、ロリコンだったのだ。

誤解しないでほしい。世の中には、自分がロリコンであることを最初から自覚しながら、女子生徒の体に触れたい、さらにあわよくば肉体関係を持ちたい、という理由で教職に就く不届き者がいる。事実、性犯罪で捕まる教師の中には、そういう供述をしている者が多い。

でも俺は、不幸にも、教職に就いてから自分の性癖に気付いてしまったのだ。

思えば、大学を卒業し、墨田《すみだ》区の中学校に初めて配属された時、俺は決して鬼教師というタイプではなかった。

むしろ、若さを生かして、生徒たちと友達同士のように触れ合いたいと思っていた。始業式の自己紹介で、バック転を全校生徒の前で披露すると、俺はあっという間に人気者になった。顔がゴリラに似ているからと「ゴリちゃん先生」というあだ名を付けられたが、悪い気はしなかった。これから生徒たちと良好な関係が築けると確信していたところが……。

最初は何かの間違いだと思っていた。「ゴリちゃん先生〜」と駆け寄って抱きついてくる女子生徒たちに対して、猛烈に湧き上がってくる肉欲を。そして、急速に硬くなる股間《こかん》を。こんなはずはない。きっとこれは、かつて柔道の猛練習で疲れ切った後に、妙に悶々《もんもん》としてしまった時のように、まだ慣れない環境で緊張を強いられて、体が過度に疲れ、誤作動を起こしてしまっているのだと、そう自分に思い込ませようとした。

しかし、一学期も後半になり、仕事に慣れてきても、俺の反応はいっこうに収まらなかった。というかむしろ悪化していた。生徒たちは夏服になり、しかも俺の受け持つ体育の時間は女子はみんなブルマ姿だったので、ますます興奮してしまったのだ。この時期、俺はなんとか学校での興奮を抑えようと、家に帰ってから成人向け雑誌を見て毎晩処理していたのだが、それで得られる興奮が、学校で感じるそれと比べて格段に小さいことに、焦りを感じていた。

そして、そんな状況のまま、とうとう悪夢の水泳の授業がやってきてしまった。

スクール水着の女子たちの群れを前に、俺の股間は爆発寸前だった。成長の早い、ほぼ大人の体が出来上がった女子の方は絶対に見ないようにしていたが、小柄な、胸もほとんど膨らんでいない女子を見ても全然反応してしまった。いや、むしろそういう子の方がかえって興奮してしまった。なんだったら、肌がすべすべで華奢《きゃしゃ》な体格の男子を見ても反応してしまった。

そこでとうとう確信した。ああ俺はロリコンなのだな、と。

恥ずかしながら、俺はその時まだ童貞だった。男女交際さえしたことがなかった。しかし、俺は学生時代から、周りの男友達が女欲しさに身悶《みもだ》えする様子を冷めた目で見ていたから、きっと自分は性欲が弱い方なのだろうと思っていた。でも違った。同世代の女にはさして欲情しないのに、自分より大幅に年下の、未成熟の肉体に対してのみ猛烈に性欲をかき立てられる俺は、筋金入りのロリコン、最も病的なタイプのロリコンだったのだ。そして、俺がそんな性癖をはっきり自覚したのと同じ日に、生徒たちにまでそれがばれることになってしまった。

それまでの授業では、ジャージのズボンをこまめにずらしたり、股間を出席簿で巧みに隠すなどしてなんとかごまかしていたのだが、海パン一丁ではもはやごまかしきれなかった。「おい、ゴリちゃん立ってるぞ……」生徒たちのささやく声がすぐに耳に入ってきた。

一度気付かれてしまうともうだめだった。俺は一気に生徒たちの好奇の目にさらされた。最初は男子がひそひそ話し合っているだけだったが、すぐに女子たちにも気付かれた。面白がっている子もいたが、嫌悪感丸出しの目で俺の股間にちらちら目をやる子もいた。

しかし、ああ、なんということか。「女の子たちに蔑《さげす》んだ目で見られている」という状況に反応して、俺の股間はよりいっそうパンパンに怒張してしまったのだ。

どうやら俺はロリコンの上にマゾヒストの気もあるようだと、その時悟った。

こうなると、もうおしまいだった。

その後、何度か水泳の授業があったはずだが、どうやり過ごしたのかは覚えていない。たぶん、辛《つら》すぎる記憶を脳がどこかに閉じこめてしまったのだろう。ただ、どうにか迎えた二学期、俺の人気は完全に失墜していた。男子にとっては嘲《あざけ》りの、女子にとっては憎悪の対象でしかなくなっていた。そして体育の授業のたびに、全員の視線が俺の股間に集まった。「エロゴリラ」「変態ゴリラ」などと、最初は陰口を叩《たた》かれているだけだったが、やがて面と向かって言われるようになった。でも怒ることはできなかった。だって事実だったんだもん。

教師を辞めるか、はては自殺するかということまで考えたが、教員採用が決まった時「一族の誇りだ」と涙を流して喜んでくれた両親のことを考えると、思いとどまるしかなかった。

そんな中、俺は校長室に呼び出された。

「根岸先生、実は、保護者の方からちょっと苦情が入ってまして……」

校長は非常に言いづらそうに、かつて国語教師として培った語彙《ごい》をフル活用しながら、要は俺の異常なまでの勃起《ぼっき》ぶりが学年中の保護者にまで知られているということを伝えた。俺はとにかく、「悪意はないんです」と涙ながらに弁明した。紛れもない事実だった。こんな呪われた体質でさえなければ、本気で教育に取り組みたい気持ちは満々だったのだ。

結局、俺は何か不祥事を起こしたわけではなく、ただ極端に生理現象を発揮してしまうだけだったので、処分を受けることはなかった。ただ、生徒には当然その後も馬鹿にされ続け、ほぼ授業崩壊のような状態になったまま、どうにか三学期まで勤め上げた。

そして、次の年度から、俺は八丈島《はちじょうじま》の中学校に異動になった。

新任教師が一年で異動になるなんて異例だし、場所が場所だけに、「根岸先生は飛ばされた」という噂も流れた。でも俺は、むしろその人事に感謝した。今だったらとてもありえない人事だろうが、どうやら校長も独自のルートで手を回してくれたらしい。俺のことを知る人が誰もいない場所で、性癖を克服して今度こそまっとうな教師になることができるのか、俺はもう一度だけチャンスを与えてもらえたのだ。

そして、四月。八丈島の中学校にて俺は、いちかばちかの賭《か》けに出た。

前年度とはまったく違うキャラクターの、鬼教師を演じることにしたのだ。

ちょうど生徒指導を任されたこともあり、俺は生徒たちを容赦なく叱り、嫌われることに徹した。女子生徒に好かれ、懐かれ、抱きつかれるような存在になれば、前年と同じ轍《てつ》を踏むことは目に見えていた。生徒を憎しみの対象であると自分に思い込ませ、些《さ》細《さい》な服装の乱れであっても徹底的に叱った。本土より温暖な気候のためか、ブラウスの胸元を開けたり、短いスカートを穿《は》いてくる女子生徒が多かったが、そういう生徒に対しては極力胸元や脚を見ないようにしつつ、相手が恐怖のあまり泣き出すほどに怒鳴り散らした。気の毒だとも思ったが、そんな服装が学校中に溢《あふ》れたら、俺の股間が我慢できるわけないのだからしょうがない。

もちろん女子にばかり厳しくしては不自然になるので、バランスをとるために男子にも厳しく指導した。怒ることに全神経を集中させると、不思議と性的興奮は抑えられた。おそらく俺がマゾヒストだったことも影響していただろう。サディストだったらより興奮してしまったかもしれない。あっという間に俺は怖い先生だという評判が広まった。

また、俺は柔道部の顧問も任された。生徒指導の時以上に厳しく指導すると、それまで弱かった部が一気に強くなり、関東大会に進むほどになった。すると職員室内の評判も、保護者からの評判も上がった。それと意外なことに、生徒に嫌われようという一心で厳しくしていた俺のことを慕う生徒が、一部の柔道部員を中心に、少数ではあるが現れたのだった。

なんだ、こんなことでよかったのか……俺はようやく、教師としてやっていけそうだという自信を持つことができた。自分が元々なりたかった教師像からはほど遠かったが、こうでもしないと教師を続けられなかったのだからしょうがない。そして、そんな日々を何年も過ごすうちに、むしろこれこそが俺の本来の姿だったのではないかと思うようになった。いつの間にか、生徒と友達同士のように接したいなどというかつての理想は、ほとんど忘れ去っていた。

　しかし、八丈島で七年間勤めた後、次に赴任した調布市立柴崎中学校で、俺は坪井先生に出会ったのだった。かつての俺にとっての理想形のような先生。俺も本当はこうなりたかったんだ、という思いをぐっとこらえ、引き続き鬼に徹し続けた。一度坪井先生に「あなたは本当は、暴力的な指導なんてしたくないんじゃありませんか？」とまっすぐ目を見て言われたことがあり、その時は思わずうなずきそうになってしまったが、いやこういう役割の教師も学校の風紀を守るためには必要なのだ、という思いもその頃には芽生えていたため、俺は信念に基づいてこういう指導をしているのだと言い張った。

　また、柴崎中でも俺は柔道部の顧問を任され、やはり強豪校に押し上げたのだった。

　ただ、そんな中、巷《ちまた》で女子柔道ブームが起こり、柴崎中柔道部にも女子の入部希望者が続出した時には焦った。「女が柔道なんてするもんじゃない」「ブームに乗って入部するような奴が厳しい練習に耐えられるはずがない」などと理由をつけて、彼女たちを門前払いしていたが、本当の理由はもちろん俺の性癖だった。女子と組み合って技を教えるなんて絶対に無理だった。その様子を想像しただけで簡単に勃起してしまった。寝技を教えても、あっちの方は立ち技になってしまうこと間違いなしだった。

　そんな俺の対応は当然女性差別だと批判を受け、坪井先生にも咎《とが》められたが、結局は女子柔道部を新設し、柔道をかじった程度の経験がある、数学の伊藤《いとう》先生というおばちゃん先生に顧問を務めてもらうことになり、ことなきを得た。

　それにしても、俺は三十歳を過ぎても、性欲が衰え知らずだった。そして三十歳を過ぎても童貞だった。正確には素人童貞だった。学園物のイメクラには本当にお世話になった。俺が最も強く性欲を覚える相手は少女だったが、教え子に手を出すことは絶対に許されないと、しっかり自覚していた。俺の性欲は強かったが、それ以上に強い倫理観をちゃんと持っていたのだ。

　しかし、プライベートで安定して性欲を処理できなければ、いつか欲望に負けてとんでもない過ちを犯してしまうかもしれない。かといって、教師の給料では頻繁に風俗に行くことはできない。そこで俺は、合法的に毎晩性欲を処理するためには結婚するしかないと思い至り、同僚の独身女性教師にたびたびアプローチをかけた。特に、柴崎中学校のマドンナ的存在だった内田先生は、とてもかわいらしい清楚《せいそ》な童顔で、なんとか交際にこぎつけたいと思って必死にアタックを重ねたのだが、最後は手痛く振られてしまったのだった。

　ようやく結婚できたのは、内田先生に振られた翌年の、三十代も後半にさしかかった頃。相手は大学時代の先輩に紹介された、一つ年下の市役所勤務の行き遅れの女性、和子《かずこ》だった。決して美人ではないが、小柄で童顔で幼児体形というのは俺好みだったし、後で聞いたところによると和子も「この辺で妥協しないともう次はない」と思ってくれたため、交際半年で結婚。それからは、専業主婦となった和子と毎晩狂ったように愛し合い、おかげでようやく学校での性欲の悩みからも解放され、やることをやっていたので翌年にはもう長男の智史《さとし》が生まれた。俺もやっと、人並みの幸せをつかむことができたのだ。――まあ、その智史のために、十余年後には大変な苦労をすることになったのだが、それも今となっては過ぎ去った思い出だ。

「あれ……斎木君？」

俺の長い回想は、後ろから聞こえた女の声で中断した。通夜の席で不謹慎だな、と思ったが、振り返ってみると声の主は、坪井先生の娘で喪主である晴美さんだった。

そして、晴美さんが声をかけた、斎木という男にも見覚えがあった。

たしか、柴崎中時代の教え子ではなかったか。坪井先生も巻き込んで、文化祭で尾崎豊を歌う歌わないで揉《も》めたような記憶がある。そんな斎木と晴美さんに、どんなつながりがあるのかは分からないが、斎木と言葉を交わす晴美さんの表情には微《かす》かに笑みも浮かんでいる。さっき俺が挨拶《あいさつ》に行った時は憔悴《しょうすい》しきっていたので、少しでも気が紛れたのならよかったのだろう。

と、俺は、晴美さんの隣に座る女性に気付いた。

顔は晴美さんによく似ているが、いくぶん若い。晴美さんの妹だろうか、と考えていた時、俺はふと思い出した。

あ、そうだ。――彼女はもしかして、坪井友美さんではないだろうか。

俺はおととしの秋、当時の勤務先の私立中学校の演劇鑑賞会という行事で、とある劇団の芝居を生徒たちとともに見た。たしか演目は「ドン・キホーテ」で、生徒たちは退屈そうにしていたが、俺は一人の、村人役の女優に目を奪われていた。

彼女は、パンフレットでは「坪井友美」という名前になっていたが、顔は晴美さんそっくりだった。ちなみに晴美さんは小学校の教師なので、都教委の研修会などで俺と顔を合わせたこともあり、「お父様にはたいへんお世話になりました」と挨拶したこともあった。でもまさか同一人物ではないよな、ただあれだけ似ているとなると、坪井家と関係がある人なのかな——などと思っていたのだが、坪井先生の通夜の遺族席で、喪主の晴美さんの隣に座っていることを考えると、やはり坪井先生の次女だったのか……。

「ちょっと、前進んでますけど」

後ろから初老の男に声をかけられて、俺は我に返った。

いかん、後ろの晴美さんたちを振り向いて立ち止まっているうちに、前では焼香が進んでいた。ただでさえ長い列を、俺がますます詰まらせてしまったのだ。学校の体育祭や卒業式の練習で、こうやってよそ見して列を乱す子供がいたら、俺は間違いなく怒鳴っているところなのに、ああ情けない。俺は「すいません」と小声で謝りながら慌てて前進した。

〈香村広子《こうむらひろこ》〉

ああ坪井さん、お気の毒にねえ。優しくて気配りのできる、いいお隣さんだったのに。琢郎《たくろう》のピンチも、それにわたしの大ピンチも救ってくれた。まるで神様のような人だったわ。

なのに、六十八で逝っちゃうなんて、うちの夫が死んだ年より七歳も若いじゃない。四年前に奥さんも亡くなっちゃったし、あんなにいい人たちが平均寿命まで生きられないなんて、まったく運命って残酷だわ。ああ泣けてきちゃう。去年の夫の葬式よりも泣いてるかもしれないわね。もう、涙拭《ふ》かなくちゃ。

あれっ……痛い痛い痛い！　ちょっと何これ？

ああやだ、ハンカチと一緒に数珠《じゅず》も握ってたもんだから、数珠の玉と玉の間にまつ毛が挟まって、ハンカチを離した時にぶちっと引き抜いちゃったんだわ。ああ痛い痛い、こっちの痛みで涙がまた溢れて、今流れてるのが何の涙か分からなくなっちゃったわよ。まったくこんなドジ踏んで。年は取りたくないわ。

でも、思えば坪井さんには、いつもお世話になりっぱなしだったわね。

わたしと夫と、まだ赤ん坊だった一人息子の琢郎が、坪井家の隣の今の家に引っ越してきたのが、もう三十年以上も前。商店街の安い店とかいい病院の場所とか、奥さんに教えてもらったっけ。それから琢郎の二つ上の晴美ちゃんには、琢郎が小さい時によく遊んでもらったわ。

　そして、旦那《だんな》さんの誠造さん。あなたは大げさじゃなく、琢郎の命の恩人でした。あれは琢郎が五歳の時の、ある日曜日。琢郎が、二階のベランダから庭木に飛び移って、降りられなくなっちゃった。その木は、私たちが家を買うずっと前から生えていたという大きな栗の木で、間が悪いことに夫は犬の散歩に出かけていた。わたしは、泣き叫ぶ琢郎を見上げながらも、大きな木に登ることなんてできなくて、おろおろするうちに琢郎の力が尽きてきて、五メートルぐらいの高さから今にも落ちそうな状態になっちゃった。

　そこに助けに来てくれたのが、坪井誠造さん。あなたでしたよね。

　坪井さんは登山用のロープを下から投げて枝に引っかけて、忍者みたいにするする登って、あっという間に琢郎を助けてくれた。琢郎を脇に抱えながら、片手でロープを握って降りてくる。小柄な体からは想像もつかない力だった。坪井さんに何回も謝りながら、わたしは琢郎を思いっ切り叱ったけど、坪井さんは「子供はこれぐらい元気な方がいいんですよ」となだめてくれた。小学校の先生だったらしいけど、きっと優しくていい先生だったんだろうと思うわ。

　それに坪井さんは、晩年は庭にアパートを建てて、ほとんど儲《もう》けが出ないような家賃で安く貸していたらしい。やっぱりとことんいい人だったのね。

その他にも、庭で採れた野菜をちょくちょくくれたし、去年までは夫のことで相談に乗ってもらってずいぶん助かった。ほとんど一方的にお世話になりっぱなしだった。ここ最近は体調がよくないってこぼしてたけど、去年まではわたしの方も大変だったし、ちゃんと話を聞いてあげられなかった。こんなに急に逝っちゃうって分かってたら、もっと何かできたかもしれないのに、ああ悔しい。——感謝の気持ちと後悔の念が高まって、また涙が溢《あふ》れてくる。だめだ、この涙は当分止まりそうにないわ。坪井さん、ありがとう。今まで本当にありがとう……。

と思っていたわたしが、ホールのアルミ製の柱に映る自分の姿を、ふと目にした時。

驚きのあまり、涙がすうっと引いた。

いやあ……しかし太ったわねえ、わたし。

アルミの柱の側面が少しカーブしてて、人の姿が多少歪《ゆが》んで映るのを差し引いても、わたしの体は前より明らかに膨張している。そういえばこの喪服だって、去年の夫の葬儀では少し大きいぐらいだったんだ。それが一年後の今、よく着られたもんだと自分でも感心するぐらい、ぎゅうぎゅうのぱんぱんだ。黒い服を着ると痩《や》せて見える、なんてよくいうけど、ここまで太っちゃうと白とか黒とか関係ないわね。白豚より黒豚の方が痩せて見えるってことないもんね。

といってもまあ、元々わたしはぽっちゃり体型だったわけで、むしろ去年までが痩せてたのよね。やっぱりあのダイエットは、すごい効きめだったからね。この通りリバウンドしちゃうのが課題だけど、たぶん巷《ちまた》で流行《はや》ってるどんなダイエットよりも効果抜群だったわ。

　去年までのことを思い出そうとすると、やっぱりまだちょっと、心が躊躇《ちゅうちょ》する。まあ仕方ないわよね、本当に地獄だったからね……なんて考えているうちに、いつの間にか焼香の順番が近付いてきていた。ああ、もう次がわたしの番か。

　と、わたしの前に並んでいた、小柄で坊主頭の男の子が、何やら焼香台の前でもたもたしている。やり方をよく知らないらしく、周りをきょろきょろ見回していて、ずいぶん挙動不審だ。もしかして、お葬式初めてなのかしら。

　あ、そういえば聞いたことあるわ。最近高齢化で、家族の死を経験しづらくなったし、しかも家で葬式出すことも減ったから、家族の葬式も隣近所の葬式も一度も出たことがないまま大人になっちゃう若者って結構いるんですって。男の子は、もう焼香台の前で完全にパニックになっている。しょうがない、わたしが教えてあげようかしら……。

〈鮎川茉希《あゆかわまき》〉

　アタシにとって坪井先生は、最高の先生で、最高の大家さんで、最高のお父さんだった。もちろん、お父さんっていっても本当の親子じゃないんだけど、でもこんな人がお父さんだったらよかったのにって思ったことは何回もあった。

そして、最高の男性だった。

その坪井先生が死んじゃった。本当に信じられない。もうショックなんてもんじゃない。先生がいなければ、今のアタシは絶対にいなかった。アタシが今なんとかまともな生活ができてるのは、全部先生のおかげ。

涙が止まらない。今日、マスカラもアイシャドーも無しで出かけるのは本当に久しぶりで、侍が刀持たずに外出する時ってこれぐらい不安だったんじゃないかとか思いながら、店長に借りた喪服着てここまで来たけど、目の周りノーメイクで本当によかった。もし普段通りのメイクだったら、今頃目からあごまで真っ黒な線ができて、大槻《おおつき》ケンヂみたいになってたと思う。

お焼香の列に並びながら、改めて遺影を見上げる。アタシをいつも安心させてくれた笑顔がそこにはあった。アタシを再び学校に通えるようにしてくれた、あの笑顔が。

坪井先生は、中野区立沼袋《ぬまぶくろ》中学校の校長だった。カリスマ校長先生なんて呼ばれることもあった。といっても、見た目はカリスマとはほど遠くて、校長先生なのにジャージ姿のことが多かった。それも、ちゃんとしたブランドのジャージじゃなくて、部活で作ったけど退部者が出て余ったジャージとかを、もったいないからってもらって着てた。校長のくせに背中に「沼袋中学校卓球部」とか書いてあんの。しかも、学校以外の普段着でもそんなのを着てた。

まあ、そんなダサいファッションもある意味では革命的だったけど、坪井先生は校長としてはマジで革命的だった。坪井先生は「校長室開放」という斬新《ざんしん》なシステムを作ったのだ。不登校気味の子が保健室に登校するっていうのはよく聞くけど、沼袋中学校ではそれが校長室だった。そしてアタシは、中学校三年間の半分以上を校長室で過ごした。

アタシの不登校歴は長かった。小学校四年生の途中からはもうほとんど行ってなかった。元々学校は嫌いじゃなかったけど、やっぱり勉強にまったくついていけなくなるときつい。先生が何をしゃべっているのかさっぱり分からないまま、一日五時間六時間の授業を受け続けるのは子供には無理だった。っていうか、大人になった今でも無理だわそんなの。

しかも宿題とかもよく忘れてたから、アタシは小学校の担任の先生に嫌われてた。先生に怒られ続けて、なんかクラスの中でも不良みたいな扱いになって、だんだんひとりぼっちになって、それで不登校になっちゃったのかな、最初のきっかけは。まあ、今となってはあんまり覚えてないけど。

でも、宿題忘れるのもしょうがないよ。だってアタシんち、勉強教えてくれるほどの知能を持つ親はいなかったし、勉強机もなかったんだから。っていうか、そもそも勉強机ってのがどんな物なのか、小三まで知らなかったんだから。

友達とのおしゃべりの中で、「うちの勉強机の中には何と何が入ってる」みたいな話が出てくることがあったけど、アタシは最初、そこで言う勉強机ってのは、学校の教室でみんなが使ってる、天板が木でできてて、その下の脚とか教科書を入れるところが鉄でできてる、あれのことだと思ってた。だから、なんで友達は家でもあんな小さくて不便な机で勉強してるんだろう、うちみたいにテーブルとか床で勉強した方が広くていいのに、なんて思ってた。

　だから、友達の家で初めて、あの引き出しが何個もついてて、ライトもついてて、全体がすべすべの木でできててすごい大きい、本物の勉強机を見た時には驚いた。でもその時も、まさかあんな高級な机がみんなの家にあるとまでは思わなかった。たしかその友達はチカちゃんといったと思うけど、チカちゃんの家はお金持ちだから、こんな机があるんだなって思ってた。

　でも、後になって他の友達の家にも何回か遊びに行った時に、チカちゃんの家よりも立派な家はざらにあること、しかも勉強机もみんなの家にあること、むしろどの友達の家よりも小さくて勉強机がないアタシんちの方が珍しいということを知った。

　それに、アタシ以外の家のお父さんは、昼間お酒を飲んでゴロゴロしたりせずにちゃんと仕事に行ってること、そもそも普通の家のお父さんは何年かごとに代わったりせずにずっと特定の一人だということ、普通の家にはお母さんが特別に買ってくれた時じゃなくても日常的にお菓子があること、それを友達が遊びに来るとジュースと一緒にお母さんが出してくれること、そんな普通のお母さんは夜中に濃い化粧をして働きに出たり、酔っ払って子供の前で裸になってお父さんと絡み合って「あんたは外に出てなさい」とか言わないこと、などを知った。

まあ要するに、アタシんちが異常だってことを知った。

それを知っちゃうと、「今度は茉希ちゃんちに遊びに行こう」って友達が言い出しても、頑《かたく》なに断るしかなくなるよね。それで何度も断ってるうちにだんだん友達と疎遠になって、ちょっとずつ仲間外れにされるようになって……ああ、アタシが不登校になったのにはこういう原因もあったんだね、そういえば。

でも、そうやって不登校のまま入学した沼袋中学校で、校長室登校ができるっていうことを知って、ダメ元で行ってみてから、アタシは変わることができた。

勉強なんてとっくについて行けなくなってたけど、坪井先生は自分で教える以外にも、他の手の空いてる先生に声をかけたり、ボランティアの人たちにも来てもらったりして、アタシたち不登校の生徒に、小学校低学年の内容から個人授業で教えてくれた。おかげでアタシは、もうできないだろうとあきらめてた六の段から先も言えるようになったし、十画以上のやつはほとんど分からなかった漢字の読み書きもできるようになった。まあそれでも、未《いま》だにアタシは「家庭」を「家底」って書いちゃったり、「大腸」を「たいよう」って読んじゃったりはするんだけど、坪井先生はそういう間違いをしても、「鮎川さんは賢い間違え方をするね。他の知識があるからそういう間違いが出てくるんだよ。間違いから学んでいけばいいんだ」なんてほめてくれた。間違えてもほめてくれる先生なんて、坪井先生が初めてだった。

　そんな先生のおかげで、アタシは生まれて初めて勉強を楽しいと思えるようになった。三年生になってからは普通の教室にも通えるようになって、ついには高校にも受かった。アタシの母親は昔から「高校なんて行ってもしょうがない」と言ってて、アタシが高校に受かったことを報告しても「まさか行こうとしてるわけじゃないよね？」なんて言ってきたけど、坪井先生が直々に家まで来てくれて説得してくれたおかげで、渋々入学を許してくれた。まあその高校も結局、アタシが三年生に上がる前に、母親が当時付き合ってた男の借金を肩代わりしたせいでどうしても学費が払えなくなって、中退することになっちゃったんだけど、それでも高校時代のクラスメイトの中には今でも親友の子もいるし、二年間でも通えたのはよかった。

　でも、男に貢いで娘に高校辞めさせるような母親と、いつまでも一つ屋根の下で仲良く暮らせるわけないよね。高校を辞めてからは、毎日のように母親とケンカする日々だった。早く家を出たかったけど、出たら出たで生活できない。友達の友達には、家出してセンター街さまよって売春もしながら生きてる子もいるけど、アタシにはそんな度胸はなかった。いや、実は何回かやぶれかぶれになってそれぐらいのことしちゃおうかって思ったこともあったけど、そのたびに坪井先生の顔がちらついて、やっぱりやらなかった。結局アタシは、とりあえず自分のお金さえ確保しとけばいざという時なんとかなるだろうと思って、ちゃんと合法的なバイトをして、コツコツお金を貯めた。そして四年前、二十歳になった年の暮れに母親と大ゲンカして、これぞ「いざという時」だと思って家を飛び出して、一人暮らしをする決心をした。

しばらく漫画喫茶とかネットカフェを泊まり歩きながら、不動産屋を回って部屋探し。でも、いい部屋を見つけても、そこに住むにはたいてい保証人が必要なんだよね。しかも不動産屋さんは、アタシぐらいの子の場合、普通は親が保証人になるもんだって言った。ひどい話だよね。そりゃまともな親がいたらアタシだって親に保証人になってもらうよ。でも親がまともじゃないからアタシは一人暮らししたいんだよ。

納得いかないまま、保証人無しでもOKのところってないですかって聞いたら、「それだと条件がガクッと落ちるんですよねえ」とか言いながら、不動産屋さんは物件のファイルをパラパラめくった。でもしばらくして、「あっ、たまたまいいところが空いてました」って言って、アタシにその「メゾンモンブラン102号室」っていうページを見せてくれた。

その物件を不動産屋さんと見に行って、マジで驚いた。だって、そこの大家さんが、あの坪井先生だったんだもん。

先生が定年退職した後に建てたアパートを、たまたま見つけることができるなんて、マジで天の助けだと思った。先生と久しぶりの再会を喜び合った後、当然すぐ契約してその部屋に住むことになった。先生は、余ってる布団とか食器も分けてくれた。ここなら安心して新しい生活を始められると思った。

でも、そんなに順調にはいかなかった。

そもそもアタシは、家賃のかかる生活も、家計の計算もしたことがなかった。家具もいろいろ買わなきゃいけなかったし、部屋探しの時に漫喫とか泊まって結構使っちゃってたし、二十歳になったら年金払わなきゃいけなくなっちゃってたし、お金がどんどんなくなっていった。しかも悪いことって重なるもんで、実家にいた頃から勤めてたバイト先のコンビニがつぶれちゃって、急いで次のバイト見つけたかったけど高校中退だとなかなか雇ってもらえなくて、かといって夜の商売とかに行くのは大嫌いな母親に近付いちゃうみたいで絶対に嫌だった。で、ようやく雇われたスーパーも先輩にいじめられてすぐ辞めて、その次の居酒屋では店長が陰でセクハラしてくるのが嫌ですぐ辞めて……なんてやってるうちに、気付けば貯金がほとんどなくなっちゃって、春にはとうとう家賃が払えなくなっちゃった。大人になってまで先生に迷惑かけるのは本当に申し訳なくて、アタシは半泣きで先生に謝りに行った。

ところが坪井先生は、「そういうことならしょうがないよ」って、家賃を待ってくれるどころか免除にしてくれた。「ゆっくり自分に合った職場を探すといいよ」って、中学時代と変わらない優しい言葉をかけてくれた。さすがにお金が絡むことだからただ好意に甘えるのは申し訳なくて、ちゃんとお礼はさせてもらったけど、その後結局、中高生向けのギャル系ファッションの店で雇ってもらうことができて、三年以上経った今でもそこで働いてる。今の職場は店長も店員もみんな女だからセクハラもないし、みんないい人だ。急に変なアイテムが流行《はや》ったりする女子中高生の流行をつかんでおかなきゃいけないのは大変だけど、週五で出れば貯金もできるぐらいのお給料ももらえるし、仕事も結構楽しい。

だからやっぱり、今のアタシがあるのは先生のおかげだ。

中学の時と二十歳の時、もし先生に出会ってなければ、アタシはもっと無茶苦茶な人生を歩むか、下手したら自殺とか野垂れ死にでもしてたかもしれない。マジで命の恩人、いや、もう神様だと思う。

でも、たいした恩返しもできないまま、先生は死んじゃった。ああ、涙が止まらないよ……。


〈寺島悠《てらしまゆう》〉


すげえな、大家さんってここまで人望のある人だったのか。オレは初めてお通夜っていうイベントを体験したけど、この参列者の数が相当多いってことは初めてでも分かる。

みんな泣いてる。大泣きしてる人も、静かに涙してる人もいるけど、全然泣いてないのなんてオレぐらいかもしれない。やばいな、このままだと場違いすぎるな、と思ってさっきからオレも頑張って泣こうとしてるんだけど、やっぱり泣けない。そりゃそうだよな、オレただのアパートの入居者だもん。まあ、大家さんはたしかにいい人だったし、普通の大家と入居者に比べれば交流は多い方だったとは思うけど、そこまでの思い入れはないもんな。

それにオレ自身、ここに来た理由がいくら何でも不謹慎すぎるっていう自覚があるからな。むしろ芝居して泣いたりしたら、ますます不謹慎になってさすがに罰が当たるってもんだよ。

オレは五年前、高校卒業と同時に地元の幼なじみと一緒に上京して、今コンビでお笑い芸人をやっている。とはいえ、仕事なんてほとんどない。一応それなりに大きい事務所に所属はしてるんだけど、だからってそんな簡単にテレビに出られるわけじゃない。唯一のテレビ出演は、十組の芸人がネタをやって、お客さんが投票した上位五組のネタだけが放送される番組に出て、八位で落選して、ネタは放送されずにオレたちの顔だけがちらっと映った時だけだ。

でも、毎月の事務所ライブには、百人以上のお客さんが入る。そのライブに出るためには事務所内のオーディション、いわゆるネタ見せで評価されなきゃいけないんだけど、ネタ見せに受かれば、大勢のお客さんの前で三分間思いっ切りネタができる。現在出るチャンスが与えられてる舞台の中で、オレたちが一番輝ける場所だ。

で、今月のライブのネタ見せでオレたちが披露したのが、「結婚式兼お葬式」っていうコントだ。新郎の祖父が結婚式前日に死んじゃって、新たにお葬式やるのも大変だしせっかく親戚《しんせき》たちも集まることだから、結婚式と同時進行で葬式もやることになるっていう内容。祝電と弔電を笑顔と泣き顔で交互に読んだり、白装束のおじいちゃんがお色直しでタキシードに着替えたり、キャンドルサービスのついでに油を塗ったおじいちゃんの亡骸《なきがら》に火をつけて火葬したり、ケーキ入刀のついでに遺骨も切り分けて「心霊写真を撮りたい方は前の方へどうぞ」なんて言ったりっていう、とにかくブラックなギャグ満載のネタだ。でも、こういうのが意外にウケる。同じネタ見せに出た芸人仲間たちも結構笑ってた。

ただ、ネタ見せの審査員である事務所の作家さんは、オレたちに言った。

「君らさあ、結婚式は出たことあるのかもしれないけど、本物の葬式って出たことないでしょ。もうちょっと、坊さんのお経とかお焼香とかも絡めてボケられると思うんだよね。まだボケの内容が浅いから、一度本物の葬式出てみて研究した方がいいよ」

まあ、その作家さんっていうのも、三十代半ばの元芸人らしいんだけど、何を「作ってる」から作家と呼ばれてるのかはよく分からない。一応毎月事務所ライブの構成台本を作ってはいるんだけど、そんなのあってないようなものだし、テレビの放送作家の仕事もそんなにもらえてないみたいだし、要は芸人として売れなかったのに、なんとかこの世界にすがりつきたいから立場を変えて事務所に置いてもらってるだけだろ、でもあんた自身芸人として売れなかったんだからアドバイスされても説得力ないよ、と思わないでもないんだけど、たしかにオレたちが結婚式に出たことはあるけど葬式はないっていうのは、悔しいかな図星だった。

で、ネタ見せは来週にもう一回あって、それまでに作家さんに言われた通りにネタをある程度作り変えないと、合格してライブに出ることはできない。でも、そんなに都合よく近場で葬式なんて開かれないよな……と思っていた矢先に、大家さんが亡くなって、近所の葬祭センターで通夜と葬儀が行われることになったのだ。まさに渡りに舟だった。

とまあ要するに、オレはコントのネタの参考にするために、今日の通夜に来たのだった。正直その動機がなければ来てなかったかもしれない。実際、たしか四年前ぐらいに大家さんの奥さんが亡くなってたと思うけど、その時は行かなかったし。ね、不謹慎でしょ？

でも、オレにだって大家さんの死を悼む気持ちがないわけではない。坪井さんは……まあ正直、死んでから久しぶりに苗字《みょうじ》を思い出したけど、あのおじいちゃんは超いい人だった。

そもそも、新築で七畳ユニットバス付き日当たり良好で家賃四万八千円という、都内では格安の好物件を提供してくれてたわけだし、その部屋で相方とネタの練習をして、騒音が漏れても一切文句は言われなかった。それどころか、オレたちが出るお笑いライブのチケットを買ってくれたこともあったし、庭の畑で採れた野菜をくれたこともあった。まあ野菜に関しては、苦くておいしくない時もあったんだけど、でもそれはオレの実家が農家で野菜に関しては舌が肥えてるからそう感じたのもあったろうし、とにかくそこまでしてくれる大家さんってそうそういないだろう。本当に、惜しい人を亡くしてしまった。

さて、気になるのは、オレが住むアパート「メゾンモンブラン」は、これからどうなるのかということだ。もう大家さん夫婦は両方死んじゃってる。まさか取り壊しになんかならないよな、という不安もあるけど、正直、期待も大きい。もしかして、次の大家さんは、娘の晴美さんになるんじゃないか……。

実は、その辺のことを確かめることと、晴美さんに慰めの言葉をかけること。これも今日ここに来た目的なのだ。

坪井晴美さん――その存在を知ったのは、去年の春のことだった。

家賃は銀行振込だし、大家さんに相談するような部屋のトラブルもめったに起きないし、庭を挟んで建つ坪井家を訪ねることなんて普通はまずない。唯一訪ねるのが、アパートの更新の時だ。不動産屋から届いた書類の、オレの欄に必要事項を書いてハンコを押した後で、大家さんに直接渡さなきゃいけないのだ。で、去年の二度目の更新の時、大家さんの家を訪ねたら、不在の大家さんに代わって、それまで見たこともなかった美人が出てきたのだ。

「あ、どうも、はじめまして。大家の娘の晴美といいます」

きょとんとするオレに対して彼女は自己紹介をしてくれたが、オレは何の返事もできず、坪井家の玄関先で固まってしまった。

「あの……どうされました？」

「いえ、その……あまりにも美人だったんで、見とれてしまいまして」

「やだもう、お世辞が上手だこと」

晴美さんは笑ったが、オレはお世辞ではなく本心を言っただけだった。その後、オレはただたどしい口調で、更新に関する書類を渡しに来た旨を伝えて手渡した。でもそのまま別れてしまうのはあまりに名残惜しかったので、最後にもう一度話しかけてみた。

「あの、なんか、女優さんとか、モデルさんとか、そういうのやられてるんですか？」

これもお世辞ではなかった。本当に晴美さんは、それぐらいのレベルの美人なのだ。

でも晴美さんは、照れてはにかみながら言った。

「そんな、とんでもないです。……まあ、妹の友美が売れない女優をやってるんですけど、私はただの、アラフォーのしがない小学校教師です」

「アラフォー？　とてもそうは見えないです。二十代って言っても全然通りますよ」

もちろんこれも本心。

「やだ恥ずかしい。おだてても何も出ませんよ」

晴美さんはなおも照れる。その表情がまたかわいらしかった。

「いやいや本当に……」

オレはもっと晴美さんと話して、あわよくばデートなんかにも誘いたい気は満々だったんだけど、さすがに大家さんの娘さんを玄関先でこれ以上口説くのはどうかと思ったし、もし大家さんが登場しちゃったらだいぶ気まずいなと思って、その日はおいとましたのだった。でも結局、晴美さんを見かけたのはその一度きりで、あの時デートに誘っておけばよかった、とずっと後悔していた。それぐらい晴美さんは、オレのストライクゾーンど真ん中の美人だった。

そこにきての、大家さんの訃報《ふほう》。こうなると、奥さんも亡くなってる以上、順当に行くと晴美さんが大家になるんじゃないだろうか。公務員の副業はできないっていうけど、この前ネットで調べたら、賃貸住宅の大家はあまり大規模じゃなければ大丈夫らしい。

そうなると、どうしたって妄想が膨らんでしまう。

美人大家との恋。『めぞん一刻』を彷彿《ほうふつ》とさせるシチュエーションだ。といってもオレは原作の漫画は読んだことがなくて、アニメの再放送をちらっと見たのと『CRめぞん一刻』をパチンコ屋でやったことしかないんだけど、でも長らく彼女のいないオレからしたら、そんな妄想をせずにはいられない。あと、こういうシチュエーションはAVにもよくある。

そんな妄想は胸に秘めつつ、さっき一応晴美さんに挨拶《あいさつ》に行ったんだけど、晴美さんはまだショックが大きいみたいで、しかも親戚とか関係者が周りに大勢いたから、さすがに「これからアパートどうなるんですか？」と聞ける感じではなく、「このたびはご愁傷様でした」とだけ言って立ち去るしかなかった。でも、夫らしい人もいなかったから、たぶん晴美さんは独身だろうということは分かった。それと、やっぱり喪服姿は超そそられた。

ところで、妹で女優の友美さんっていうのは、たぶん隣にいた人だろうな。たしかに晴美さんによく似てたけど、正直晴美さんの方が美人だった。妹の方はちょっと性格がきつそうな顔をしてた。まあ、だから売れてないのかもしれないけど。

とにかく今日の目的は、コントのためにお通夜というものをしっかり見学することと、もしできたら晴美さんと会話を交わし、少しでも好印象を与えておくことだ。なけなしの香典五千円を払った分、しっかりと収穫を得て帰りたいものだ。

そんなことを考えているうちに、そろそろ列の順番が迫ってきた。

……ん、というかこれ、何の列なんだ？

そうだ、さっきオレは、お香典を渡して会場に入って、晴美さんを見つけて一声かけた後、会場に長い列ができてみんな並んでたから、なんとなく雰囲気で一番後ろに並んじゃったんだ。そしたらオレの後ろにもどんどん人が並ぶもんだからもう抜けられなくなっちゃって、まあ並んでるうちに何の列か分かるだろうって思ってたら、とうとうあと三人でオレの番というところまで来てしまった。なんか、遺影の手前の台に向かってみんなが何かをしてるんだけど、後ろから見ても何をしてるのかまでは分からない。

あっ、待てよ。もしかしてこれは「お焼香」ってやつか？　そういえば聞いたことがある。ネタ見せでも作家さんが言ってたな。なんか、お葬式ならではの特殊な儀式があるらしいんだ。でも具体的にどんな感じにやるのか、細かいルールまでは知らない。

まずいぞ、あと二人でオレの番だ。しかもお焼香の様子は、たぶん斜め後ろの遺族席からよく見えてしまうはずだ。ひどい失敗でもしたら晴美さんに悪い印象を与えてしまうぞ。プレッシャーで腹がぎゅるぎゅる鳴ってきた。実はオレは、緊張すると腹を下すタイプなのだ。大事な舞台やネタ見せの時も、この体質のせいで苦労している。ああ、あと一人でオレの番だ……。

ん、待てよ。後ろから見ようとしてたから何やってるのか分からなかったけど、よく考えたら、オレは三列あるうちの真ん中に並んでるから、列は両隣にもあるんだ。横から見ればさすがに分かるはずだ。隣の人の真似をしてなんとか切り抜けよう！

二　焼香

〈坪井晴美〉

「ごめん、ちょっとしゃべりすぎちゃったね。じゃあ、どうかお気を落とさずに……」

斎木君は、最後に私を気遣う言葉をかけてくれてから、焼香の列に戻っていった。

懐かしい顔を見つけたので、つい遺族席から声をかけてしまい、喪主という立場にもかかわらず話し込んでしまったが、斎木君のおかげで少しだけ気を紛らわせることができた。

斎木君は、高校二年の時の同級生で、背が高くて一見ちょっと不良っぽかったけど、実際は明るくて社交的で、男女問わず積極的に仲良くなれる人だった。その雰囲気は、今でも変わっていなかった。背は高校時代よりさらに高くなり、そしてまだ若々しかった。

そんな斎木君が、調布市立柴崎中学校で、父の教え子だったとは知らなかった。さっき、斎木君は父を「人生の中で最高の恩師」とまで言ってくれた。わざわざ中学時代の担任の通夜に来てくれたのだから、きっと本心なのだろう。私はとても誇らしい気持ちになった。

それに斎木君は、父の影響で高校の登山部に入ったのだという。それを聞いて、そういえば斎木君は登山部だったなと思い出した。三年生の時には部長も務めていたと記憶している。私も斎木君に、子供の頃、父に登山に連れて行ってもらった思い出を話した。父は登山が好きだった。大学時代は山岳部に所属し、西ヨーロッパ最高峰のモンブランや、アフリカ最高峰のキリマンジャロにも登ったらしい。ちなみに父が定年後に建てたアパート「メゾンモンブラン」は、そのモンブランから名前をとっている。

私や友美が小さい頃は、高尾《たかお》山や筑波《つくば》山といった初心者向けの山に連れて行ってくれた。もう少し大きくなると、登山用のロープを使い、小さな岩山でクライミングも体験させてくれた。夏山はふもとは暑かったけど登るにつれて涼しくなっていったこととか、頂上からの景色が美しかったこととか、空気がおいしかったこととか、今でもはっきりと思い出す。そして、そういう時の父は、誰よりも自分が一番楽しんでいて、子供のように明るく笑っていた。

父は多趣味だった。興味を持ったことにはどんどん首を突っ込んだ。登山以外にも、映画や音楽にも詳しかった。また、教え子の影響もしばしば受けているようだった。尾崎豊にハマっていた現役教師というのは、あの時期珍しかったと思う。そして、共通の趣味の話題からどんどん友達の輪を広げてしまう、社交性の塊のような人だった。

そういえば、父は晩年も新たな趣味を始めていたようだった。三年ほど前、家のパソコンの履歴を覗いてみたら、ネット通販で、塗料用のスプレーが赤、青、緑と何種類も購入されていた。何かの間違いかと思って父に尋ねたら、「NPOの子に勧められて、スプレーアートを始めてみることにしたんだ」という思わぬ答えが返ってきた。結局作品を見たことはなかったけど、還暦を過ぎてからスプレーアートを始めるとは、すごいバイタリティだと思った。

そんな、父のバイタリティや社交性の、半分でもあったら、私もいい教師になれたのだろうか。――そう思って、少し切ない気持ちになってしまった。

と、ふと気配を感じて、私は横に目をやった。友美が、私を見て何か言いたげな表情をしている。いったい何だろう……。

〈坪井友美〉

姉が斎木さんという男性と話し込んでいるのを、あたしはずっと観察していた。焼香の真っ最中なので、声を抑えた会話だったけど、話の内容はだいたい分かった。ちなみに斎木さんは、背が高くて、イケメンってほどではないけど二枚目半ぐらいで、コミカルな役を演じたら生きそうな、阿部寛《あべひろし》をちょっと若くして十発ほど殴ってやや頼りなくした感じの人だった。

斎木さんは、父が人生最高の恩師だったと言っていた。まあ多少お世辞は入ってただろうけど、姉はうれしそうに聞いていた。あと、父が登山好きだったという話題でも盛り上がっていた。それを聞いてあたしも思い出した。そういえば小さい頃、あたしもよく山に連れて行かれたっけ。

でもあたしは正直、登山なんて楽しいと思ったことは一度もなかった。家族で山に登ってる途中であたしが道を外れて、方向音痴だから迷子になっちゃって危うく遭難しかけたとか、そんな嫌な思い出しか残っていない。

だいたい、父も含めて山が好きな人って、頂上からの景色が最高なんだよ、とかよく言うけど、あんな景色はいくらでも写真として残ってるわけじゃん。そりゃカラー写真がない時代だったらわざわざ登る価値もあったかもしれないけど、今はもう富士《ふじ》山頂からの景色も衛星中継できちゃう時代なんだから、わざわざ登って見に行く人の気が知れない。

それに、子供の頃から思ってたんだけど、どう考えても飛行機の窓から見る景色の方がすごい。高度一万メートルとか平気で行くんだよ。エベレストに登っても見られない景色を、ふかふかの椅子に座りながら見られるんだから、絶対飛行機の方がいいでしょ。それこそ海外の山に登りに行くなんて愚の骨頂。行き帰りの飛行機が高さのピークだからね。モンブランもキリマンジャロも低い低い。

他にも登山好きはなにかと山をほめるけど、あたしに言わせれば全部納得いかない。夏山が涼しくて気持ちいい？　前にバイトで入った業務用冷蔵庫の方が涼しかったわ。

空気がおいしい？　そりゃ空気が薄くて貴重だからそう錯覚するだけでしょ。密室で練炭燃やして、死ぬギリギリのところで外に出て空気吸えば、たぶん同じぐらいおいしく感じるよ。

……なんて心の中で毒づいてるうちに、登山の話はとっくに終わっていて、斎木さんは姉に励ましの言葉をかけて焼香の列に戻っていった。ただ、その後の姉の様子を見て、あたしはおや、と思った。

姉がなんだか妙に浮ついているというか、そわそわしている。周りの人は気付かないかもしれないけど、あたしには分かる。これは、もしかして……。

姉があたしの様子に気付き、「何？」と小声で言ってくる。あたしは思い切って尋ねてみた。

「お姉ちゃん、あの斎木さんって人のこと、好きだったの？」


〈斎木直光〉

晴美ちゃんと、結構話し込んでしまった。お通夜の場であんなにしゃべったのは不謹慎だったかな、と少々反省しながらも、おれはずいぶん久しぶりに、微《かす》かなときめきを覚えていた。

　正直、おれは高校二年の時、晴美ちゃんのことが好きだったのだ。

　おれは昔も今も、あまり人見知りせず、男女問わず積極的に話しかけられるタイプだ。でも唯一の例外が、本気で惚《ほ》れた相手。晴美ちゃんがまさにそうだった。しゃべろうとすると嘘みたいに緊張してしまった。なんとか距離を縮めるために、晴美ちゃん、と思い切って下の名前で呼ぶことにしてみたんだけど、その段階でおれの持っている勇気の八割方を使ってしまった。

　一対一でしゃべるのは緊張してしまうので、おれは作戦を立てた。晴美ちゃんと仲良しグループの女の子たちがしゃべっているところに、割って入ることにしたのだ。

　でも、おれも参加できそうな話題だったらすぐ割って入ろうという思いが先走ってしまって、「尾崎がどうしたこうした」って聞こえたからすぐに「あ、尾崎豊？　おれも好きなんだよ～」って割り込んだら、実はジャンボ尾崎《おざき》の髪型についての話だったり、「スカイウォーカーがどうのこうの」って聞こえたからすぐに「あ、ジュンスカの話してるの？」って割り込んだら、テレビの洋画劇場でやってたスターウォーズの主人公の話だったりと、空回りしまくってしまった。――まあそういう癖は今でもあって、この前も職場のスーパーでバイトの女の子たちが「キャリーがなんやかんや」って話してたから、あの最近リメイクされた、豚の血が降ってくるでおなじみのホラー映画の話だと思って、「あれは怖いというより、主人公の女の子がかわいそうなんだよね」って話に入ってみたら、どうも会話がかみ合わなくて、よくよく聞いてみたら、キャリーフミフミとかパフパフとか、そんな名前の知らない芸能人の話だった。

　まあそんなおれだが、二十年ものブランクを挟んで、ようやく晴美ちゃんと自然に話すことができた。状況が状況だけにあまり長く話すことはできなかったけど、坪井先生の父親としての顔について聞けたのは興味深かった。やっぱり坪井先生は、晴美ちゃんのことも登山に連れて行っていたそうだ。本当に山が好きだったんだな。

　坪井先生は、海外を含めていろんな山に登った時のエピソードを、地理の授業中などに面白おかしく、臨場感たっぷりに語ってくれた。それを聞いて、おれは高校に入学したら登山部に入ろうと決めたのだった。その希望をおれが面談の際に先生に伝えると、先生はわざわざ自宅から、ジョアニーというフランスのブランドの登山用ロープを持ってきて、放課後にいろんなロープの使い方や結び方を実演してくれたこともあった。

　本当に坪井先生は多趣味で、おれ以外の生徒とも趣味の話を通じて親しくなっていた。坪井先生に対して心を開かなかった教え子なんて、クラスに一人もいなかったんじゃないだろうか。

　……あ、待てよ。一人だけいたな。

　溝口《みぞぐち》竜也《たつや》。久しぶりに思い出した。あいつだけは例外だった。

　溝口は、三年四組の中で唯一、担任の坪井先生に懐いていなかった。溝口は、見た目は不良だったけど、誰とつるむわけでもなく一匹狼という感じで、そのくせ勉強はやけにできて、成績は学年の上位十人に入るほどだった。なのにテストの解答を白紙で出したり、志望校を自分の成績と明らかに不釣り合いな、底辺レベルの工業高校にしたりして、坪井先生を困らせていた。三年四組は坪井先生のおかげで明るい雰囲気のクラスだったのに、ホームルームで何気なく先生に話しかけられた溝口が露骨に反抗的な態度をとって、クラス全体がピリピリするようなことが何度かあった。たしか文化祭も体育祭も修学旅行も、溝口は休んでいた。

溝口はボクシングをやっていたらしく、ケンカが相当強かったらしい。同じクラスのみんなは、溝口が厄介な奴だって分かってたから誰も近付こうとしなかったけど、よく他のクラスの不良が溝口に絡んで、ケンカになっていた。そして必ず溝口が勝っていた。噂だと溝口は、街で高校生の集団とケンカになった時も、一人で勝ったらしい。

廊下の隅や空き教室などで、坪井先生と溝口が二人きりで話していたのを何度か見たことがある。坪井先生としても、なんとか教え子の心を開かせたかったんだろう。でも溝口は、かえって反発していた。たしか、体育の持久走で学校の周りを何周も走らされた時、溝口は職員用駐車場の脇を通るたびに、坪井先生の車めがけて石を投げていた。

そういえば、おれは一度溝口に、どうしてそんなに坪井先生に反抗するのか聞いたことがあった。すると奴はこう答えた。

「あいつ善人ぶってるけど、腹ん中じゃ何考えてるか分からないだろ？　あの、いかにもいい先生ですみたいな嘘臭い目が大っ嫌いなんだよ」

——おれにしてみれば、まったく理解できない言い分だった。

ただ溝口は、ケンカするにしても悪戯《いたずら》するにしても、教師の見ているところでは絶対にやらなかった。そういう小ずるさも持ち合わせていた。そのくせ、顔が結構整っていたので、女子には密《ひそ》かにモテていた。年上の恋人と付き合って、もう初体験は済ませていたなんていう噂もあった。まあとにかく、とことん鼻持ちならない奴だった。

高校に進んだばかりの頃、おれは柴崎中学校の近くで、ばったり溝口に出くわしたことがあった。溝口は、自転車で中学校の方に向かっていた。おれが何しに行くのかと聞いたら、あいつは「坪井のことぶん殴りに行くんだよ」とニヤニヤ笑いながら言っていた。さすがにあの言葉は嘘だったとは思うけど、母校に何の思い入れもなさそうな溝口が、卒業してから柴崎中を訪れるとは意外だと思った。あの時のことは、強く印象に残っている。

だって、あれが結果的に、生きている溝口を見た最後の場面になってしまったのだから。

高校一年の秋、溝口が自殺したと聞いた時は驚いた。それも、わざわざ夜中に、母校の柴崎中学校に忍び込み、非常階段とはしごを登って屋上に行き、そこから飛び降り自殺したのだ。遺書も残っていなかった。最期まで、さっぱりわけの分からない奴だった。

死因については、柴崎中卒業生の間でも、いろんな憶測が流れていた。溝口は高校でもクラスになじめていなかったらしく、学校生活が辛《つら》くて自殺したんじゃないかという説もあった。でも、中学時代から一匹狼だった溝口に限って、そんなことで自殺するとは考えにくかった。

また、高校には溝口よりもっと強い不良がいて、そいつに目をつけられてパシリにされたり金を要求されたりして、それが嫌で自殺したとかいう説も聞いた。でも、仮にそんな不良がいたとしても、溝口が簡単に従ってパシリにされるなんて想像できなかった。

一方で、恐ろしい噂も流れていた。自殺偽装説だった。

なんでも飛び降り自殺というのは、誰かに担ぎ上げられて、抵抗する間もなく投げ落とされてしまうと、殺人か自殺かの区別がつかなくなってしまうのだという。溝口は不良の集団に目をつけられて、そいつらに屋上に呼び出され、着いたところで集団で担ぎ上げられて投げ落とされたのではないか、という説が流れていたのだ。ただこの説も、どうしてわざわざその不良集団と溝口が、柴崎中まで来たのかがよく分からない。

結局、警察にそういう噂がどれだけ届いていたのか、どこまで自殺以外の可能性が検討されたのかは分からないけど、溝口の死は自殺と断定された。

その数日後、溝口の葬儀が行われた。遺族は母親と弟の二人だけ。そこで初めて溝口家の家族構成を知った。中学時代の同級生と、高校の同級生、それに双方の教師たちもひと通り集まったけど、中学側は大半が溝口のことを快く思っていなかったし、高校側は孤立気味の溝口のことをそもそもよく知らなかったようで、泣いている人はほとんどいなかった。母親と弟も、気が抜けたようなぽかんとした表情を浮かべていた。

でも、坪井先生だけは違った。

葬儀が始まった時から、坪井先生は号泣していた。卒業式の時も涙を浮かべていたけど、それとは比べものにならない滝のような涙を、悔しさに満ちた顔で流し続けていた。弔辞も、溝口の母親の言葉の後、坪井先生が任されていた。溝口竜也本人にはなぜか嫌われていた先生も、母親からは信頼されていたようだった。

そして、その弔辞で、式の雰囲気が変わった。

まず母親の言葉。ぼそぼそと小さい声だったが、なんとか聞いているうちに意外なことが分かった。成績優秀だった溝口が底辺レベルの工業高校に進んだ理由は、家に私立高校に進む金がないから、万が一にも受験で失敗することがないようにするため、それに弟がいるから自分の大学進学はあきらめ、偏差値は低くても就職率が高い高校を選んだためだったらしい。

「でも、家族のことを考えるのなら、自殺なんてしないでほしかったです。母さんは、あなたが、生きていることが……何よりの、幸せ、だった……」

そこまで言ったところで、ほとんど無表情だった母親は、突然号泣して崩れ落ちた。溝口の弟がなんとかその体を支えた。それを目の当たりにした時点で、女子の中からはすすり泣きの声が聞こえていた。

そして、次の坪井先生の弔辞。

先生の弔辞は短かった。始まった段階でぼろぼろ泣いていたから、長く話すことなんて無理だったのだと思う。まず、「みなさんもう分かってると思いますけど、自殺はいけません。親より先に人生を終わらせてはいけません」と言った後、一度大きく鼻をすった。そしてその後、顔をどんどん真っ赤にしながら、絞り出すように話した。

「人は、二度死ぬと言います。一度目は肉体が死んだ時、二度目は、故人の写真を見ても、誰も彼を知る人がいなくなってしまった時。……竜也君の一度目の死は、残念ながらあまりにも早く訪れてしまいました。でも二度目の死は、ここにいる全員が一度目の死を迎えるまで、訪れないようにしてください。みんなの心の中だけでも、竜也を、長生き……」

坪井先生は、涙で詰まりながらもなんとかそこまで言うと、最後に絶叫した。

「みんな、お願いだ！　溝口竜也のことを、一生忘れないでやってくれ！」

そして、先生も号泣して崩れ落ちた。マイクが倒れ、ゴオオオンという耳障りな音が響いた。でも、それが合図になったように、式場には大勢の号泣の声が響いた。

坪井先生の弔辞が終わった時、溝口の高校の同級生も、半分以上が泣いていた。そして、中学校時代の同級生は、おれも含めて全員が号泣していた。坪井先生が、クラス一の厄介者だった溝口のことさえも心から愛していたことに、全員が気付かされたのだった。

……ああ、久しぶりに、溝口のことなんて思い出してしまった。

もう二十年以上前のことだから、ここ最近はほとんど思い出すことなんてなかったのに。葬式と坪井先生、という組み合わせが、おれに思い出させたのかもしれない。

いや、あるいはもしかすると、先生の魂が思い出させたのかもしれない。だってあの時先生は、溝口竜也を一生忘れないでくれ、と言ったのに、おれはほとんど忘れかけていたのだ。

「直光。だめだぞ、竜也のことを忘れたら。……それに、今日からは先生のこともな」

そんな坪井先生の声が、聞こえた気がした。

いつの間にかおれの頰にまた、涙が一筋走っていた。

そこで、おれの焼香の順番が回ってきた。おれは遺影をじっくりと見上げた後、焼香をしながら、心の中で坪井先生に報告していた。

――先生、あなたにも溝口にも、おれが生きている限り、二度目の死を迎えさせることはありませんからね。

焼香を終え、席に戻る。溝口のことを思い出してみて、改めて思う。坪井先生は、自分と相容《あいい》れない人間に対しても気を配れる、本当に器の大きい人だったと。

〈根岸義法〉

列を乱してしまって恥ずかしい思いをしながら、俺は焼香を済ませて、席に戻った。

そして改めて、坪井先生との思い出を振り返った。

坪井先生は、自分と相容れない人間に対しても気を配れる、本当に器の大きい人だった。それこそ、俺のような考え方が正反対の人間であっても、困っている時は助けてくれたのだ。

あれはたしか、斎木が卒業した年の夏だった。思わぬアクシデントが起きた。

女子柔道部の顧問を引き受けてくれていた伊藤先生が、交通事故で足を骨折して長期入院することになってしまったのだ。すぐに代わりを見つけなければ、女子柔道部は活動ができなくなってしまう。しかしどの先生にお願いしても、「根岸先生がしばらく男女とも兼務すればいいじゃないですか」と言われてしまった。たしかに、客観的に見てそうするのが一番自然な流れだっただろう。でも、それは俺の性癖上どうしてもできないことだった。

俺は男子の指導で手一杯なのだという言い訳で押し通し、なんとか代わりの顧問を見つけようと奔走した。しかし、どの先生にも断られ、思いを寄せていた内田先生にも「家庭科部の指導で手一杯なので」と、どう見ても暇そうな部活の指導を理由に断られてしまった。このままでは本当に代わりが見つからないかもしれないと、俺は焦るばかりだった。

しかし、そこで救いの手をさしのべてくれたのが、坪井先生だった。実は坪井先生には一度断られていたのだが、俺の様子を見かねて翻意してくれたのだった。

「ここまで必死に代わりを探しているということは、男女両方は兼務できないよほどの事情があるんでしょう。私も一応、体育で柔道を習った経験はあるし、私が顧問を務める卓球部は、部長に指示すれば自主練でもきちんとやってくれますからね。協力しますよ」

坪井先生はそう言って、臨時の女子柔道部顧問を務めてくれた。女子の方は元々、男子と比べれば同好会レベルではあったが、しっかり受け身を徹底させ、事故がないよう万全の指導をしてくれた。それに、俺から習った技を女子部員に伝授したり、女子と組み手をしたりと、俺には絶対にできないこともやってくれて、部員からの評判もすこぶるよかった。女子柔道部の練習の合間に卓球部にも顔を出し、本当に忙しそうだったが、一切手を抜くことはなかった。

二週間ほどして、学校が夏休みに入った頃、無事伊藤先生も復帰したのだが、たった半月指導しただけの坪井先生に、女子部員たちは寄せ書きの色紙と花束を贈っていたほどだった。

それにしても、俺の性癖を隠すために多大な負担をかけてしまい、坪井先生には申し訳ない気持ちでいっぱいだった。

「ぜひお礼をさせてください。何杯でもおごります」

坪井先生が女子柔道部を見てくれた最後の日、部員たちの帰った武道場で俺は申し出た。しかし坪井先生は、笑って首を横に振った。

「いえいえ、いいんですよ。困った時はお互い様です」

「いやいや、これだけ負担をおかけして、何もしないわけにはいきません」

俺が食い下がると、坪井先生はしばらく考えた後、意外なリクエストをした。

「そうだ、根岸先生。私に、『肩車』を教えてくれませんか」

「肩車？」

俺は思わず聞き返した。肩車といえば、相手の襟と脚を摑《つか》み、頭から潜り込んで、相手の体を自分の肩の上に持ち上げ、最後は背中から畳に落とすという荒技だ。

「いやあ、男子の練習見てて、あの技かっこいいなって思ったんですよ」

たしかに、危険なので女子には教えられない技だが、男子にはこれを得意とする選手もいた。

「お安いご用ですが……本当にそんなことでいいんですか？」

「ええ、それで充分です」

坪井先生はにっこり笑った。

それから三十分ほど、みっちり坪井先生に肩車を伝授した。坪井先生は、年齢と小柄な体格の割には力が強く、俺のことを簡単に担ぎ上げられるまでに見事にマスターした。

「いやあ、ありがとうございました」

坪井先生はかなり汗ばみながらも、いつもの人懐っこい笑顔で、俺に礼を言った。

「いえいえ……しかし先生も飲み込みが早いですね。これで、どんな悪ガキでも持ち上げてぶん投げてやれますよ」

俺はつい軽口を叩《たた》いた。坪井先生のことだから、「私は生徒に暴力など振るいません」なんて怒られるかと思ったが、先生は俺の言葉など聞いていなかったようで、ぽつりとつぶやいた。

「これは使えそうだな……」

いざという時の護身用にでも習得したのだろうか、今となってはよく分からないが、このように、意外なことに突然興味を持ってハマるところも、坪井先生の特徴だった。

そういえばあの年は、秋には学校内で卒業生が飛び降り自殺してしまうという大事件が起きたり、その後俺が内田先生に振られてしまったりと、波瀾《はらん》万丈の忘れがたい一年だった。でも、思い返せばあの時をきっかけに、坪井先生と俺の親睦《しんぼく》はさらに深まったような気がする。

俺はその翌年に結婚し、さらに翌年には息子の智史が生まれた。それと同時に、三鷹《みたか》市内に狭いながらも一戸建てを購入した。結婚、出産、家の購入と、人生の一大イベントを立て続けに初体験していく中で、坪井先生には何度も親身になって相談に乗ってもらった。

智史が二歳になった年に、坪井先生は練馬《ねりま》区立氷川台《ひかわだい》中学校に異動し、教頭に就任した。その後、俺も柴崎中から異動した。それからも何回か飲みに誘ったり、教委の研修会などで顔を合わせた時には話し込んだこともあったが、だんだん疎遠になり、やがて年賀状のやりとり程度の関係に落ち着いた。本来なら、坪井先生とはそのまま会わなくなっていてもおかしくない間柄だった。

ただ、そんな期間が十年以上続いた後、俺は再び、坪井先生に頻繁に相談を持ちかけるようになった。

その相談内容は、思春期を迎えた智史が、家庭内暴力と非行に走ってしまったことだった。


智史には、俺をも凌《しの》ぐほどの屈強な男に育ってもらいたいと思って、小さい頃から柔道に加えて空手も習わせていた。また、男だから多少荒々しく育てた方がいいだろうと、智史が悪戯《いたずら》をしたり、言うことを聞かなかった時は、俺は容赦なく手を上げていた。妻の和子が止めるのも聞かず、一度に十発以上も拳骨《げんこつ》で殴ったこともあった。そのかいあって、智史は決して親に逆らわない良い子に育った……と、当時は本気で思っていた。後になって分かった。智史は、親への鬱屈《うっくつ》した怒りをずっと募らせていたのだ。そして、じっと反撃の機会をうかがっていたのだ。

智史が十歳を過ぎた頃、俺は八王子《はちおうじ》市の外れの中学校に異動になった。ただでさえ通勤距離が長くなった上に、そこの柔道部は全国優勝も狙えるレベルだったため、俺はそれまで以上に柔道の指導にのめり込んだ。その結果、帰宅は毎日深夜になり、家族と接する時間も減ったが、智史も手のかからない年齢になっていたし、柔道でも空手でも道場のエースにまで成長していたから、武道の精神を尊び、まっすぐな心に育ってくれていると俺は確信していた。

それがいけなかった。

俺が初めて智史に殴られたのが、智史が中学二年生の年の冬のことだった。その頃智史は、急激に背が伸びて俺よりも高くなり、声も低くなり、家での会話もめっきり減っていた。でも俺は、思春期の男子というのはこういうものだと思い、特に気にしていなかった。

ところが、智史の成績が急激に下がってきたこと、さらに柔道や空手の練習がない日でも帰りがどんどん遅くなっていることを和子から聞き、高校受験まであと一年という時にさすがに心配だと思って、休日の夕食時にやや厳しく注意したのだ。

智史は、神妙な態度で俺の説教を聞いていた。しかし、それに満足した俺が、説教を終わらせてテレビをつけた次の瞬間、突然矢のような拳《こぶし》が飛んできた。

まったく警戒していなかったため、俺は拳をもろに鼻に食らった。座っていた椅子ごと後ろに倒れ、鼻血が吹き出した。俺は「貴様！」と叫んですぐに立とうとしたが、横に回り込んでいた智史から側頭部を思いっ切り蹴《け》られた。再び倒れたところを、今度はポットで頭を殴られ、しまいにはポットの中の熱湯を浴びせられた。俺は絶叫してのたうち回った。止めに入った和子も殴られていたようだったが、俺の視界はほぼ暗転していてはっきりとは分からなかった。

俺は計算していなかった。遅くできた子供である分、智史が成長した時には俺が年を取り、体力が落ちてしまっているということを。

すでに俺は五十歳を超え、しかも八王子の中学校に異動してからは時間がなくなり、長らくトレーニングを怠っていた。筋肉がどんどん脂肪に置き換わっていることを自覚はしていた。そこにきて、自分より背が高く、日々トレーニングを続けている相手からの不意打ちだ。俺は、自分でも驚くほど、何の抵抗もできなかった。

その後も一方的に暴行を続けた後、智史は自分の部屋に逃げ込んだ。俺はよろめきながらもなんとか立ち上がり、後を追ったが、智史はドアに鍵《かぎ》をかけていた。元々子供部屋に鍵など付けていなかったが、智史が勝手に付けたのだということを、俺は和子に聞くまで知らなかった。しかも、さらに和子から驚くべき話を聞いた。

なんと和子は、以前から俺が家にいない時に、日常的に智史に殴られていたというのだ。どうして早く言わなかったのかと、俺が血と折れた歯を吐き出しながらなじると、和子は言った。

「だってあの子、私を殴るたびに、蛇みたいな目で言ったんですよ。『このことを親父に言ってみろ。俺はお前を殺す。俺が本気じゃないとでも思うか？』って」

——俺は、恐ろしいモンスターが家で育っていたことに、この時ようやく気付いたのだった。

それから、智史は頻繁に家で暴れるようになった。そのたびに俺と取っ組み合いの大ゲンカを繰り広げた。不意打ちさえ食らわなければ、俺だってあの夜のように一方的にやられることはなかった。しかし智史を組み伏せることも、もはや無理だった。

智史に柔道と空手の両方を習わせたことを激しく後悔した。どちらか一つだったら俺は勝てただろう。だが智史は、両方の長所を合わせ持ち、柔道しか知らない俺の弱点を的確に把握していた。ケンカはいつも決着がつかず、最後は智史が家を飛び出すか部屋にこもるかで終わったが、負うダメージはいつも俺の方が何倍も大きかった。要するに、格闘のレベルは著しく高いものの、親子の力関係は、息子の家庭内暴力に悩む他の家庭と何ら変わらなかったのだ。

しかも智史は、俺を恐れなくなったことでたがが外れたのか、家の外でも平気で悪さをするようになった。学校にも行かなくなり、いつの間にか柔道と空手の道場も辞めていた。だからといって弱くなると思ったら大間違い。街でケンカに明け暮れるようになった智史は、武器の使い方と、相手に確実に大怪我をさせる汚い技を覚えてしまった。そのため、家で暴れ出したら、もはや俺が立ち向かうのも危険だった。何度も警察の厄介になり、三年生になってからはほとんど学校にも行かないまま中学校を卒業。もちろん高校など受験もしなかった。

情けない気持ちでいっぱいだったが、もう自分たちではどうすることもできなかった。

しかし、生徒指導の鬼教師が家で息子に暴力を受けているなんて、他人から見たらとんだお笑いぐさだ。こんな悩みを相談できる相手は、一人しか思いつかなかった。

坪井先生だった。

坪井先生が、中野区立沼袋中学校で校長となり、校長室開放という取り組みで多くの不登校の生徒を学校に通えるようにしたという功績は、当然俺の耳にも届いていた。また、定年後にNPOに参加し、不良を更生させるような活動にも関わっていると聞いていた。そのノウハウを生かし、智史のこともなんとかしてくれるんじゃないか。……十年以上会っていないのにそんな相談を持ちかけるのは申し訳なかったが、もう坪井先生に頼るしかなかった。俺は、本棚で埃《ほこり》をかぶっていた、調布市立柴崎中学校の職員名簿を引っ張り出し、電話をかけた。

「これは久しぶりですねえ」と、十数年ぶりの電話に明るく応対してくれた坪井先生だったが、俺の暗い声ですぐに事情を察したようで、「どうかされましたか」と心配そうに尋ねてきた。

「実は……」

俺は恥を告白した。坪井先生は黙って聞いてくれた。そして聞き終わった後、一度直接会って、改めてゆっくり相談に乗ると申し出てくれた。

約束の個室居酒屋に現れた坪井先生が、背中に「練馬区立氷川台中学校卓球部」とプリントされ、胸に黄色と黒と赤のワッペンが付いたジャージを着てきた時は、思わずずっこけそうになった。だがそれも、深刻な雰囲気を少しでも和らげるための配慮だったのだろう。

「柴崎中学校の後、この氷川台中学校に異動して教頭をやってたんですけど、その時に余ってたジャージをもらったんですよ。ほら、イカしたデザインでしょ？」

坪井先生はくるりと一回転して笑った。頭に白髪が目立つようになっても、その笑顔は昔と変わらなかった。それに、普段着で学校のジャージを着てしまうセンスも相変わらずだった。俺が、懐かしさから少しだけリラックスして笑ったのを見て、坪井先生は席に着いた。

「さて……それじゃ、お話を聞きましょうか」

俺は坪井先生に、誰にも言えなかった思いを一気に吐き出した。智史の現状、その育て方に対する後悔、将来への不安、というよりもはや絶望……。

俺は、智史が幼い頃に体罰を行ったことを、坪井先生に咎《とが》められるかと思っていた。しかし坪井先生は、俺がすべての思いを吐き出すまで、口を挟まずじっと聞いてくれた。

そして、すべて聞き終わった後、ゆっくりと口を開いた。

「今の状態は、智史君だって辛《つら》いはずです。智史君が元々持っているはずの優しさを取り戻すための方法を、一緒に考えましょう」

そして、坪井先生とじっくり話し合った結果、智史に対してすべき二つのことが決まった。

『智史の話をとにかく聞く』

『お願いだから暴力はやめてほしいと、誠心誠意訴える』

俺は坪井先生に礼を言い、家に帰ってさっそく実践してみることにした。

——ところが、家で坪井先生の言った通りに何度やってみても、俺にはうまくできなかった。

「急におとなしくなって、今さら教育論の本でも読んだか馬鹿親父！」

智史は、なんとか話し合いの場を持とうとした俺に対して吐き捨てた。その言葉に、俺もたまらずキレてつかみかかり、倍にして返され……そんなことばっかりだった。

それから俺は、頻繁に坪井先生に相談するようになった。いつも一方的に呼び出して申し訳ないとは思ったが、十六歳になった智史は、和子から巻き上げた金でバイクを買い、暴走族に入ってしまっていた。早く更生させなければと、俺も必死だった。

坪井先生はいろんなアドバイスをくれた。しかし、俺にはどうもうまくできなかった。結局、それまで力だけで物事を解決してきた俺が、坪井先生の提案した解決方法を実践したところで、付け焼き刃にしかならなかったのだ。

「もっと俺に合った解決方法はないんですか？」と、思わず坪井先生に八つ当たりしてしまったこともあった。坪井先生にとっては理不尽だったろう。今思えば本当に申し訳なかった。

「いっそ智史がバイク事故で死んでしまえばいい」とつい漏らしてしまった時は、さすがに坪井先生にたしなめられた。でも、その時にはもう、俺の焦りといらだちはピークに達していた。あの言葉は、当時の俺の本心だったのだと思う。

しかし、そんな日々は唐突に終わった。

今から四年前、智史が十六歳の年の暮れ。

智史はバイク事故で、意識不明の重体になった。

自宅に続く長い下り坂。智史は真夜中に、そこをバイクで爆音を鳴らしながら走り下りて帰ってくるのが日課になっていた。

ところがその日智史は、その坂を下りきった、最もスピードに乗った地点で転倒し、勢いで二十メートル近く吹っ飛び、住宅の塀に激突した。その後、新聞配達員に発見され、一一九番通報。病院に来るのがあと十分遅かったら死んでいただろうと、救急の医師に言われた。

智史は昏睡《こんすい》状態に陥った。俺は臨時の休暇をもらい、集中治療室の外で、妻と二人でひたすら祈った。一日十分足らずの面会時間には、ぱんぱんに腫《は》れた顔で、何本もの管につながれた智史に声をかけ続けた。厄介者の息子だったのに、どうか生きてほしいと心から願っていた。

同時に、はずみとはいえ、坪井先生の前でうっかり「いっそ智史がバイク事故で死んでしまえばいい」などと言ってしまったことを猛烈に後悔した。言霊《ことだま》というのは本当にあるのだろうか、あるとしたら、あの時の俺のせいでこんなことになってしまったのだろうかと、悔やんでも悔やみきれなかった。頼む、どうか死なないでくれ……。

その願いが通じたのか、一週間後、智史の意識がついに回復した。

「智史！　智史！」

医師に面会を許可された俺と和子は、枕元で何度も名前を呼んだ。ぱんぱんだった顔の腫れは引いていて、表情が不自然に引きつってはいたが、目も薄く開いていた。

「よかったな。智史、助かったんだぞ！」

俺は声をかけ続けた。

でも、返事はなかった。何度呼びかけてもなかった。表情も変化がなかった。

その後、何種類かの検査をしてみて分かった。

智史はもう、意味のある言葉を発することはできなくなっていた。

首から下は動かず、顔も麻痺《まひ》したままの状態。呼びかけなど外からの刺激に対しては、麻痺した顔の筋肉を微《かす》かに動かして反応することもあるが、言葉や知能はどうやら完全に失われてしまったらしく、コミュニケーションはとれなくなっていた。五十音が書かれた文字盤を目で追って、言葉を紡ぎ出させる方法も試してみたが、無理だった。

ただ智史は、歌を聴かせたり首元をくすぐったりすると、麻痺した顔が微かにやわらぎ、まるで笑っているような反応を見せることがあった。

つまり智史は、生後間もない赤ちゃんのような状態になってしまったのだ。ただ、普通の赤ちゃんとの決定的な違いは、将来立って歩くことも話すことも、まずないということ。

「この状態で、あとどれくらい生きられるかは分かりません。一年か、十年か、あるいはそれ以上かもしれません。ただ、これ以上病院にいても、もう回復することはありませんので……」

医師から遠慮がちに告げられた。要は、もうベッドを空けたいということだった。

こうして、智史は退院し、一生寝たきりのまま家で暮らすことになった。

ただ、唯一の救いは、妻の和子が、久しぶりに穏やかな笑顔を取り戻したことだった。和子は今も毎日、まるで智史が生まれた直後のような優しい母の表情で、まさにあの頃と同じくらいの身体機能となった智史の介護をしている。皮肉にも、智史の将来と引き替えに、根岸家には平穏な日々が戻ったのだ。

ふと思うことがある。もし智史があのまま健康だったら、さらに悪の道に染まり、根岸家には想像を絶するほどの暗い未来が待っていたのかもしれない。智史は誰かを傷つけていたかもしれない。下手したら殺していたかもしれない。またもしかすると、俺の秘めたる性癖も遺伝していて、欲望のおもむくままに性犯罪を起こしていたかもしれない。

いずれにしても、一人息子がそんな行く末をたどったら、両親も大きな責任を問われていただろう。まして俺は教師だ。仕事も続けられなくなり、社会的に抹殺されていたかもしれない。そう考えると、むしろ智史が事故に遭った今の方が、まだましだったのではないか……。

なんて、そんなことを思ってしまうたびに、慌てて俺は考え直すのだ。馬鹿な、一人息子が寝たきりになってよかったなんて、そんなこと考えるものではない。

そもそも、あれが本当に事故だったのかどうかにも、未《いま》だに疑問が残っているのだ。

実は、智史の転倒は当初、事件性が疑われていた。

というのも、当時、智史が入っていた暴走族グループは、敵対するグループと抗争を繰り広げていて、しかも智史の転倒現場では、ちぎれたロープの切れ端が発見されていたのだ。

道路にロープを張り、走行中のバイクや自転車を転ばせるという犯罪は、各地で起きている。たいていは無差別の愉快犯だが、智史が転倒した現場は、住宅街の端の一本道。人通りはきわめて少なく、その先には根岸家を含め数軒の家しかない。まして智史が毎晩深夜にあの坂をバイクで下るということは、少し調べれば分かることだった。つまり、あれは抗争相手の暴走族が智史を狙った、計画的犯行だったのではないか——というのが警察の見立てだった。

「必ず、智史君を転倒させた悪ガキを捕まえてみせますからね。抗争相手の暴走族たちを一人一人当たれば、絶対に尻尾《しっぽ》が摑めるはずです」

担当の刑事は当初、俺たち夫婦に自信ありげにそう言っていた。

ところが、そんな捜査方針に、ほどなくして疑問が生じた。

まず、敵対する暴走族のメンバーが、智史が転倒した時間に、数十キロ離れた川崎《かわさき》市内のコンビニの駐車場でたむろしている様子が、防犯カメラに写っていた。カメラの画像は鮮明で、一人一人の顔まできちんと確認できたらしい。彼らにはアリバイがあった。

さらに、智史の転倒現場で見つかったロープの切れ端にも、疑問点が浮上した。

警察の鑑定の結果、そのロープは、フランスのジョアニーというメーカーの登山用ロープだったことが分かったらしい。しかし、ジョアニーのロープというのは、数十年前までは日本でも入手できたものの、近年は輸入されておらず、ベテランの登山愛好家でもなければ持っていない代物だというのだ。ロープなんて百円ショップでも買えるのに、なぜわざわざ入手困難な物を使ったのか、暴走族の手口としては不可解だった。もちろん警察も、敵対する暴走族のメンバーやその周辺に、登山に精通した人物がいないか調べたが、該当者はいなかったそうだ。

そのため、当初は暴走族が犯人だと自信を持っていた警察も、やがて捜査方針を転換した。ただ、その頃から捜査は迷走しているようだった。

「あのお、やっぱり暴走族の線は薄いと思うんです。それより、たとえば近所に住む登山に詳しい人間が、バイクの騒音に腹を立てて犯行に及んだとか、そういう線の方が濃いと思います。根岸さん、登山に詳しくて智史君に恨みを持っていた人物に、心当たりはありませんか？」

当初とは打って変わって自信なさげな刑事に、そんな質問をされたこともあった。しかし俺も和子も、近所の住人一人一人に登山の趣味があるかなんて、把握していなかった。

　刑事はその後も聞き込みを重ねたようだったが、進展はなかったらしい。そのうちに、智史の転倒がそもそも事件だったのかどうかにも疑問が出てきた。現場付近に落ちていたロープの切れ端というのも、ほんの数センチの短さで、智史の転倒とは無関係のただのゴミだった可能性も考えられるということだった。実際、現場の坂の下から十メートルほどの場所には、ゴミ集積所もあったのだ。――そんな説を聞いてしまうと、俺の心も揺れた。

　そして結局、智史の転倒は事件と言い切れるほどの証拠が集まらず、事故として処理された。

　俺だって、その捜査結果に完全に納得したわけではなかったが、智史が猛スピードで暴走していたのは紛れもない事実。ただ転んだのだとしても不思議ではない。

　それでも一時は、独自に近所の住民に聞き込みをしたりして、調査を続けようかとも思っていた。しかし、近所からの風当たりの強さがそれを躊躇《ちゅうちょ》させた。近所の住民の中には、智史のバイクの騒音に悩まされてきた上に、智史の事故後には警察に身辺をかぎ回られたせいで、我が家に冷たい眼差《まなざ》しを向ける人も多かったのだ。

「根岸さんのせいで、町内に犯人がいるみたいに警察に疑われて、落ち着いて生活できないわ」

　実際に和子は、お隣さんに面と向かってそんな言葉を投げられたらしい。

それ以上真相を追究すれば、ますます和子を苦しめることになることは明らかだった。

智史が退院してから一ヶ月ほど経った頃、俺は和子に聞いた。

「和子……智史が転倒したのが事故だったという結論に、納得してるか？」

すると、和子は答えた。

「私は、とうに納得してます」

そこで俺は決めた。俺も納得しようと。そして、これからずっと、赤ん坊になった智史と一緒に、おとなしく暮らしていこうと。

近所の冷たい視線を避けるために引っ越しも検討したが、すぐあきらめた。家のローンも残っていたし、智史の介護にも金がかかる。それをまかなえる収入は、教員の俺にはなかった。

その後、坪井先生に長らく連絡を取っていなかったことを思い出した俺は、智史がバイク事故で生涯寝たきりになったことを、電話で報告した。坪井先生は驚いて絶句した後、「こんなことになる前に更生させてあげていたら。……すまない、私の力が足りなかったね」と、電話口で泣き出してしまった。俺は、先生のせいじゃありません、と泣きそうになりながら繰り返した後、長い間相談に乗ってもらった礼を言った。

……ああ、ずっと蓋《ふた》をしていた思い出も、よみがえってしまった。

正直、今でも、あれが事故だったのだと心から納得はできていない。ただ、もう四年も前の話だ。交通事故の再捜査をする民間の機関もあるらしいが、今さら依頼しても手遅れだろう。

それに今、我が家は平和そのものだ。夫婦共に智史の介護にも慣れ、福祉制度を利用してヘルパーに頼れば、智史を預けて夫婦で遠出することだってできる。

この平和に波風を立てたくはない。だから、これでいいんだ。

だいたい、去年も辛《つら》い目に遭ったんだ。あんな思いは、もうたくさんだ……。

〈香村広子〉

焼香に戸惑っていた坊主頭の男の子にやり方をレクチャーしてあげてから、わたしも焼香を済ませて席に戻った。そういえばあの男の子は、顔に見覚えがあった。たぶん坪井さんのアパートの店子《たなこ》さんだろう。

それにしても、焼香のためにちょっと歩いただけで、息が荒くなっている。やっぱり太りすぎね。それも一年で一気に太ったから、体がまだ自分の重さに慣れてないのかもしれない。

まあ無理もないわよ。そりゃリバウンドもするわよ。だって去年までの生活のせいで、早食いの癖がついちゃってるんだから。早食いは太るって分かってるけど、去年までは、食べられる時に食べとかないといけなかったからね。夕飯食べられないことだってざらにあったし。

やっぱり、去年まで実践してたあのダイエットは、効果抜群だったわ。「巻くだけダイエット」とか「ロングなんとかダイエット」とか、どういう原理で痩《や》せるのかよく分からないやつに比べたら、あのダイエットの方がずっと単純明快よ。わたしも本出したら売れるかしら。

名付けて「徘徊《はいかい》老人介護ダイエット」。……売れないか。


わたしの夫、香村正男《まさお》。少し頼りなかったけどいい人だったわ。測量士として長年勤め上げて、わたしと息子の琢郎を養ってくれた。わたしより十歳年上で、わたしは戦後生まれだけど夫は戦前生まれ。だから価値観の違いもあったわね。特にわたしが食べ物とか服を捨てようとするとすぐ怒られた。でもその分、夫も物を大事にしたし、家族も大事にしてくれた。

でも、五年前から、すべてが変わってしまった。

まずは、夫がわたしを呼ぶ時に、「広子」っていう名前が出てこなくなった。まあ、その頃はわたしも、「やだ、妻の名前を忘れたの？　それとも愛人の名前とどっちか分からなくなったの？」なんて笑ってたし、それに対して夫も「馬鹿なこと言うな」なんて笑ってた。

でもそのうち、わたしの名前以外にも、テレビとかトイレとかコタツとか、簡単な物の名前も出てこなくなって、ついさっきご飯を食べたばっかりなのに「飯はまだか」って聞くようになって、それどころかご飯食べてる最中に「飯はまだか」って聞くようになって、しまいにはわたしに向かって「誰だお前は！」って怒鳴るようになって……坂道を転げ落ちるように、夫はどんどんぼけていった。ただ、家の中でぼけてるだけなら、まだなんとか耐えられた。

一番困ったのが、徘徊だった。

夫は突然玄関から外に出て、何も言わずにすたすた歩いて行っちゃった。しかもそのスピードがすごく速かった。測量士って長いこと外を歩き回る仕事だから、それで鍛えられちゃってたみたい。わたしが一生懸命走ってやっと追いついて、「どこに行くの？」って聞くと、「家に帰る」って答えるの。「さっきまで家にいたじゃないの」って言っても知らん顔。しまいには「誰だお前は！　赤の他人のくせに話しかけてきて」なんて怒鳴り出す始末。毎回なんとか説得して家に連れ帰ってたけど、本当に大変だったわ。

一人息子の琢郎は九州で働いてるから頼れなかった。役所に相談していろんな福祉のお世話にもなってみたけど、わたしの負担はほとんど減らなかった。

まず、デイサービスとかショートステイとか、夫を短期間預かってくれる施設を何カ所か利用してみたけど、夫は施設の職員さんたちの隙をついてすぐ脱走しちゃった。かといってドアに鍵《かぎ》をかけると、怒って暴れちゃった。一度、職員さんに噛《か》みついて怪我をさせちゃったこともあって、結局その施設からは「うちではお預かりできません」って言われちゃった。

次に、ホームヘルパーさんを頼んでみたけど、やっぱりだめだった。ヘルパーさんが家に入ったとたんに、夫は怒鳴り散らして物を投げて、すごい暴れようだった。落ち着かせるためには、せっかく来てくれたヘルパーさんに帰ってもらうしかなくて、それじゃ全然ヘルパーさんを呼ぶ意味がなかった。家に他人が入ってくることに対する夫の拒否反応はすごくて、テレビが地デジ化になった時も、工事に来た電気屋さんに向かって夫が「人の家に勝手に入るとは何事だ！」と怒鳴っちゃって大変だった。たしかあの時は電気屋さんの方も、地デジの期限までもうすぐ一年っていう忙しい時期だったらしくて、そんな時に夫のせいで仕事が進まないもんだからいらついちゃって、わたしはただおろおろして謝るしかなかった。

そんな感じで、短期間の施設もだめ、ホームヘルパーもだめで、かといって老人ホームも順番待ちでいっぱい。となると結局、わたしが頑張るしかなかった。

それから介護地獄の日々が続いた。正直、夫の足腰が弱くなってくれれば助かったんだけど、むしろ逆だった。夫の徘徊の範囲はどんどん広がっていった。わたしが気付かないうちに外に出ちゃうともう大変。捜索のために、警察のお世話になることもあった。

中でも一番大変だったのは、夫がタクシーに乗って、生まれ育った栃木県まで行っちゃった時。夫は東京からタクシーに乗って、きちんと地名や道順まで説明したから、運転手さんも何も疑わずに栃木まで行っちゃったんだけど、目的地に着いてから夫が無賃乗車だと知った運転手さんは、怒って警察を呼んじゃった。でも、その時わたしはわたしで、夫が行方不明になったことに気付いて警察に行ってたから、警視庁と栃木県警をまたぐ大騒ぎになって……ああ、今思い出してもあれは辛かったわ。あの晩だけでおまわりさんに百回以上頭を下げたわね。

ただ、そんな時に助けてくれたのが、坪井さんだった。坪井さんは、わたしと外で顔を合わせた時に、わたしが夫の徘徊についての愚痴を言うと、その翌日に徘徊対策の方法をいくつも調べてきて教えてくれた。本当にいい人だったわ。

中でも一番役に立ったのが、夫が着る服の胸の辺りに、『こちらに連絡をお願いします。03-××××-××××　香村』って、電話番号を書いた布を縫いつけておく方法。そうすれば、徘徊している夫を見た通りすがりの人が連絡をくれるし、タクシーに乗っても運転手さんに気付いてもらえる。あの方法を教わったおかげで、警察のお世話になることも減った。実際、一度また夫がタクシーに乗っちゃったことがあったんだけど、運転手さんが発進する前に、連絡先が書かれた布に気付いてわたしに電話をくれたから、大ごとにならずに済んだ。

ただ、しばらくすると今度は、介護疲れのせいか年のせいか、わたしの体が悲鳴を上げちゃったのよね。

膝《ひざ》も腰も背中も痛くなって、夫が外に出たのに気付いてから追いつくのがだんだん難しくなっちゃって、そうなると夫の徘徊の頻度はますます増えて、多い時には二日に一回ぐらいのペースで脱走しちゃった。しかも、夫の着てる服にはうちの電話番号が書いてあるから、すぐ連絡がくる。それで迎えに行ってみると、せっかく連絡をくれた通行人に、夫が暴言を吐いてる時もあった。

通行人も、事情を察してわたしに「大変ですねえ」って言ってくれる人もいたけど、中には「あんたが奥さんですか。こんなじいさんベッドに縛り付けておけよ」なんて怒っちゃってる人もいて、どちらにしてもわたしは平謝りだった。その後、足腰が痛む中なんとか夫を連れて帰るんだけど、その途中で夫が違う方向にすたすた歩いて行っちゃうこともあって、なんとか追いついて夫の腕を摑《つか》んだら「何をする！」って振り払われて転んだりして……。そんな日々が続いて、いよいよわたしもギリギリまで追い詰められてた。

で、去年の秋。ゴミ出しに行った帰りに、道でばったり坪井さんと会って立ち話したの。坪井さんって聞き上手なのよね。わたし、さんざん夫のこと愚痴ったあげく、つい言っちゃったの。「ああ、主人が死んでくれたらどんなに楽なことか」って――。

そんなこと、口に出して言うもんじゃないのよね。

それから数日後の、去年の十月十二日。本当に夫は死んだの。

その日夫は、自宅のある杉並区から目黒《めぐろ》区まで、十キロ以上歩いて行ってしまった。そして夜九時頃、住宅街の中の、人気《ひとけ》のない神社の階段から転げ落ちて死んだ。

わたしは葬儀で大泣きしながら悔やんだ。夫の死を一瞬でも望んだから、こんなことになってしまったんじゃないかって。でも、葬儀に来てくれた坪井さんにそんな話をしたら、坪井さんは諭すように言ってくれた。

「自分を責めてはいけません。あの優しかったご主人も、あなたが自分を責め続けることなんて望んでいません。あなたがこれから幸せに生きていくことを望んでいるはずです」

さすがは小学校の先生。なんだかわたしも、素直な子供に戻ったみたいに、あの言葉がすっと心の中に入ってきた。

坪井さん。わたし、あの言葉に救われたんです。あなたはやっぱり、神様のような人でした。……ああ、あの頃のことを思い出したら、また涙が止まらなくなっちゃったわ。

あれから一年以上経ったけど、今ではわたしは、心穏やかな日々を送っている。夫には悪いけど、一人がこんなに落ち着くもんだとは思わなかったわ。体の痛みもだいぶ治まったし。

ただ……やっぱり、今でもちょっと引っかかっちゃうのよねえ。

わたしが、目黒区の警察署で、夫の遺体を確認した直後。茫然《ぼうぜん》自失のまま遺体安置室から出たわたしに、三十歳ぐらいの、ちょっとジャニーズ系の刑事さんが言ったの。

「旦那《だんな》さんの死は、事故ではないかもしれません」

刑事さんはそう言って、ポケットから、透明のビニールに入った布きれを出した。それは、黄色い生地の左右の縁《ふち》に黒と赤が入った模様のワッペンだった。

「これに見覚えはありませんか？」

ただでさえ動転している時にそんな物を見せられて、わたしはすっかりわけが分からなくなっていたけど、一応ちゃんと見た。でも、見覚えはなかった。そもそもワッペンなんて、琢郎の高校の制服に付いていたのを見て以来、見たことがなかったもの。

ただ、そのワッペンには英語の刺繍《ししゅう》がしてあった。わたし英語なんてろくに読めないんだけど、「ＨＩＫＡＷＡ」って文字が含まれてるのはすぐに分かった。わたし、氷川《ひかわ》きよしのファンだから、あれが「氷川」って読むことだけは知ってたの。あとは全然分からなかったけど。


〈鮎川茉希〉

アタシは大泣きしながらお焼香を済ませた。やり方は一応店長に教わってたけど、こんな精神状態では思い出せなくて、変なところでおじぎしちゃったり、たぶんところどころ間違ってたと思う。でもいいの、儀式的なことは。アタシが坪井先生を思う気持ちは誰よりも強いから。

泣きながら席に戻る。アタシが並んでた隣の列のすぐ後ろに、うちのアパートのお隣さんの、香村さんという太ったおばあさんが並んでいるのが見えた。香村さんの家の勝手口は、アタシが住むメゾンモンブラン１０２号室の真正面で、出がけや帰りがけにドアの外で鉢合わせすることがあって、その時に挨拶《あいさつ》や世間話は交わす程度の仲だ。

その香村さんも泣いていた。他にも参列者の大半が泣いてるみたいだった。やっぱり先生の人望はすごく厚かったんだと、改めて思う。

席に戻って、改めて先生との記憶を振り返る。

三年前の春に家賃を免除してもらった後、ようやく仕事を見つけて、家賃を払えるようになって、これからは先生に迷惑をかけずに生きていこうって思った。でも、アタシはその後すぐ、夏場にまた先生に迷惑をかけることになっちゃった。

アタシが一人暮らしを始めてからバイトを転々としてた時期に、店長のセクハラが嫌で辞めた居酒屋。そこでバイトリーダーをやってたのが、アタシより一つ年上の、シンゴだった。

シンゴは、茶髪のロン毛であごひげを生やしてて、見た目はチャラかったけど仕事は真面目にやってた。アタシにも丁寧に仕事を教えてくれて、短い間だったけどよく話もした。そんなシンゴから突然電話があったのは、アタシが居酒屋を辞めて何ヶ月も経った頃だった。

その時アタシはもう、今の職場のギャル向けのショップで働き始めてたんだけど、シンゴはいきなり言った。

「俺も居酒屋のバイト辞めたんだ」

バイトリーダーのシンゴが辞めたのは意外だった。アタシが理由を聞くと、シンゴは答えた。

「実は昨日、茉希ちゃんが辞めた理由が店長のセクハラだったって初めて知って、俺ブチ切れて、店長ぶん殴って辞めたんだ。……ごめん、茉希ちゃんがいた時に気付いてやれなくて」

アタシが驚いてリアクションできない中、シンゴは、ふうっと、電話越しでも分かるぐらい大きく深呼吸してから言った。

「実は俺、茉希ちゃんがずっと好きだったんだ。俺と付き合ってくれ！」

かなり唐突ではあったけど、好きな女のために店長をぶん殴るなんて、男気があるって思った。ただ、それまでシンゴに対する恋愛感情はなかったし、その時は「ちょっと考えさせて」って言って、返事は待ってもらった。それからしばらく悩んだけど、結局はその男気を認めて、アタシはシンゴと付き合うことにした。

でも、その判断が間違いだった。

シンゴは、とにかく異常に束縛してくる男だった。会えない日でも毎日電話してきて、今日は何時にバイトが終わって何時に帰って、何時にお風呂《ふろ》入って今何してるのかとか、取り調べみたいに細かく聞かれた。そういう細かい時間を忘れちゃってたり、アタシが電話に出られなかったりすると、後で「他の男と浮気してたんじゃないか」なんて問い詰めてきた。

最初は、それもアタシへの愛が深い証拠なのかな、なんて思ってたけど、すぐにうっとうしくなった。告白してきて、こっちが渋々OKしてやったのをいいことに、態度がコロッと変わって、まるで女を自分の持ち物みたいに扱う男。それまでにもそういうダメ男と何人か付き合っちゃったことはあったけど、シンゴはまさにその典型だった。

束縛はされるけど付き合ってて楽しかったり、それこそ坪井先生みたいにいろんなことを教えてくれたり、そういう人間的に尊敬できる男だったらまだよかった。でもシンゴは、なんにも物を知らなかった。アタシより物を知らない男はシンゴが初めてだった。

シンゴは、新聞も読めなかった。といっても、毎朝配達されるあの新聞を読む読まないの話じゃなくて、「新聞」っていう漢字を読めなかったのだ。「これ何て読むの、しんきき？」と聞いてきた時はさすがのアタシも引いた。「しんぶんって読むんだよ」って教えてあげたら、「マジで？　こう書くんだ〜」って感心してた。アタシが人に漢字を教えたのは、後にも先にもあの一回だけ。

それにデートも、どこに連れて行ってくれるわけでもなく、ただうちに来てだらだらして、昔は地元で暴走族のナンバー2だったとかいう、嘘臭い上につまんない自慢話して、あとはセックスするだけ。要はヤりたいだけだったみたい。しかもシンゴは、女のアタシより大きな声であえぐもんだから、隣近所にシンゴの情けない声が聞こえちゃうんじゃないかって、いつも気が気じゃなかった。ただでさえシンゴは下手で、体も情けないほど華奢《きゃしゃ》だったのに、あえぎ声まで気にしてたら、アタシが気持ちよくなるはずもなかった。

その上シンゴは、アタシを抱くだけでは飽き足らず、風俗にも行ってた。アタシが問い詰めると必死に否定するんだけど、シンゴは嘘をつく時は必ず、ただでさえ甲高い声がさらに裏返るからバレバレだった。別にアタシは、彼氏が風俗に行くのが絶対許せないっていうタイプでもないんだけど、やっぱりアタシが浮気することは許さないくせに自分は風俗に行くってのはフェアじゃないよね。それに病気とかうつされたら嫌だし。

そんな感じだったから、どんどんケンカも増えていって、付き合って一ヶ月も経った頃には、もう別れる気持ちは固まってた。

ただ、別れ話を切り出してからが大変だった。シンゴのストーカー攻撃が始まったのだ。

まず、待ち伏せが始まった。

シンゴは、アタシの職場のショップの前で待ち伏せして、アタシが仕事を終えて出てきたら復縁を迫ってきた。その時のシンゴは目が据わってた。茶髪・ロン毛・あごひげの目つきの悪い男が、入り口脇に立っているショップに、わざわざ入ろうという女の子はまずいない。客が減って大迷惑だった。

「こんなことされたら迷惑ってことも分かんないの？　そんな男、絶対付き合いたくねえし！」

アタシは言い寄ってくるシンゴを突き放した。

すると、逆恨みしたシンゴは、アタシの部屋のポストに脅迫状を入れるようになった。わざわざパソコンで打って印刷してあったんだけど、「別れるなんて絶対に許るさない」とか、「覚えてり、この馬鹿女」とか、パソコンで短い文章を打つのによくもまあこんなに字を間違えられるもんだと思うぐらい間違えてた。

それもシカトしてると、しばらくして脅迫状は止んだ。ところがある日、バイトから帰ったら、今度はドアの前にクッキーの箱が置いてあって、手紙が添えられていた。でもどうせ中に変な物が入ってると思ったから、箱も開けず、手紙も読まずに、即ゴミに出した。

その辺までは、わざわざリアクションするのも馬鹿馬鹿しいから無視してたけど、部屋の玄関ドアにスプレーで落書きされた時は、さすがに黙っていられなかった。ある日バイトに行こうと部屋を出て、鍵を閉めようとしたら、ドアにスプレーで「売女」と、でかでかと書いてあったのだ。赤とか青とか緑とか、いろんな色を使って派手に書いてあった。そういえばシンゴは、暴走族時代の悪さ自慢の中で、スプレーで落書きをしたとかいう話もしていた。

坪井先生に心配はかけたくなかったけど、さすがにこれは、大家さんである先生に報告しないわけにはいかなかった。バイト先には遅刻すると事情を伝えて、アタシは庭を挟んだ先生の家に行って、先生に部屋まで来てもらってドアを見せた。

「これはひどい……」

先生はそれを見て顔をしかめてた。

「これ、ばいじょって読むの？」

アタシが聞くと、先生は「いや……これは、知らない方がいいよ」と言葉を濁した。

結局ドアは、先生が業者を呼んで取り替えてくれた。費用も立て替えてもらって、本当に申し訳なかった。あと、アタシはその後自分で調べて、「売女」が「ばいた」って読むことを知った。まあ意味は、調べる前から薄々予想してた通りだった。

その日のバイトが終わった後、シンゴに何度も電話をかけた。シンゴは出なかった。仕方なく留守電に、「ふざけんな馬鹿！　あんなことしてただで済むと思うなよ。警察に通報するからな！」って怒鳴り散らしたけど、返事はなかった。

それからしばらくは何もやられなかったから、ようやくシンゴも自分の馬鹿さに気付いたんだろうと思ってた。でも、バイトが休みだったある日、アタシが家にいると、店長から電話があった。電話に出ると、店長は緊迫した声で言った。

「もしもし茉希ちゃん、今近くでネット使える？」

「はい、このケータイ使えばネットできますけど」

アタシは戸惑いながら答えた。

「じゃあ、『鮎川茉希　キャシーポップ』で検索してみて。ショックを受けると思うけど……」

　キャシーポップっていうのは、働いてるショップの名前だった。アタシはいったん電話を切って、言われた通りに検索してみて驚いた。

『キャシーポップ店員鮎川マキは超インラン』

『キャシーポップ鮎川茉希はだれとでもすぐ寝る』

『クソオンナ鮎川茉希死ね死ね死ね！』

　――そんな書き込みが、いろんな掲示板にランダムに書き込まれていた。

「これ、例の茉希ちゃんにつきまとってるストーカー野郎の仕業じゃない？　絶対やばいよ、もう警察に通報しなきゃだめだよ」

　店長は、アタシが折り返し電話すると、何度も通報を促してきた。アタシはとりあえずこの事態を教えてくれた店長にお礼を言ってから電話を切ったけど、シンゴがここまでひどいことをするかと、しばらく呆然《ぼうぜん》としながら、順番に検索結果を見ていった。

　と、その中に気になる文章を見つけた。

『明日東京ディズニーランドに、鮎川茉希という超どすけベクソバカ女が現れます。とくちょうは、身長155センチぐらいで……』

　そのページを開いてみると、掲示板にアタシの背格好とか、性格が超悪いとか、男をとっかえひっかえして二百人斬りしてるとか、ひどい中傷が書かれていた。ただ、それが書き込まれた日付は、本当にアタシが、高校時代の友達とディズニーランドに行った日の前日だった。

別の掲示板にも、『キャシーポップのクソ女店員鮎川茉希は、明日カゼといつわってバイトをズル休みするでしょう』なんて書き込みがあった。馬鹿みたいな書き込みだけど、それが書き込まれた日付も、アタシが夏風邪を引いてどうしても翌日出られなそうだったから、前日の夜に電話してバイトを休ませてもらった、まさにその日だった。

おかしい。なんでシンゴが、アタシの予定を前日の段階で知ってるんだろう。仮にアタシに気付かれないようにつきまとってたんだとしても、その日何をしたかは分かるけど、翌日何をする予定かは分からないはず……。アタシは、全身に鳥肌が立つのを感じながら考えた。

しかも、ディズニーランドの約束は、その友達と一緒に行く予定だった子が、急に彼氏とのデートが入っちゃって、前日になって急きょアタシが電話で誘われたのだ。それにバイトを休んだ日だって、前日にアタシが店長に電話するまでは、アタシが休むなんて誰にも分からなかったわけで……ん、電話？

どっちの電話も、この部屋で通話している。

もし、この部屋のアタシの声を、誰かに聞かれてたんだとしたら……。

アタシは以前、夕方のニュースで、「都会の盗聴の実態」みたいな特集を見たことがあった。その中で、家のコンセントからこっそり電源をとって盗聴器を仕掛ける手口が紹介されてた。まさかと思って、アタシは家中のコンセントを見て回った。

そしたら、あった。――冷蔵庫の裏のコンセントに、差した覚えのない電源タップが。

恐怖なのか怒りなのか、アタシはぶるぶる震えながら、ネットで盗聴器バスターの業者を調べ、すぐに電話をかけた。三十分ぐらいして業者のおじさんが到着した。引っ越しの時に引っ越し屋さんが入って、テレビが地デジになった時に電気屋さんが入って、まさか部屋に入れる三人目の業者さんが、盗聴器バスターになるとは思わなかった。

しかも偶然なんだけど、その三人が全員つるっとハゲたおじさんで、なんでうちに来る業者さんってみんなハゲてるんだろう、三人連続ツルッパゲってすごくない？　なんて一瞬思っちゃったんだけど、いやいやそんなこと考えてる場合じゃないだろってすぐ気を引き締めて、アタシはその業者のおじさんに、「ここが怪しいんです！」と例のタップを指差して見せた。

案の定、おじさんがそこに、アンテナが何本もついた無線機みたいな盗聴器発見用の機械を近付けると、ギュイイインっていう強い反応の音がした。おじさんはその電源タップを引き抜くと、慣れた手つきで分解して、「これが盗聴器ですね」と小さな機械を掲げて見せた。

アタシは震えた。今度は百％怒りの震えだった。シンゴの野郎、嫉妬《しっと》深いとは思ってたけど、よりによって盗聴器を仕掛けてたなんて……。

「あれ、まだ弱い反応があるな」

業者のおじさんは発見用の機械を見ながら言ったけど、部屋中くまなく調べてみた結果、結局盗聴器はその一つだけだった。

「妙だな。違う電波を拾ってるのかもしれないけど、もしかするとアパートの他の部屋か、近隣の家にも盗聴器が仕掛けられてるのかもな。……いやあ、だとしたら物騒な世の中だよ」

おじさんは苦笑いを浮かべて言った。その言葉も気になったけど、それよりもアタシの頭の中は、シンゴへの怒りでいっぱいだった。お金を払って業者さんに帰ってもらった後、アタシはすぐにシンゴに電話をかけた。

警察に突き出すにしても、最後にブチ切れて怒鳴ってやらなきゃ気が済まなかった。でも、どうせシンゴは、今までみたいにシカトするだろうな。そしたらすぐに警察に通報してやる。……と思ってたら、意外にもシンゴは、久しぶりに電話に出た。

「もしもし……」

なんだかびびってるような調子の声だった。それを聞いてますます腹が立ったアタシは、もう近所迷惑なのも覚悟で、一気に怒りをぶちまけた。

「おめえふざけんじゃねえよ！　いつの間に盗聴器仕掛けてたんだよ！　アタシ今日中に警察行くからな。今日中にてめえ逮捕だからな。覚悟しとけよ！」

ところがシンゴは、戸惑ったような声で言った。

「え、盗聴器？　ちょっと、何の話だよ……」

「とぼけんじゃねえよ馬鹿！　だいたい、脅迫状も気持ちわりいクッキーも落書きも、アタシの悪口をネットに書き込んだのも、全部犯罪だからな！」

　アタシは、それまでのシンゴの悪行を全部挙げた。でも、まだシンゴはとぼけ続けた。

「ちょっと待てよ。……脅迫状とか落書きとか、それにネット？　そんなのマジ知らねえよ」

「下手な嘘ついてんじゃねえよ！　だいたい何もやってないんだったら、なんでアタシからの電話出なかったんだよ。後ろめたいことがないんなら出れたはずだろ！」

「いや、それは、バイト先で待ち伏せしたこと、まだ怒ってるのかと思ったからだよ。お前がブチ切れてる留守電も入ってたし。……でも、それにしてはしつこく怒りすぎだよなって思って、久しぶりに電話出たら、こんなわけ分かんねえこと言われたからびっくりしたよ」

「わけ分かんねえとか言ってんじゃねえよ！」

「うるせえな、わけ分かんねえからわけ分かんねえって言ってんだよ！」

　シンゴはよりによって逆ギレしてきた。その後は、お互いに怒りのぶつけ合いになった。

「このストーカー野郎が！」

「誰がてめえにストーカーすんだよ。そんな濡《ぬ》れ衣《ぎぬ》着せる女、こっちからお断りだよ！」

「ああそう。どうしても認めないっていうなら、警察に言うから！　ストーカーなんとか法みたいな罪で逮捕してもらうからな！」

「やれるもんならやってみろ！　でもそうやって俺をデタラメの罪で訴えて、もし俺の無実が証明されたら、逆にお前が、名誉なんとかみたいな罪で捕まるんだからな。覚悟しとけよ！」

最後には、お互いに知りもしない法律用語をぶつけ合って、電話は切れた。


結局その後、アタシは警察には行かなかった。面倒だったし、あと正直、シンゴの言ってた名誉なんとかみたいな罪に、もし本当に問われちゃったら嫌だなっていう気持ちもあった。ただ、あれから嫌がらせはぴたっと止んだから、やっぱりタイミングから考えて、あれは全部シンゴの仕業だったんだろうな、と思っていた。

でも……今になって思い返してみると、本当にそうだったのかな？

まず、まだ付き合い始めの頃、シンゴはパソコンもネットも全然できないって言ってた。まだあの頃は別れ話なんて出てなかったし、嘘をつくとも思えない。でもだとしたら、シンゴはアタシをネット上で中傷することも、脅迫状を作ることもできなかったはず。ってことは、シンゴは友達にあれを頼んだのかな。でもあんな犯罪行為に手を貸す友達がいるかな。

脅迫状といえば、「絶対に許るさない」とか「覚えてり」とか書いてあったのも妙だった。たしかにシンゴはあんな間違いをしてもおかしくないほど馬鹿だったけど、シンゴのケータイのメールはほとんどひらがなで、漢字を使おうというチャレンジすらしてなかった。わざわざ漢字を使って送りがなを打ち間違えるなんて、逆にシンゴらしくなかった。まるで、シンゴじゃない誰かが、シンゴに見せかけるためにわざと馬鹿っぽく書いたみたいだった。

なのに、ドアにスプレーで「売女」なんて書いたのだ。あんな難しい読み方の言葉は、絶対シンゴは知らないはず。まあ、あれもシンゴに頼まれた友達が書いたのかもしれないけど。

でも、何より気になるのが、最後の電話の時のシンゴの声だ。どんな些細《ささい》な嘘をつく時でも裏返るシンゴの声が、あの時は全然裏返ってなかった。

ただ、そうなると、シンゴじゃなかったら誰が犯人なんだって話になってくる。アタシの部屋に入って、こっそり盗聴器を仕掛けることができる奴なんて、シンゴ以外には坪井先生ぐらいしかいない。でも、それこそ坪井先生は、校長時代からパソコンができないことで有名だった。ワープロ初心者のレベルで止まっちゃってる、なんて自虐的に言ってたのを覚えてる。そんな人に、脅迫状はギリ印刷できたとしても、ネットで誹謗《ひぼう》中傷なんてできるだろうか。

……っていうか、アタシ何考えてんの？　坪井先生が犯人のわけないじゃん！

よりによって先生のお通夜にこんなこと考えるなんて、アタシどうかしてる。アタシは慌てて首をぶんぶん横に振って、突然頭に浮かんだ馬鹿な考えを打ち消した。

〈寺島悠〉


お焼香のやり方が分からないまま順番が回ってきてしまったオレは、隣の人の真似をしてなんとか切り抜けることにしたのであった！

右隣は、若い女の人。ちょっとギャルっぽい感じだ。なんだかすごく泣いている。泣きすぎてちょっとふらついてるぐらいで、お焼香ルールを知らないオレから見ても妙なところでおじぎをしたりしている。う〜ん、この人はちょっと頼りない。左隣の人にしよう。

左隣は、かなり年輩のおじいさんだ。杖なしで歩いてはいるが、足取りはおぼつかない。でも、こういう時に頼りになるのは年の功だろう。よし、この人の真似をしよう。

まずおじいさんは、遺族席の方向と、お経を読んでるお坊さんに向かってゆっくり一礼した。かなりスローペースなおじぎだ。頭を下げてから五秒ぐらいしっかりためて顔を上げる。これもマナーなのだろう。とすると右隣のギャルっぽい女はちょっとマナー違反だったたな。おじぎが速すぎたもんな。オレはおじいさんの動きをそのまま真似した。

おじいさんは次に、ゆっくりゆっくり歩き、お焼香の台に向かった。そのままお焼香に移るかと思いきや、台の直前で突然ぴたっと止まって、手を合わせてしばらく停止。危ない危ない、ちょっとフェイントだった。オレもなんとかおじいさんに動きを合わせる。

いよいよ最大の難関、お焼香本体の動きに入る。おじいさんはまず、台の上の右側の容器に入った粉を手でつまんだ。オレも真似をする。次におじいさんは、ぷるぷると手を震わせ、粉を台全体にばらまいた。なるほど、お焼香ってのはこんなことをするのか。オレ一人で考えたところで絶対に分からなかったな。オレもおじいさんにならって手を震わせ、粉を台の上にばらまく。おじいさんは、粉をつまんでは手をぷるぷる震わせてばらまく動きを三回繰り返した。なるほど、三回も同じ動きをするのか。オレはおじいさんの動きを完全コピーする。そして、おじいさんは四回目にして、ついに手をぷるぷるさせずに粉をつまむと、それをゆっくりおでこに近付けた。しかしそこで再び手をぷるぷるさせ、飛び散った粉が目に入って痛がり……。

あれっ？　様子がおかしいぞ。

もしかして、このおじいさんのぷるぷるは、儀式的ぷるぷるじゃなくて年齢的ぷるぷるなんじゃないか？　つまり、わざとじゃないんじゃないか？

そうだよ。だってよく考えたら、オレがこの台の前に立った時は台の上はきれいだったもん。もし今までのみんながこうやって粉ばらまいてたら、もっと台の上が粉だらけになってたはずだよな。今は汚いけど、この汚れの大半はオレがばらまいた粉だし……。

ああどうしよう。このおじいさんはあてにならないぞ。

慌てておじいさんと反対側の右隣を見たけど、さっきの若い女はいつの間にか別のおばさんと代わっていた。しかもそのおばさんともろに目が合ってしまい、「何見てんのよ？」的な目線で思いっ切り睨《にら》まれる。慌てて顔をそらしてもう一度おじいさんを見ると、いつの間にか焼香を終えたらしく、ゆっくりと歩き去ってしまっていた。ああまずい、手本が誰もいないぞ。どうしようどうしよう、ぎゅるるる、わあまたお腹が痛くなってきた……。

「大丈夫？　やり方分からないの？」

突然、後ろから声をかけられた。振り向くと、まるまる太った、どこかで見覚えのあるおばあさんがオレを見ている。

「ほら、こうするのよ」

おばあさんはオレの返事も聞かず、オレを押しのけるようにして台の前に立つと、粉をつまんで額に近付け、左側の入れ物に落とすという動作を二度繰り返した。そして最後に手を合わせておじぎして、三歩後ろに下がって振り返り、遺族席とお坊さんにおじぎして、最後にちらっとオレを振り返って目配せした。

「あ、ありがとうございます」

オレはお腹を押さえながら小声で礼を言った。よかった、おせっかいなおばあさんに救われた。っていうかお焼香ってこんな簡単なことだったのか、たったこれだけだったらパパッと適当にやるだけでもごまかせたな、と思いながら、すぐにオレも習いたてのお焼香を済ませた。振り返ると、後ろの参列者のみなさんからじろじろ見られていたが、幸い、遺族席の晴美さんには見られていないようだった。晴美さんは背の高い男の人と小声でしゃべっている。その遺族席とお坊さんに急いでおじぎして、オレは逃げるように後ろの方の席に座った。

いやいやそれにしても、とんだ赤っ恥をかいてしまった。

後ろの席から改めて晴美さんを見ると、背の高いややイケメンの三十代ぐらいの男とまだしゃべっていた。オレの振る舞いなど見ていなかっただろう。ああよかった、助かった……。

と思ってたけど、だんだん不安になってきた。

晴美さんは、その背の高い男と、ずいぶん親しげに話しているのだ。まあ親しげとはいっても通夜だから、声を落としてはいるんだけど、それにしても結構話し込んでいる。あ、今ようやく終わった。しかし心配だ。もしかしてあいつ、晴美さんの彼氏じゃないよな？

背の高い男がお焼香の列に戻り、やがて彼の順番が来た。オレは遠目にそれを見ながら、失敗しろ、そして晴美さんの前で恥をかけ、って密《ひそ》かに念を送ったけど、当然失敗なんてすることなく、男は無難にお焼香を終えた。まあ、そりゃそうだよね。

背の高い男が席に戻ったのを見届けたら、もう何もすることがなくなった。延々と続くお焼香。それにお経。なんとなく視線を移すと、前の方の席に、さっきオレを助けてくれた太ったおばあさんの後ろ姿が見えた。そういえばあのおばあさん、どこかで見たことがあるような気がしてたけど、たぶんうちのアパート、メゾンモンブランの隣の家に住んでる人だな。前はあそこまで太ってはいなかった気がする。だからすぐには気がつかなかったのかもしれない。

その後ろ姿を見るともなしに見ていると、やがておばあさんは肩を震わせ、ハンカチで顔を押さえた。結構長い時間そうしている。どうやらおばあさんは、お隣さんである坪井さんを思い出して泣いているらしい。それも少々泣いているレベルではなく、大泣きだ。

すごいな、お隣さんまで大泣きするなんて。まして、隣近所のつながりがそんなに強くないはずの都内での話だもんな。オレの実家は千葉の田舎だけど、お隣さんが死んでもうちの両親絶対泣かないよな。っていうか、うちとお隣さんちょっと仲悪かったもんな。犬の鳴き声とか土地の境界線とかで揉《も》めてたし。そう考えるとやっぱり、大家さんは器がでかかったんだな。

犬一匹の鳴き声で揉めてたうちの実家に比べて、大家さんは、ガキの集団が出す騒音も全然気にしてなかったもん。

大家さんの家から、道路を一本挟んだところに、大きな児童公園がある。そこは遊具もかなり充実している人気の公園で、平日の夕方遅くまで、休日ともなると午前中から、大勢の子供がピーピーギャーギャー遊び回る騒音が辺りに響き渡る。

オレは夜勤のバイトをしてた頃、夕方に一眠りしたかったのに、そのガキの騒音のせいで眠れなくて迷惑していたものだった。でも、そんなオレの部屋よりも距離的にさらに公園に近い大家さんには、子供をうるさがる気持ちなんてなかったのだろう。土日の朝なんて、子供たちと談笑しながら、ジャージ姿で公園のゴミ拾いをしてたほどだった。大家さん以外にそんな人は見たことがなかったから、たぶんあれは当番制とかじゃなくて自主的にやってたんだろう。

あの公園の中の通路を通ると、バイト先に行くにも最寄り駅に行くにも近道だったんだけど、ガキの下手くそなキャッチボールの球がそれて思いっ切り背中にぶつかったこともあるし、鉄棒から落ちたガキを介抱してやったせいでバイトに遅れそうになったこともあるし、ガキが吐き捨てたガムを踏んだこともあるし、とにかく馬鹿なガキに面倒をかけられたことが何回もあって、結局オレは避けて通るようになってた。まあ、オレもガキの頃はあれぐらい馬鹿だったんだろうけど、それにしても腹が立つ。でもそんなオレに比べて大家さんは、元教師で子供に慣れてたとはいえ、あんなガキ共にストレスを感じないとは、素晴らしい器の大きさだった。

……とはいえ、騒音に関しては、オレだって人のこと言えないよな。オレの方こそ、立派な騒音の元なんだから。

ネタの稽古《けいこ》を部屋でやる時、声を落としてはいるけど、それでも厳しい大家さんだったら怒られていただろう。実際、オレが住む２０３号室の斜め下の、１０２号室の鮎川さんという人からは、「とても迷惑しています。静かにしてください！　102鮎川」という怒りのお便りをポストに入れられたことがある。その時は、粗品のクッキーを持って謝りに行ったんだけど、何回訪ねても留守で、結局クッキーにお詫《わ》びの手紙を添えて、部屋の前に置いてきた。

でも大家さんは、そんなオレたちコンビの騒音に対しても寛容だった。それどころか、アパートの外で行き会った時に「お笑い頑張ってるみたいだねえ。私も一度、お笑いライブを生で見てみたいんだよ」なんて声をかけてくれた。それで、オレが冗談半分に「今度ライブ出るんで、チケット買いますか？」と言ったら、なんと本当に千二百円のチケットを買ってくれたのだ。若手芸人にはたいていのライブにチケットノルマがあるから、買ってもらえるのは本当にありがたい。バイト先の同僚とかに買ってもらうことはよくあったけど、大家さんに買ってもらったのは後にも先にもあの時だけだった。

まあ、後にも先にもあの時だけだった、というのには、苦い理由があるんだけど。

大家さんに来てもらったライブで、オレたちは自信の新ネタを披露したんだけど、それが見事なまでにスベってしまったのだ。それはもう、ネタ中に一度も、クスリとも笑いがこないという、オレたちコンビの活動歴の中でもワースト3に入るおぞましいスベり方だった。そのせいか、結局大家さんは二度と「ライブを見に行きたい」とは言わなかった。

ただ、そこは優しい大家さん。ライブ後に初めて、アパートの敷地内で顔を合わせた時、気まずいなと思っていたオレに対して、「この前のライブ、スベってたね」なんてことは言わず、「いやあ、私はすごい好きだったよ、あのコント」と言ってくれた。その後も何回か、外で会った時に挨拶《あいさつ》がてら、「頑張ってるみたいだね」とか、「あの銭形《ぜにがた》警部が泣き出すシーン、最高だよね」とか声をかけてくれた。一度見ただけのネタのいいところを、わざわざ思い出して言ってくれるなんて、つくづく芸人心の分かるいい人だった。

……あれ？

今になって、一つ妙なことに気付いちゃったぞ。

あの、大家さんに来てもらったライブでは、オレたちは「ガン告知」というコントを披露したのだ。女子中学生が好きな男子を体育館裏に呼び出して告白をするみたいなノリで、女医が男性患者を病棟裏に呼び出してガン告知をするというネタ。「あたし、男の人に告るの初めてだけど、勇気を出して言います。……あなたは、余命半年です！」というつかみのギャグがスベったのを皮切りに、あのライブでは一切ウケなかったんだけど。

でも、大家さんが言ってた「銭形警部が泣き出すシーン」があるのは、「万引きGメン」というコントだ。ルパン三世と銭形警部が、お互いヨボヨボに年を取ってから、万引き犯とGメンとしてまさかの再会をするというネタ。「わしゃお前を、こんなみたらし団子の万引きなんかで捕まえたくなかったぞおおおっ」って銭形が泣き出すシーンがあるんだけど、あのネタは大家さんには見せていないはずだ。

なのにどうして大家さんが、万引きGメンネタの内容を知ってたんだろう。

実はあの時以外にもこっそり、お忍びでオレたちの出たライブを見に来てくれてたとか……いや、それは考えにくいな。だってオレからチケットを買う前、大家さんは「私も一度、お笑いライブを生で見てみたいんだよ」と言ってたんだから、その前にライブを見たことはなかったはずだ。それに、チケットを売った時オレは、「芸人にはチケットノルマがあるから、チケットは芸人から直接買ってくれるのが一番ありがたい。その方が当日券よりも料金が安いし」的な話をした記憶がある。それを聞いたにもかかわらず、その後オレからチケットを買わずにライブに来るなんて、あの気遣いの塊のような大家さんに限ってありえないだろう。

じゃ、オレたちが部屋で万引きGメンネタの稽古をしてる声が、大家さんの家にまではっきり聞こえちゃってたのか……いや、それもないだろうな。たしかに多少音は漏れてるだろうけど、そんな大声で稽古するわけじゃないから、外からネタの内容をはっきり聞き取るなんてまず無理だろう。玄関のドアにぴったり耳をくっつけて聞いたとしても無理じゃないかな。

となると、考えられるのは、そうだな……。

「実は大家さんには裏の顔があって、アパートの部屋に盗聴器を仕掛けて、入居者の出す声を聞いて楽しんでた」とか。

なんてね、あの大家さんに限ってそんなわけないね。お通夜なのに不謹慎な想像でした。

しかしまあ、大家さんは本当にいい人だった。ガキに腹も立てない。入居者の騒音にも怒らない。庭で採れた野菜もくれる。……まあ野菜はたまに苦くておいしくない時もあったけど。でもとにかく、本当に世話になりっぱなしだった。

そんな大家さんに、オレは何か一つでも恩返しできただろうか。

あ、一つだけあったな。パソコンの使い方を教えてあげたんだ。

あれは三年前の夏頃だったか。スーパーで買い物した帰り、大家さんに道でばったり会って挨拶したら、「寺島君は、パソコンは使えるの？」って聞かれた。オレが「それなりに使えます」って答えたら、「ちょっと教えてほしいんだけど」って、そのまま大家さんちでパソコン教室をする羽目になった。正直ちょっとめんどくさかったけど、ひと通り教えてあげた。

それにしても、大家さんは本当にパソコンを知らなかった。なんか、「パソコンが本格的に導入された九十年代後半には管理職になってたから、パソコンができなくてもなんとか乗り切れちゃった」みたいなことを言ってたな。ワープロの経験は少しあったみたいだけど、ネットとかの知識は絶望的だった。あとマウスの使い方もろくに知らなくて、右クリックに驚いてたな。「右のボタンは押したら変なのが出ちゃうから押さないようにしてたけど、なるほど使いこなすと便利なんだねえ」って感心してたっけ。

そんな大家さんが真剣にメモをとる中、オレはネットの使い方とか、アカウントの作り方とか、いろいろ教えてあげた。大家さんも、元々知らなかっただけで物覚えはよくて、すぐにできるようになった。まあ、元教えるプロだから、教わるのもうまかったのかな。

一時間弱教えて、お礼にお米と高級なお菓子をもらったから、まあいいバイトではあったな。そういえば大家さんは「ネット掲示板に書き込みとかしてみたかったんだよ」なんてことも言ってたな。どんな掲示板に興味があったのか聞かなかったけど、ああ見えて2ちゃんねるで荒らしとかしてたらびっくりだよな。……なんて、またも不謹慎な想像でした。

三　法話・喪主挨拶

〈坪井晴美〉

「お姉ちゃん、あの斎木さんって人のこと、好きだったの？」

妹の友美に言われて、私はすぐさま首を横に振って、「やめてよ」と返した。

でも、本当は図星だった。

高校時代、社交的な斎木君は、男女問わず誰とでも仲良くなれる男の子だった。明るくてさわやかで、私は密《ひそ》かに思いを寄せていた。ただ私は、その前にちょっとだけ付き合った初恋の男の子に、最後は振られて辛《つら》い思いをしていたので、恋に臆病《おくびょう》だったのだ。恋に臆病だった……なんて過去形じゃないね。今でも臆病だから、私まだ独身なんだよね。

でも、斎木君も指輪をしていなかった。彼も独身なのかもしれない。まあ、だからって「今独身なの？」なんて聞けなかったけど。父のお通夜にそんなの不謹慎すぎるし、それに、もし彼も独身だったとして、じゃあ付き合おう、なんて都合のいい展開になるはずがない。

だって――私みたいな無職のアラフォー女を見初めてくれる人なんて、いるはずないもの。

私は大学を卒業して、父の背中を追うように、小学校の教師になった。

一つ目の赴任先は、多摩《たま》市の小学校だった。そこで六年勤め、二つ目の赴任先は、偶然にも私の母校である、杉並区立阿佐ヶ谷第二小学校だった。

でも、結局はその母校で、私は教壇を降りることになってしまった。

原因は、私が担任した五年二組で、学級崩壊が起きてしまったことだった。

菅野《すがの》拓磨《たくま》。たぶん一生忘れられない名前だ。私の教員生活の中で、彼ほど粗暴な子供に出会ったことはなかった。五年前の四月に彼が転校してくるまでは、その学年に特に問題は起きていなかった。しかし彼は、穏やかなクラスの中ですぐに猛威を振るった。

授業妨害なんて当たり前。注意したら逆切れして物を投げて暴れ、教室を飛び出す。学校にゲーム機は持ってくる。お菓子は持ってくる。一番驚いたのは、煙草を持ってきて放課後のベランダで吸っていたことだった。そして、教師に平気で暴力を振るう。五年生ともなると力が強く、私はいくつもあざを作った。彼の影響で、瞬く間にクラスの雰囲気は荒れた。

ただ、私にも至らない点があった。もっと必死に、周りに助けを求めればよかった。

たしかに、同僚はみんな自分の仕事で手一杯で、職員室で助けを求められる雰囲気ではなかった。それに私は、なまじ十年も教員を続けていただけに、自力で解決しようと考えてしまった。自力で解決できなければ、周りから能力が低いと思われてしまう、そんなプレッシャーも勝手に感じていた。今思えば、そんなプライドなど最初から捨ててしまえばよかったのだ。

五月が終わる頃には、菅野はすっかり悪のカリスマと化していた。ただ、六月からは家庭訪問があった。菅野の親と真剣に話し合えば、まだなんとかできるかもしれないと思っていた。

でも、そんな考えは甘すぎた。

初対面の時点で分かった。古びた借家が菅野の家だったが、菅野の母親は、訪問予定時間に家にいなかった。伝言を残して帰ろうかと思った時、母親が現れ、笑いながら言ったのだった。

「あんたが坪井先生？　ごめんね、今日に限ってパチンコすごい出てさあ、帰れなかったんだ」

愕然《がくぜん》とした。しかも家に上がってから話を聞くと、パチンコに行くために、夜中に息子を一人で留守番させておくこともあるそうだった。また、夫とは別居中で、愛人がいるようだけど金は送ってくるから気にしていない、と私の前で何の恥じらいもなく語った。

それでも、菅野の母親はパチンコが出たせいか上機嫌だったので、言うなら今しかないと、思い切って切り出した。拓磨君が授業妨害をすること、学校に持ってきてはいけない物を持ってくること、暴力を振るうこと……。

失敗だった。

母親は激高し、「うちの子が悪いってのかよ！　ざけんじゃねえよ、帰れ！」と叫び、しまいには私に物を投げつけさえした。まさに、この親あってこの子ありだった。

私は追い出されるように菅野家を出て、暗い気持ちになった。母親があの様子では、菅野拓磨の更生は相当難しいかもしれない。状況は想像以上に厳しかったが、こうなったら菅野の影響でクラスが荒れてしまわないように、まずは他の児童の保護者と良好なコミュニケーションをとっておかなければならない。そう気持ちを切り替えた。

しかし、予想外の事態が起きた。翌日からの家庭訪問で、まるで私が学級崩壊の最大の原因であるかのような口ぶりで、何人もの保護者から批判されたのだ。その上、菅野家への家庭訪問で私が逆上して暴れたなどという、とんでもない噂も広まっていた。どうやら菅野の母親が吹聴《ふいちょう》し、他の保護者もそれを鵜呑《うの》みにしてしまったようだった。

「変な噂が流れてますけど、あれ嘘ですよね？」と、私を信用してくれた保護者もいたが、そうでない保護者の方が多かった。菅野の母親はああ見えて、引っ越してきて二ヶ月ほどで、うまく母親グループに取り入っていたのだ。実際はパチンコに行くために子供をほったらかしにするような親なのに、健気《けなげ》なシングルマザーを装い、他の母親の同情を買っていたようだった。

私はどんどん追い詰められていった。学級崩壊なんて、それまでは対岸の火事だと思っていた。教え子とも保護者ともずっとうまくやれていた。なのに、菅野母子の出現がきっかけで、周りが一気に敵だらけになってしまった。

　しかも、私が母校である小学校に実家から通っていたことも、完全にマイナスに作用した。近所のスーパーなどで、担任する児童の保護者と会うことがあるのだ。まして菅野家は、うちから直線で二百メートルほどしか離れていない近所だった。一度、菅野の母親が、道端で何人かの主婦たちに「うちの子の坪井っていう担任がひどい」と噂話を広めているのも目にしてしまった。こうやって悪い噂が広まっていたのだと私は慄然《りつぜん》としたが、そこで対決する勇気もなく、彼女たちに気付かれないように、逃げるように立ち去るしかなかった。

　六月半ば、家庭訪問の期間が終わってから、いよいよクラスは無法状態と化した。半分以上の児童が授業中に出歩くようになっていた。完全な学級崩壊だった。

　さすがにそこまでの状態になると、他の先生が気付いて協力してくれたが、その頃にはもう、私の精神状態も崩壊していた。

　まず、朝ベッドから起きられなくなった。学校に行くのが嫌で、体のあちこちに不調が出た。常に体がだるく、げっそりと痩《や》せていった。それでも気力を振り絞って玄関から出ようとしたら、急激な吐き気に襲われ、トイレに駆け込んで朝食を全部戻したこともあった。

　夏休みを待たずに、私は休職した。すぐに病院に行き、鬱《うつ》病と診断された。母には

「社会人なんだからしっかりしなさい」とどやされたけど、父は「決して焦ることはない」と見守ってくれた。今考えれば、学級崩壊に陥る前に父にも相談するべきだった。私はもう一人前の教師なのだから周りに迷惑はかけられない——そんな思いが職場でも家でも強すぎたのだ。

夏休み中になんとか精神状態を治したいと思っていたけど、なかなかよくならず、自分のふがいなさにますます落ち込んだ。父は気分転換に散歩に誘ってくれたこともあったけど、外で児童や保護者に会ってしまう可能性も高い。出られるわけがなかった。阿佐ヶ谷二小に異動が決まった時は、通勤も楽になるし、母校で働けると思って喜んだけど、全部裏目に出てしまった。私はただ家に閉じこもるしかなかった。そのせいでますます精神状態が悪化し、さらに外に出られなくなる。完全な悪循環だった。

と、お盆を過ぎた頃、朝早くに教頭から電話がかかってきた。

「坪井先生、どうか落ち着いて聞いてください。……菅野拓磨君が、昨夜何者かに頭を殴られ、意識不明の重体になりました」

私はそれを聞いて、驚きのあまり受話器を落としてしまった。

一度聞いただけではほとんど事情が飲み込めなかった私に、教頭がかみ砕いて説明してくれた。菅野は、家の近所の児童公園で、前日の夜九時頃に倒れているのを通行人に発見され、一一九番通報されたらしい。菅野家の近所のその公園は、当然私の家のすぐ近所でもあった。

菅野は、当初はまだ意識があり、通報してくれた通行人に、「知らない男に突然殴られた」と言い残したらしい。しかしすぐに意識を失い、それから病院に運ばれたものの、まだ意識が戻らないのだという。事件直後、小柄な男が自転車で走り去るのを見たという目撃証言もあったそうだが、犯人はまだ捕まっていないとのことだった。

私は、病院に行った方がいいでしょうかと申し出たが、教頭から自宅で待機しているように言われた。まあ仕方なかっただろう。一応菅野の担任とはいえ、夏休みまで持たずに精神を病んで休職し、しかも菅野の母親からは嫌われていたのだから。

電話を切ると、同じ部屋にいた父から、何かあったのかと尋ねられた。私は、教頭から聞いた話を説明した。すると父は、しばらくうつむいて考えた後、「不謹慎なようだけど……」と前置きしてから、おもむろに言った。

「学級崩壊を招いた一番の問題児が、こういう事件に巻き込まれたとなったら、二学期からは、クラスの子もしんみりしておとなしくなるんじゃないかな。だから、こう言っちゃなんだけど、晴美は復帰しやすくなるかもしれないよ。いや、もちろん焦ることはないんだけど……」

父がそんなことを言うとは意外だった。前置き通り、本当に不謹慎な言葉だった。ただ、たしかに一理あると思った。このまま二学期に入ったら、クラスの雰囲気は一変しているはずだ。

――でも、その二日後、再び教頭から電話があった。

菅野の意識が回復した、という内容だった。

私は結局、二学期になっても学校には行けなかった。

その後、同僚から電話で聞いた話だと、菅野は退院し、九月の中頃には登校できるようになったらしい。ただ、自分が殴られたことはまったく覚えておらず、しかも事件を機にややおとなしくなったということだった。それに加えて、他のクラスの先生も五年二組に気を付けるようにしたためか、学級崩壊は収まり、代替教員が無事に担任を務めているとのことだった。

また、菅野の母親も、自分がパチンコに興じて息子に留守番をさせている間に、公園に出かけた息子が事件に巻き込まれたということで、すっかりしゅんとして、パチンコもやめたということだった。不謹慎だが、事件を機にすべて丸く収まったような状態だった。

でも、それは同時に、もう私に戻る場所がないことを意味していた。

代替教員が入ってせっかくうまくいっているのに、私が戻っては、学級崩壊が再発する可能性を作るだけだ。保護者たちも、担任が替わったからうまくいくようになったのだと思っていることだろう。同僚たちは、また戻っておいでと言ってくれた。でも私は、さんざん迷った末、翌年の三月に退職を決断した。

父にそのことを報告したら、「すまん、私の力が足りなかった」と、父の方が先に泣き出してしまった。

「何言ってるの、お父さんのせいじゃないよ、私が悪いの……」

　私も泣いてしまって、その先は言葉にならなかった。

　結局、父のような教師になるなんて、私にとっては夢のまた夢だったのだ。

　父なら、きっと菅野のような児童でも、適切な対処ができたのだろうと思う。それに対して私は、心のどこかでそんな父を超えようとしていた。それが分不相応だということに、最悪の事態になるまで気付かなかった。つくづく馬鹿だと思う。下手に意地を張って父に相談しなかったものだから、こんな結果を招いてしまったのだ。

　教師を辞めて以来、私は鬱状態から立ち直れず、未《いま》だに引きこもりのような状態だ。しかも、ごく一部の親戚《しんせき》や友達を除いて、そのことをほとんど誰にも打ち明けていない。たぶんお隣の香村さんなんて、まだ私が小学校教師をやっていると思っているはずだ。それに、初対面の人に対してこの現状を説明するのは恥ずかしく、つい「小学校教師です」と嘘の自己紹介をしてしまうこともある。

　嘘つきで、元三流教師で、現在無職の引きこもり。

　ごめんねお父さん。後を継いだつもりが、こんなどうしようもない娘で。

「ではこの後、最後の挨拶《あいさつ》をお願いします」

　葬儀屋さんにささやかれて、我に返った。いつの間にか焼香が終わっていた。もうお坊さんの法話が始まっている。

私は涙を拭《ふ》いた。はたから見たら父を悼む涙のように見えるだろうけど、これは自分への情けなさで流した涙だ。やがて法話が終わり、私は葬儀屋さんに促され、マイクの前に立った。

出来の悪い娘でも、せめて父の通夜を締めくくる喪主の挨拶ぐらい、ちゃんとしなきゃ。私はこれ以上涙が出てこないように、慎重に話し始めた。

「皆様、本日は父のためにお集まりいただき、ありがとう、ございました。父の存命中は、皆様の、ご厚情を、頂き、厚く御礼、申しあげ……」

だめだった。これだけでもう涙が溢《あふ》れて、嗚咽《おえつ》が混じってしまった。それでもなんとか、しゃくり上げながら、用意してきた言葉を途切れ途切れに口にした。

「人間は、二度死を迎える。一度目は、肉体が死んだ時。二度目は、生きている人の、心の中から、消えてしまった時……という言葉が、あるそうです。どうか、父を、皆様の、心の中で、長生き、させて、あげてくださいっ」

そこまで言って頭を下げ、ハンカチで顔を覆いながらマイクの前から下がった。最後は絶叫みたいになってしまったけど、みんなに気持ちは伝わったのだろう。一気にすすり泣く声が高まった。友美も、「お姉ちゃん、ご苦労様」と、そっと声をかけてくれた。

が、一つ言い忘れていたことに気付き、私は慌ててマイクの前に引き返した。

「あ、あと、明日の葬儀・告別式は、こちらで午前十一時からになります……」

その後また頭を下げ、私はマイクの前から下がった。挨拶が終わったのにもう一回戻ってしゃべったせいで、一瞬だけみんなの泣き声が止んで、会場全体がきょとんとしたような、変な空気になってしまった。友美も「ああ……」とため息混じりに言ったのが聞こえた。

本当にごめんねお父さん。最後の最後まで、できない娘で……。

その後、葬儀屋さんが、私とは大違いの落ち着いた声でアナウンスをしてくれた。

「この後、通夜ぶるまいをご用意してございます。場所は、後ろの出入り口を出て左へ曲がった突き当たりの、中ホールでございます……」

通夜ぶるまい。親戚だけでいいのではないかという意見もあったけど、結局一般参列者も招待することにした。父はあの年代の人にしては兄弟が少なく、弟が一人いるだけだから、親戚は少ない。なのに親戚以外はお帰りくださいというのはどうかと思って、みなさんを招待することにしたのだ。ただ、この人数だ。お寿司《すし》足りるかな……。

さっきまで泣きはらしていたのに、もうそんなことを冷静に考える自分に、ちょっと罪悪感を覚えてしまった。まあ、喪主というのはこういうものなんだろうけど。

〈坪井友美〉

「お姉ちゃん、あの斎木さんって人のこと、好きだったの?」

あたしの質問を、姉は慌てて否定した。でもその様子から、すぐに図星だと分かった。姉の嘘はすぐ見抜ける。根が正直だから、嘘をつく時に一瞬、迷いが顔に出てしまうのだ。今だって、姉が慌てて首を横に振った時の顔が、ホールのアルミ製の柱に映って、ただでさえ動揺した表情が一瞬ますます歪《ゆが》んでへんてこな顔に見えたので、あたしはつい笑いそうになってしまった。姉は女優には向いてない。敵を欺くにはまず味方から、なんて言うけど、人に嘘をつく時には、まず自分に嘘をつかないと。

姉の本心は手に取るように分かる。あたしにはすべてお見通しだ。

今でも斎木さんに思いを寄せていることも。

——そして、あたしを憎んでいることも。

そりゃそうだよね。父を失意のうちに逝かせてしまったのは、あたしなんだから。

あたしの女優業を、父は応援してくれていた。母は、あたしの演劇活動に学生時代からずっと反対してたけど、父はその頃から、母に内緒で公演を見に来てくれた。それに、あたしが一人暮らしを始めてからは、ちょくちょく庭で採れた野菜を送ったりもしてくれた。

ただ、父のあたしに対する態度が、最近になってちょっと変わってきた。「実家に帰ってこないか」とか「お見合いをしないか」などと、やたらと勧めてくるようになったのだ。

「あたしに、女優としてやってくのはもう無理だから、家庭に入れって言いたいの？」

あたしが問い詰めると、いつも父は言葉を濁してたけど、実際はそう言いたかったのだろう。あたしは夢をあきらめるつもりなんてなかったし、父に対して繰り返しそう主張したのに、父は昔のつてを頼って入手したのか、独身の男性教師の写真を何枚も送ってきたこともあった。そんなことが続くうち、かつては良好だった父との関係が悪化していった。いつしか、電話のたびに口論するようになっていた。

そんな折、今からほんの二週間前のことだった。父から久々の電話があったのだ。

「一度、家に、帰ってこないか」

久しぶりに聞く父の声。ずいぶん呼吸が苦しそうだった。父はその前の電話でも体調が悪いとこぼしていたけど、この時は特に辛《つら》そうだった。

でもあたしは、まさか本当に死期が迫っているなんて思わず、それよりも久しぶりの電話が、またあたしをいらだたせる内容だったから、ぞんざいな対応をしてしまったのだった。

「やだよ。前から言ってるでしょ。夢をあきらめるつもりはないって」

苦しそうだけど大丈夫なの、とか、どうしてそんないたわりの言葉もかけてあげられなかったんだろう。今となっては悔やんでも悔やみきれない。

「一度、ちゃんと……話し合いたいんだ。将来の、こととか……」

父はなおも苦しそうに言ったが、あたしははねつけた。

「話し合いなんてしたくない。どうせお見合いしろとか言うんでしょ？　お父さんは、あたしのことなんて全然分かってくれてない！」

「そんなことはない。……父さんは、お前のことは……何でも分かってるよ」

父はそこまで言って、ごほごほと咳《せき》をした後、切なそうに言った。

「なあ、このまま……独身でも、いいのか」

その一言に、あたしはキレてしまった。

「もうやだ、いつまで経っても平行線じゃん！　あたしの幸せは、結婚とかそういうところにはないの。お父さんなんて大嫌い。二度と電話してこないで！」

あたしはそう言い放って、電話を切ってしまった。

今思い出しても、あれはひどい仕打ちだった。父はたぶんあの時、もう死期が近いことを悟っていたのだ。だから最後にあたしに連絡をとって、ちゃんと将来のことを考えた方がいいと伝えたかったんだろう。なのにあたしは、つくづく取り返しのつかないことをしてしまった。

あたしがあんなに激高してしまったのは、父に将来への不安をもろに言い当てられたからだった。このまま売れない女優として、一生独身で生きていけるのだろうかと、心の片隅ではたしかに思っていた。父にぶつけたいらだちは、本当は全部あたし自身に向けるべきだった。

その数日後、父から、庭の畑で採れた野菜が届いた。反抗期の子供みたいな馬鹿なあたしを、父は最後の最後まで気にかけてくれたのだ。

ただ、そういった食料品などを段ボールで送ってくれる時、いつもは一緒に手紙が添えられていたのに、その時は何もなかった。それが父なりの怒りの表現なのかと思いつつ野菜を食べたら、味はなんだか苦かったように感じた。

そしてその翌週、父は家で倒れ、運ばれた病院で死んだ。

あたしは、舞台公演中に連絡を受けて、公演終了後に急いで病院に駆けつけたけど、一足遅く、最期を看取《みと》ることができなかった。


結果論かもしれないけど、父の言う通り少し実家に帰って、しばらく滞在することだってできたのだ。そうすれば、姉と一緒に父を看取ることだってできたかもしれない。でもあたしは、自分の舞台を優先し、その結果、父の死に目に会えなかった。あの優しい父も、最後の最後であたしを恨んだだろう。そして姉も、あたしを憎んでいるに決まっている。

でもこれからは、そんな姉一人だけが、あたしの家族なのだ。支え合っていかなければいけない。まして姉は、鬱《うつ》病で大変な状況だ。あたしもいい加減、自分のことばかり考えていてはいけない。姉の生活も考えてあげないといけない。大人にならないといけない。

やがて読経が終わり、お坊さんの通り一遍の法話が終わり、最後に通夜を締めくくる、喪主の挨拶《あいさつ》となった。

姉は涙ながらに、「人は二度死ぬ。一度目は肉体が死んだ時、二度目は生きている人の心の中から消えた時」という内容の話をした。参列者たちは聞き入り、涙を流す人もいた。

ただ、ちょっとアレンジはしてるけど、実はこの話は父の受け売りだ。というか、父だってこの言葉をオリジナルで考えたわけじゃないだろう。きっと昔からある名文句に違いない。それでも一応あたしは、挨拶が終わったところで「お姉ちゃん、ご苦労様」と声をかけた。

ところが、姉がマイクから離れた後でまた戻って、明日の葬儀の時間を説明してしまい、雰囲気がちょっとぐだぐだになってしまった。もう、そんなこと言い忘れても、後で葬儀屋さんが言ってくれたよ……。そして、その葬儀屋さんが、最後に通夜ぶるまいの案内をする。

ああ、また親戚《しんせき》たちと一緒の席だ。正直気が重い。

でも今日の姉は、病気が完治していないのに喪主を務めて、かなり消耗しているはずだ。姉を休ませるためには、あたしだって苦手な親戚と話さなきゃならないだろう。これからは、そうやって少しでも姉を支えていかないといけないんだ。

それが、父を失意のうちに逝かせてしまったあたしにできる、唯一の禊《みそぎ》だ。

〈斎木直光〉


通夜の最後に、晴美ちゃんが喪主の挨拶をした。晴美ちゃんは涙ながらに、あの言葉を紹介していた。

「人間は二度死を迎える。一度目は肉体が死んだ時。二度目は生きている人の心の中から消えてしまった時」

まさに、坪井先生が溝口の葬儀で言っていた格言だ。

改めて心に誓う。坪井先生、あなたが二度目の死を迎えることは、おれが死ぬまで絶対にありません。おれは先生との思い出を、一つ残らず忘れることはありません。

今でも、昨日のことのように思い出す。受験勉強を励ましてくれた言葉。授業で教えてくれた知識。臨場感溢《あふ》れる語り口で聞かせてくれた山の素晴らしさ。

思えば坪井先生は、中学三年生の時のたった一年間担任だっただけなのに、もっとずっと長い時間を共有したように思える。それに、最後に会ったのは、十年以上前の中学の同窓会だったはずなのに、まるでつい最近まで会っていたようにも思える。いったいなぜだろう……。

あっ、違うわ。

坪井先生と、十年以上前の同窓会を最後に会ってないと思ったけど、そうじゃないや。

おれ、坪井先生と会ってたわ。去年の夏に。

そうだ、日付まで覚えてるぞ。あれは去年の海の日。場所は千葉県の白子《しらこ》海岸だ。あそこはきれいな海なのに割と穴場で、とてもいいところだった。

おれはあの日、当時五歳だった娘の美優《みゆ》と二人で、海水浴に行ったんだ。午前中からいっぱい遊んで、お昼には、美優の大好きな回転寿司を食べさせてやった。

で、回転寿司屋に行くために、海岸沿いの道路を駐車場に向かって歩いていた時、坪井先生にばったり会ったんだ。

麦わら帽子をかぶった、見覚えのある背格好のおじいさんが、じっと海を見ていた。多少老けたからって、おれが見間違えるはずはなかった。

「あれ、坪井先生！」

おれが声をかけると、先生は少しびくっとしたような感じでこっちを振り向いた。そして、数秒おれの顔を見つめてから言った。

「君は、斎木君か！」

「覚えててくれましたか」

たった数秒で思い出してくれたのは、すごくうれしかった。

「しかも娘さんがいるんだね。こんにちは～」

坪井先生は、おれと手をつないでいた美優に声をかけた。美優が、少しもじもじしながらも「こんにちは」と返すと、先生は「えらいねえ、挨拶できて」とにっこり笑った。

それから、少し立ち話をした。坪井先生は、定年退職後にNPO法人に参加し、恵まれない境遇の子供たちに勉強を教えたり、体験学習をさせる活動をしていて、今日もその活動で来たのだということだった。たしかに、先生がじっと見つめていた方向を見ると、海岸で遊ぶ小学生ぐらいの子供たちの集団が見えた。

「大変ですねえ、あんな大勢の子供たちの世話をするなんて」

「まあ、年も年だし、体もあちこちガタがきてるから大変だけどね、やりがいはあるよ」

先生がそう言ったあたりで、美優が「パパ暑い〜」とぐずり出してしまったので、本当はもう少し話をしたかったけど、「じゃあ先生、お元気で。またいつかお会いしましょう」と、おれは少々慌ただしく立ち去ったのだった。

その後、駐車場に行って、美優をチャイルドシートに乗せて車を出した。ちょうどその時テレビで『笑っていいとも』が始まって、美優はそれを見て機嫌を直していたっけ。そういえばこの前、『いいとも』が来年の春に終わるって発表されたけど、あの時はそんなことは想像もしてなかったな。……まあそれはさておき、おれは車を出した後、まだ坪井先生がいるかと思って海岸沿いの道をしばらく流してみたけど、結局先生は見つからなかった。

そしてそれが、今生の別れになってしまった。

あれから一年と四ヶ月ほどで、先生は亡くなってしまったのだ。

というわけで、坪井先生。あの、おれさっき心の中で、先生との思い出は一つ残らず忘れない、なんて言いましたけど……すいません。先生との最後の思い出、完全に忘れてました。

でも、忘れるのも無理はないか。

あの後のショッキングな出来事のせいで、その前の記憶は消し飛んじゃったんだな。

夕方、遊び疲れてぐっすり眠ってしまった美優を、葉子の実家に送り届けた。すると葉子は、玄関先で美優を抱っこしたまま言った。

「ねえ、大事な話があるの」

おれは「ん、何?」なんて平静を装って返事をしたけど、心拍数は急上昇していた。

もしかして、復縁か？

おれの心は舞い上がっていた。一言も聞き逃さないつもりで、次の言葉を待った。すると葉子は、少しうつむきながら口を開いた。

「悪いんだけど、美優と会うのは今日で最後にして。私、再婚しようと思ってる相手がいるの。そうなったら美優も、お父さんが二人いて混乱するでしょ？」

おれの舞い上がった心は、一瞬にして地面に墜落して、バラバラになった。

そう、あの日は、坪井先生と会った最後の日というだけではなくて、美優に「パパ」

と呼んでもらえた最後の日でもあったのだ。

と、悲しい思い出を振り返っているうちに、いつの間にか通夜ぶるまいに向かう人の流れができていた。少し迷ったが、おれもごちそうになることにした。家に帰っても、温かい料理などない。ここで何かつまんで、酒も飲んで、さっさと家に帰って寝てしまおう。

それに、晴美ちゃんともっと話がしたい。先生との思い出を、もっとたくさん語り合いたい。そして、晴美ちゃんを励ましているうちに、あわよくば……なんて、不謹慎なのは百も承知だ。でも、おれと離婚してしゃあしゃあと違う男に乗り換えようとしている葉子のことを考えたら、こっちだって元同級生とのアバンチュールぐらい期待してしまう。

おれは、先生を悼む気持ちと若干の下心を胸に、通夜ぶるまいの会場に向かった。

〈根岸義法〉

「人間は二度死を迎える。一度目は肉体が死んだ時。二度目は生きている人の心の中から消えてしまった時」

晴美さんは喪主挨拶《あいさつ》で、涙ながらにそんな話をした。

それを聞いて思い出した。そういえば、調布市立柴崎中学校の屋上から飛び降り自殺した、溝口竜也という卒業生の葬儀で、坪井先生が読んだ弔辞もそんな内容だった。

……ああ、改めて鮮明に思い出してしまった。あの辛《つら》い経験を。

教え子が事故や自殺で亡くなるというのは、教師にとって過酷な経験だ。誰もがそんな経験などしたくないだろうし、実際、多くの幸運な教師は、一度もせずにキャリアを終えている。

でも俺は、あろうことか二度もそんな経験をしている。

そして、いずれの経験も、その後の俺の人生を狂わせた。

一度目は、二十年以上前の秋の、溝口の自殺だった。夜中に学校に侵入して飛び降り自殺した彼の死体を、最初に見つけて通報したのは、当時誰よりも早く登校し、早朝にトレーニングを行っていた俺だった。首が不自然な角度にねじ曲がり、血が地面をどす黒く染めたあの死体。あの後、何度も夢に出てきたものだった。

そして二度目は、去年の夏の事件だ。

そうか、あれからまだ、一年と少ししか経っていないのか。

四年前、息子の智史が寝たきりになってから、俺の教員人生は大きく様変わりした。

妻の和子は、今でこそ慣れたが、当初は体の大きい智史の介護を一人でこなすことは難しかった。また、今でこそ、智史が一生寝たきりだという現実をなんとか受け入れているが、当初は俺も和子も動揺しきっていた。正直な話、俺が学校にいる間に、和子が智史と心中してしまうのではないかと心配もしていた。そのため俺は、仕事が終わったらなるべく早く帰宅したかったし、介護も手伝えるところは手伝いたかった。

そうなると、柔道部の指導に以前ほど情熱を燃やすことはできなくなっていた。ちょうどその年から、新任の柔道経験者の教師が副顧問として赴任していたため、彼に後任を引き継ぐことにした。部員からは慰留の声が上がるかと思ったが、それよりも練習が楽になるとほっとしている者の方が多かった。「ご苦労様でした」とか「お世話になりました」など、当たり障りのない言葉の書かれた寄せ書きを手に、俺は放課後の柔道場に別れを告げた。

一方同じ頃、大学柔道部の一年後輩で、教育コンサルタントをやっている男から、私立の小中一貫校の、中学校の教頭の枠を紹介された。その学校は、偏差値はさほど高くないが、特に体育教育に力を入れていて、そこの理事長が俺の実績を買ってくれているとのことだった。

ちょうど俺も、教師としての目的を見失っていた時だった。それに金銭的な面でも、いつか寝たきりの智史を残して死ぬかもしれないと考えると、管理職になって少しでも高給をもらっておきたかった。俺はその後輩に仲介してもらって、理事長に会うことになった。

すると、俺は初対面の場で理事長にいたく気に入られ、直々に教頭就任の打診を受けてしまった。理事長はかなり高齢ながら、かつては柔道家として鳴らしたそうで、いかにも昭和の頑固親父といった風情を残していた。

「君のように、子供にこびない教師を私は待っていたんだ」

理事長は俺に言ってくれた。また、このところ学校の風紀が乱れてきているから厳しい生徒指導もお願いしたい、とも言われた。さらに、俺に寝たきりの息子がいるという話をすると、理事長は「なるべく早く帰宅できるようにする」と申し出てくれた。まさに渡りに舟だった。

智史が寝たきりになったのが四年前の暮れ。その翌年の春に、俺は八王子市の中学校を退職し、その私立中の教頭として晴れて採用されたのだった。

教頭で、柔道部の特別顧問で、生徒指導主事。俺は公立校では考えられない役職の兼務を任された。ワンマン経営の私立だったからこその抜擢《ばってき》だった。

慣れない管理職の仕事は大変だったが、見よう見まねでこなした。一方柔道部の方は、たまに練習を見て指示を出すだけ。上に特別顧問などという役職を作られて、しかもそれが教頭とあっては、元々の顧問はやりにくかっただろうが、俺としては気楽でよかった。

そして生徒指導。たしかにその学校の風紀は多少乱れてはいた。とはいえ、昔の公立校と比べればかわいいものだった。時代的にも体罰を行うわけにはいかなかったが、同時に、体罰を用いなければ従わないような骨のある生徒もいなかった。ちょっと制服を着崩す程度の生徒たちに、本気で体制に刃向かおうという気などない。少し威圧すれば簡単に従った。

もちろん管理職なので残業ゼロというわけにはいかなかったが、それでも、柔道部の指導に生活のほとんどを捧《ささ》げていた頃と比べれば、ずいぶん早く帰れた。

そして、教頭就任から二年が経ち、仕事にも慣れた去年の六月頃。理事長から打診があった。

「来年度から、小学校の校長にならないか」

その小中一貫校の、中学校の方の校長は、理事長の娘婿が務めていたのだが、小学校の校長は理事長が兼務していた。ただ高齢ゆえ、その座を誰かに譲りたいと思っていたそうで、君ほどの適任はいない、と理事長に言われた。とんとん拍子で、俺の校長就任が内定してしまった。

まさか、俺が小学校の校長になる日が来るとは思っていなかった。まずはこの口を紹介してくれた大学の後輩にお礼の電話をかけた。そしてその後、坪井先生にも電話で報告した。智史のことでさんざん心配をかけたので、いいニュースもお伝えしておきたかった。

二年以上の間隔が空いた、久しぶりの電話だった。俺は感激しながら、「来年の四月に私立小学校の校長に就任することが内定しました」と伝えた。

「まさか、自分が校長になれるとは思いませんでしたよ。これでようやく、偉大な坪井先生に追いつけた気がします」

今考えれば、役職だけで坪井先生に追いついたなどと言うのは生意気すぎたと思うが、俺は感激のあまりつい軽口を叩《たた》いた。

「うん、よかった。おめでとう」

坪井先生は祝福してくれた。ただその声は、心なしか元気がないようにも聞こえた。今考えたら、その頃から体調が思わしくなかったのかもしれない。

本当にとんとん拍子だった。それまでさんざん苦労した分、教員生活の最後に自分を買ってくれる理事長に出会えたことは、神様からのご褒美のように思えた。

そう。今年の四月から、俺は小学校の校長になる予定だったのだ。

ところが、校長就任の内定の、わずか一ヶ月あまり後。去年の夏休み直前に、悲劇が起きた。


中学校の教頭でありながら、翌年度から小学校の校長になることが内定した俺は、従来の業務に加えて、小学校の行事にも参加する予定が組まれた。その最初の行事が、臨海学校だった。毎年六年生が一泊二日で、千葉県の白子海岸というところにある、学校の所有する宿泊施設に泊まるイベントだ。俺は一応、引率する教師陣の最高責任者という形で参加した。翌年度から部下になる教師たちへの、顔見せも兼ねていた。

去年の臨海学校は、七月の海の日からの、一泊二日の予定だった。二日とも天気予報は晴れ。六年生たちにとって、とても楽しいイベントになるはずだった。

しかし、予定は大幅に狂った。一泊二日のはずが、たった半日で中止になった。林勇気《はやしゆうき》君という男子児童が、行方不明になってしまったのだ。

その日は、宿泊施設に午前中に到着した後、昼まで児童たちに海水浴をさせていた。本来なら、その後弁当を食べ、午後のウォークラリー、夕食のカレー作りなど、様々なイベントが予定されていた。

しかし海水浴中に、林君の担任が、彼がいなくなったという報告を複数の児童から受けた。その後、海岸周辺を探し、最終的に児童全員を集めて点呼をとったものの、林君は見つからなかった。やむなく海水浴は中止し、児童全員を宿泊施設で待機させ、警察を呼ぶことになった。やがてパトカーが次々と到着し、沖に捜索用のボートも出て、大規模な捜索が始まった。

当初、林君は溺《おぼ》れたのではないかとみられていたが、捜索が始まって数時間経った頃から、それ以外の可能性も浮上した。というのも、林君は水泳教室に通っていたため泳ぎが得意で、溺れるような子ではなかったというのだ。また、彼はませたところがあって、行方不明になる前に、他の海水浴客や、地元の漁師らしい麦わら帽子の老人に話しかけていたところを、友達に目撃されていた。そのため、変質者に誘拐でもされたのかもしれないという見方も出てきて、あらゆる方向から捜索が続けられた。

ただ、日が沈む頃になっても、林君は見つからなかった。

臨海学校は中止。児童は全員バスで帰宅することになった。

俺を含め、数人の教師が宿泊施設に残った。捜索を見守りながら、電話で保護者に事情を説明していった。たいていの親が、まず事態に驚いた後、俺たちの監督不行き届きを責めてきた。俺たちは電話口でひたすら謝罪を繰り返しながらも、林君の無事をただ祈っていた。

しかし、祈りもむなしく、翌日、海岸から一キロほど沖で、林君の遺体が上がった。外傷はなく、死因は結局、溺死《できし》ということだった。

その後の経緯は、思い出すだけでも辛《つら》い。謝罪に訪れた林家で泣き叫ぶ遺族、記者会見で浴びせられた容赦ない質問、保護者への説明会で浴びせられた罵倒《ばとう》の声……全世界を敵に回したような空気の中、俺はひたすら頭を下げ続けた。そして、嵐のような日々がどうにか一段落した時、俺は理事長室に呼び出され、こう告げられた。

「君のことは買っていたが、君を辞めさせなければ、この学校は存続不可能になる」

——当然の判断だったと思う。

俺が責任を取って辞め、理事長の資産から賠償金を遺族に早急に支払うことで、事態は収拾された。しかし、あの事故はニュースでも報じられ、俺が引責辞職したことも元同僚たちに広まってしまった。出世を狙って私立に移ったあげく、死亡事故を起こしてクビになった俺は、さぞかし噂になったことだろう。実際、今日の通夜で、柴崎中学校時代の同僚の姿も何人か見ているのだが、目が合うたびに慌ててそらされ、明らかに避けられていた。まあ俺も逆の立場だったら、そんな元同僚にかける言葉など見つからないだろうが……。

現在俺は、中学校の体育の非常勤講師として働いている。ほんの二ヶ月前にやっと見つかった働き口だ。寝たきりの息子がいることも職場に説明してあるので、今はこれまでの教員生活の中で最も早い時間に帰宅できている。と同時に、給料も新卒の頃より安いのだが。

とにかく今の俺は、誇れるものなど一つもない、何の信念もない教員生活を送っているが、体が動くうちは非常勤で稼げるだけ稼ぐつもりだ。智史のために、和子のために、一円でも多くの蓄えを残してやることだけが、俺の使命だと思っている。

通夜ぶるまいのアナウンスがあった。行こうかどうか迷ったが、ふと周りを見ると、柴崎中時代の知った顔が集まって、出口に向かうのが見えた。なんとなく彼らを避けるうちに、俺は反対側の、参加する方の人の流れに入っていた。

会場に着くと、寿司とビールが用意されていた。

正直な話、今やすっかり家計も厳しくなり、こういう場でないと寿司なんてありつけない。そんな不謹慎な考えも頭によぎって、結局ごちそうになることにした。

〈香村広子〉

焼香が終わってお坊さんの法話が始まっていたけど、わたしはまだ、去年の秋、夫が死んだ直後のことを思い出していた。

夫の死からまだ数時間しか経っていない時。警察署の遺体安置室から出たところで、黄色い生地に黒と赤が入った模様のワッペンをわたしに見せて、夫の死因は事故じゃないかもしれない、なんて言い出した若いジャニーズ系の刑事さん。ただでさえ気が動転してる時にそんな話をされて、どういうことなのかさっぱり分からなかったけど、刑事さんは丁寧に説明してくれた。

夫は、目黒区の住宅街の中の、人気《ひとけ》のない神社の階段の下で、そのワッペンを握りしめて死んでいたらしい。もしかすると何者かに突き落とされて、その相手の服に付いていたワッペンをとっさに引きちぎったのではないか、というのが刑事さんの見立てだった。

「このワッペンには、『HIKAWADAI　J.H.S.』と刺繡《ししゅう》されています。今調べてもらっていますが、僕は、この『J.H.S.』というのはジュニアハイスクール、つまり中学校のことだろうと踏んでいるんです。だとすれば、犯人は中学生です！」

若い刑事さんは、まるで二時間ドラマの主人公みたいに、びしっと言った。

「犯人が、中学生……」

わたしは想像した。夫が、中学生に突き落とされる光景を。

徘徊《はいかい》する老人を見て、遊び半分で階段から突き落とす。そんな悪い中学生がいたのだとしたら、絶対に許せない。早く捕まえて、厳罰に処してほしいと思った。

でも、すぐに思い直した。本当にそうかな……。

正反対の想像が浮かんできた。相手の中学生は、もしかすると徘徊する夫を心配して、声をかけてくれたんじゃないか。「おじいさん、大丈夫ですか」なんて。

でも夫は、声をかけてくれた通行人に食ってかかって、迷惑をかけてしまったことが何回もある。もしかすると、神社の階段で親切心から声をかけた中学生が、夫に摑《つか》みかかられて、怖くなってとっさに突き落としてしまったとか、そんな状況もあり得るんじゃないか。いやむしろ、その想像の方が現実的な気がした。

だとしたら、夫のせいで不幸になる子供が出てしまうんだろうか……。

「正男さんを殺したガキを、すぐに捕まえてやりますからね」

刑事さんはそう息巻いていたけど、わたしは複雑な気分だった。

でも、そんなわたしの想像は、まったくの無意味だった。その推理自体が怪しくなっちゃったんだから。

夫が死んでひと月ほど経った頃。あの若いジャニーズ系の刑事さんが、上司らしき年輩の刑事さんと一緒に、わたしの家にやってきた。てっきり犯人が捕まったのかと思ったけど、若い刑事さんがばつの悪そうな顔をしているのが気になった。

　すると年輩の刑事さんが、申し訳なさそうに切り出した。

「香村さん。旦那《だんな》さんの正男さんが亡くなった件で、以前こいつが、他殺だとか言ってしまったと思うんですけど。……実は、よく調べてみたら、やっぱり事故だったみたいなんです」

「へっ？」

　わたしは思わず、素っ頓狂《とんきょう》な声を出してしまったが、その後の年輩の刑事さんの説明を聞いた限りでは、こういうことだった。

　夫の死体が握っていたワッペンは、若い刑事さんの推理通り、たしかに氷川台中学校というところのジャージに付いている物だったらしい。しかし、その氷川台中学校というのは、夫が死んだ現場から直線で十キロ以上も離れた、練馬区立の中学校なのだそうだ。

　現場は目黒区。目黒区に住む中学生が練馬区立の中学校に通うことは制度上できない。念のため、現場の近所に氷川台中の教員が住んでいないか、氷川台中から転校した生徒が住んでいないか、氷川台中の生徒の友人がいないか……など、少しでもつながりがありそうな人物がいないか徹底的に調べてみたけど、やっぱりいなかったそうだ。

　夫が転落した現場は、目黒区の住宅街の奥まったところにある、地元の人でもなかなか知らないほどの神社の階段だったそうで、練馬区の中学生が立ち寄る可能性はきわめて低い。だから、練馬区立氷川台中学校の生徒が夫を殺したというのは、考えにくいということだった。

「つまり、正男さんが握っていた校章ワッペンは、自分を突き落とした相手の服から摑み取った物ではなくて、たとえば道路に落ちていたのを拾ったとか、そういう可能性の方が大きいと思うんです。つまり、死因とワッペンは何の関係もないだろうと」

「はあ、そうですか……」

わたしは、夫が殺されたわけじゃないということでほっとした気持ちと、犯人の中学生について勝手に想像していた分、肩すかしを食らったような気持ちが半々だった。

「ところで香村さん。正男さんは認知症で徘徊なさっていたということでしたが、徘徊中に、路上に落ちている物を拾ってしまうような癖はありませんでしたか？」

年輩の刑事さんが尋ねてきた。

「ああ、ありました」わたしは答えた。「まあ、石とか、軍手とか、どうでもいいような物ばかりだったんですけど、たしかによく拾ってました」

「やっぱりそうでしたか」

年輩の刑事さんは、そう言ってちらっと若い刑事さんを見た。若い刑事さんは露骨に不満そうな表情を浮かべた。

「では、やはりワッペンは、正男さんが転落前にたまたま拾っていた物だろうと推測されます。よって、正男さんの転落に関しては、事故ということで処理させていただきます」

年輩の刑事さんは、改めて言って頭を下げた。

「ええ、あの、どうもご苦労様でした」

わたしも頭を下げた。

すると年輩の刑事さんは、若い刑事さんに向かって何かささやいた。若い刑事さんは、うなだれながら一歩前に出て、わたしに深々と頭を下げた。

「僕が軽々しく、正男さんが中学生に殺されたなどと言って、奥様を混乱させてしまい、不快な思いをさせてしまったことをお詫《わ》びいたします。たいへん申し訳ありませんでした」

「いえ、そんな……」

わたしは恐縮して頭を下げた。不快な思いをしたわけではなかった。たしかに戸惑いはしたけど、一生懸命捜査をしてくれたことは伝わったので、むしろ感謝していたほどだった。

「では、失礼いたします。正男さんのご冥福《めいふく》を、心よりお祈り申し上げます」

年輩の刑事さんが最後にもう一度頭を下げると、二人とも玄関を出て行った。

わたしはため息をついた。ああ、これで終わったんだ……。

ところが、しばらくすると、外で言い争うような声が聞こえた。

わたしは気になって、玄関のドアを薄く開けて耳をすませた。どうやら、外でさっきの二人の刑事さんが言い合いをしているようだった。

「……と言ってるんじゃありません。まだその可能性も捨てきれないと言ってるんです」

「しつこいなお前は」

「この家を出てから南東の目黒区に向かう間に、はるか北の練馬区を通るとは思えません。それに練馬区の外に、練馬区立の中学校の校章ワッペンが落ちている可能性だって、決して高いとは思えません。仮にそれを拾ったとしても、正男氏がそれを持ったまま延々と歩いて、階段から転落してもなお握りしめていたというのは、行動パターンとして不自然です」

「ぼけたじいさんに行動パターンもくそもないだろ。何してもおかしくないだろうが」

「たしかにそうです。どんなに不自然でも、可能性はゼロではありません。だからこそ、正男氏が犯人の服に付いていたワッペンを引きちぎった可能性も捨てるべきではないんです。やっぱり氷川台中のOBとか、元教師なども含めて、改めて広範囲に洗い直して再度聞き込みを……」

「いちいちそんなこととしてたらきりがないって言ってんだろ。というか、早く車出せよ。あっ、それに窓開いてんじゃねえかよ。こんな話もし聞かれたら……」

そこで、ウィーンという窓が閉まる音がして、すぐにエンジン音がして、車が走り去った。どうやら二人は、うちの前に停めた車の中で会話していたみたいだった。

そして若い刑事さんは、夫が殺された可能性に、まだ執着していたようだった。

ただ、あれからもう一年経った。さすがにもう、事故ってことで確定したんだろう。

正直言って、わたしとしてもその方が気が楽だ。夫を殺した真犯人がどこかに潜んでいるなんて、考えたくないもの。

まあ、それでも、完全に納得できたわけではないんだけどね。

年輩の刑事さんにわたしが証言した通り、夫はたしかに、徘徊中に石とか軍手とか、妙な物を拾う癖があった。でもよく思い出してみれば、拾った物はいつも、すぐポケットに入れてた。手に持ったまま歩き続けるところは見たことがなかった。だから、若い刑事さんも言ってたけど、ワッペンを持ったまま死んだっていうのは、不自然だとも思える。といっても、やっぱりあの年輩の刑事さんが言ってたように、ぼけ老人の行動パターンなんて分かりっこないんだけどね。夫はあの日に限って、気まぐれでワッペンを手に持ったまま歩いたのかもしれないし。

……なんて考えている間に、いつの間にか葬儀屋さんが、通夜ぶるまいの案内をしていた。

わたし、お隣さんってことで関係は結構深いから、いただいちゃっていいわよね。香典も五千円包んだし。今から家に帰って自分一人のために夕飯の支度するのも面倒だし。

何が出るのかしら。やっぱりお寿司かしらね。わたしお寿司は大好物だけど、場所も場所だし、体重も体重だし、食べ過ぎないようにしないとね。

〈鮎川茉希〉


先生の娘さんの晴美さんが、最後の喪主の挨拶《あいさつ》をした。

「人間は二度死を迎える。一度目は肉体が死んだ時。二度目は生きている人の心の中から消えてしまった時」

という内容だった。初めて聞いたけど、いい言葉だと思った。

アタシは、絶対に先生に二度目の死を迎えさせることなんてない。アタシは先生のことを絶対に忘れない。坪井先生は、アタシにとって最高の先生で、最高の大家さんで、最高のお父さんで――そして、最高の男性だった。

だって、今までで、体の関係を持った後もずっと優しいままだった男の人は、坪井先生ただ一人だけだもん。

あれは、三年前の春のことだ。

その前の年の暮れに、メゾンモンブランに入居したんだけど、その後バイト先がつぶれて、次のバイトも決まらなくて、家賃が払えなくなって、半泣きで先生に謝りに行った。

先生はアタシを家のリビングに通してくれて、事情を聞いてくれて、「そういうことならしょうがないよ」って、家賃を免除にしてくれた。「ゆっくり自分に合った職場を探すといいよ」って、中学時代と変わらない優しい言葉をかけてくれた。

でも、それまで先生にはさんざんお世話になってきたのに、月々四万八千円をタダにしてもらうなんて、あまりにも申し訳なかった。

だから、アタシから申し出た。「先生、代わりに抱いてください」って。

最初、先生は「冗談言っちゃいけないよ」なんて笑ってたけど、アタシは本気だった。ずっと慕い続けてた先生。年の割には若々しくて、まだ男として終わってはいないと思った。でも奥さんを亡くしていた。となると、アタシにできることは一つしかないと思った。

「アタシ本気だよ、先生」

そう言って、ソファに座る先生に抱きついて、胸を押し付けてキスをして、舌を絡ませた。先生は最初は驚いて抵抗したけど、アタシの太股《ふともも》に触れる先生のそれは、正直にすぐ硬くなった。アタシはそこにそっと手を触れて、お願いだからお礼をさせてほしいと何度も言った。すると先生は、迷った末にようやく応じてくれた。

「あの……娘がいつ帰ってくるか分からないから、君の部屋に行こう」

後ろめたい気持ちなんてなかった。月々払わなきゃいけないお金を免除してもらって、何もお礼をしない方がおかしい。ああしないとアタシの気が済まなかった。先生はしてる途中で何回も葛藤《かっとう》してるみたいだったけど、そのたびにアタシがちゃんと説得して、結局最後までやることをやった。で、それから月に三、四回、アタシの部屋で先生とHするようになった。

売春って違法ってことになってるけど、ほんと建前だと思う。生活のために体を捧《ささ》げるってことでいえば、玉の輿《こし》に乗った人とかもやってること同じじゃん。ましてアタシは、自分からしたくて申し出たんだし。大好きな先生のすべてを知ることができて、アタシはうれしかった。意外に力強く突いてくるところとか、口でしてあげると目を細めて喜んでくれるところとか、それは恋愛感情とはまた少し違ったけど、尊敬する人に喜んでもらえることがうれしかった。

でも先生は、やっぱり年のせいか、調子が悪いとうまくいかないこともあった。それに一回、途中で先生が貧血みたいになって、倒れちゃったこともあった。しばらく横になったら回復したけど、やっぱり無理させちゃってるのかな、年の差があると難しいのかなと思った。お礼で始めたつもりだったけど、これで万が一腹上死でもしちゃったらしゃれにならない。恩を仇《あだ》で返したことになっちゃう。アタシはちょっと、先生との関係に迷い始めてた。

そんな時に、シンゴから電話がかかってきて、告白された。シンゴが本気でアタシのことを好きになってくれてるのはうれしかったけど、ちょっと考えさせて、と保留にした。さすがにシンゴと付き合うとなったら、先生との関係は終わらせなきゃいけない。バイトしかもその時、ギャルショップのバイトも続けられそうな感じになっていた。バイト先に定着できて、家賃が払えるようになったら、先生と関係を持った元々の理由がなくなっちゃう。

そんな感じで、アタシはますます先生との関係に迷ってた。でも、かといって一方的に終わりにしようなんて言えない。元々アタシが言い出したことだし、それは勝手すぎると思った。結局迷ったまま、ずるずると二回ぐらい先生とHしちゃったんだけど、先生も、そんなアタシの態度に気付いていた。

ある日。いつもはコンドームをポケットに入れてくるだけの先生が、アタシの部屋に紙袋を持ってきた。アタシが服を脱いでる間に、先生はパンツ一丁になって、紙袋の中から、黒地にピンクの文字で「エレキング」って書かれたビニール袋を出した。さらにその袋を開ける。

その二重の包装から取り出したのは、バイブだった。

アタシはそれを見たまま、目が点になってしまった。

すると先生は恥ずかしそうに、うつむいておどおどしながら言った。

「あの、最近ちょっと、茉希があんまり気持ちよくないというか、気分が乗らないみたいだったから、満足させてあげられてないのかと思って、こういうのを買ってみたんだけど……」

　それを聞いて、アタシは思わず笑っちゃった。

「先生……そういうんじゃないよ」

　アタシは、正直に話した。同年代の男に告白されたこと、それに、いいバイト先が決まって家賃が払えそうになったこと。

　それで、ちょっと先生との関係に迷い始めてる、ってことを言おうとしたんだけど、その前に先生は、アタシの気持ちをくみ取ってくれた。

「そういうことだったのか」

　先生は、大急ぎでバイブを、「エレキング」って書かれた黒のビニール袋にしまってから、服を着始めた。

「じゃ、もうこういうことはやめよう。もう、こういうことをする大義名分もないわけだし」

「ごめんなさい」

　アタシは頭を下げた。

「君が謝ることじゃないよ。むしろ僕の方こそ、今までごめん。それと……ありがとう」

　先生は、大急ぎでズボンを穿《は》きながら言った。でも急ぎすぎて、ズボンの右脚のところに両脚が入っちゃって、慌てて穿き直そうとしてた。

「じゃ先生、今日で最後にしよう」

ズボンを持つ先生の手首を、アタシは摑《つか》んだ。

「えっ、いや、いいよ」

先生は戸惑ったような顔で言った。

「でも、アタシもうここまで脱いじゃってるし、それに、先生もまだここまでしか着てないし」

アタシは下着姿だった。先生も、ズボンを穿けてなかったから結局パンツ一丁だった。

アタシは、先生の手からズボンを取り上げた。その後、長い時間をかけ、丁寧にしてあげた。

終わった後、先生は泣いてた。

「なんで泣いてるの？」

「これが人生最後のセックスになるんだと思ってね」

泣きながらパンツを穿く先生の姿がなんだかおかしくなっちゃって、アタシは思わず、裸のまま抱きついた。で、その泣き顔のほっぺにキスしながら、床に置いてあったケータイで自撮りした。

「あっ、ちょっと」

先生は慌てた。

「これ待ち受けにするね」

「うそ、やめてくれよ」

「冗談。でも、思い出に大事にとっとく。大丈夫、人に見られないようにするから」

アタシはその写真を保存した。肩までしか写ってないけど、二人とも服を着てないのは明らかな、流出したら絶対にまずいツーショット写真。

「どう？」

アタシは、そのケータイの画面を先生に見せた。

「恥ずかしいよ、消してくれよ」

先生はアタシのケータイを取り上げようとした。

「やだ、消さない」

アタシは先生の腕をすり抜けて逃げた。


あれが、先生との最後の夜だった。まあ、夜というか、時間的には夕方だったけど。でも、その後付き合ったシンゴがどうしようもない奴で、別れ話を切り出したら嫌がらせをしてきて、しまいには盗聴器まで仕掛けやがった、っていう話なんだけどね。

……ん？　今ふと思った。

タイミング的には、アタシがシンゴに乗り換えたことに内心腹を立ててた先生が、腹いせに嫌がらせしてきてたって考えても、意外にぴったりくる気がする。別れた女の部屋に盗聴器を仕掛けるっていう手口は、夕方のニュースでも見たことがあるし。

……なんて、何また馬鹿なこと考えてんのアタシ！　先生がそんなことするはずないんだって！　よりによって先生のお通夜で、そんなこと考えちゃだめだ。絶対だめだ。先生が盗聴とか、ネットで誹謗《ひぼう》中傷とかやるわけないじゃん！　そもそも先生はパソコンできなかったんだから。掲示板に書き込みなんてできるわけないんだから。——ああ、本当に今日のアタシはどうかしてる。先生を失ったショックで、本格的におかしくなってるのかもしれない。

なんて、妄想を打ち消してる間に、いつの間にかお通夜は終わってた。みんなが会場を出て行く中、葬儀屋さんが、通夜なんとかが中ホールであるってアナウンスしていた。よく分かんないけど、その通夜なんとかってのは、先生にお世話になった人は行った方がいいのかな？

とりあえず、行ってみることにした。

〈寺島悠〉

延々と続いた焼香とお経が、ようやく終わった。そして、お坊さんがみんなに向かって何かありがたい話をしてくれたっぽいんだけど、オレの席からは内容がよく聞き取れないうちに終わってしまい、喪主の晴美さんの締めの挨拶《あいさつ》となった。もっといろんなイベントがあるのかと思ってたけど、通夜って意外に単調なんだな。めぼしいのはお経と焼香だけか。

晴美さんは涙で何度も声を詰まらせながら、「人間は二度死を迎える。一度目は肉体が死んだ時。二度目は生きている人の心の中から消えてしまった時。だからみなさんも父を忘れないでください」的な話をした。まあ正直、どっかで聞いたことがある言葉だったけど、晴美さんに言われれば何だっていい言葉に聞こえる。

そうだよな、故人を忘れないのが大事だよな。大家さんは素晴らしい人格者だった。いつまでも覚えておこう。……といっても、じゃあいつまでも覚えておくほどの印象的なエピソードがオレと大家さんの間にあったかっていうと、そんなにないんだけど。

まあ、ライブに来てもらったのと、パソコン教えたのと、あとは……ああ、まだ一つ忘れてたのがあったな。

でも、あれは大家さんにとって、忘れてほしい思い出かもしれないな。むしろ、オレが大家さんとの他の思い出を全部忘れて、あれだけ覚えてたら、大家さんはただのスケベオヤジってことになっちゃうもんな。

あれは、三年前の夏頃だったか。たしか、オレが大家さんにパソコンを教えたのと同じぐらいの時期だった。秋葉原《あきはばら》でアイドルのイベントがあって、その前座でオレたちがネタをやる営業で、まあ残念ながらスベっちゃって、オレたちコンビが落ち込みながら秋葉原駅まで歩いてた時。脇の電器店から飛び出してきたおじいさんが、オレにぶつかりそうになった。

営業でスベった八つ当たりに、そいつに文句の一つでも言ってやろうと思ったら、なんとそのおじいさんが、偶然にも大家さんだったのだ。

「ああ、こんにちは」

オレは、睨《にら》みかけた顔を瞬時に笑顔に変えて挨拶した。

「ああ、どうも、奇遇ですね」

大家さんは、黒のビニール袋を小脇に抱えていた。なんだか急いでいるというか、少し慌てている様子だったので、挨拶もそこそこに「それじゃどうも」と会釈をして別れたんだけど、大家さんが遠ざかった後で、相方が聞いてきた。

「今の人誰？」

「大家さんだよ。ほらこの前ライブに来てくれた」

「ああ、あの人が大家さんか。……結構あっちの方もお若いみたいだね」

そう言って相方が、大家さんが出てきた店の看板を指差した。

「エレキング」という名前のその電器店は、一階の店頭には普通のテレビやパソコンなども並んでいたけど、どうやらもうちょっとディープな商品を多く取り扱っているようだった。看板には、黒地にピンクの文字でこう書かれていた。

「2F　専門機器、ジャンク品、マニア向けコーナー
3F　アダルトDVD、アダルトグッズ、大人のおもちゃ」

そういえば大家さんが小脇に抱えていた袋は、ＤＶＤが何枚か入っているぐらいの大きさだった。でももしかすると、ＤＶＤじゃなくてもっととんでもない物を買ったのかもしれないぞ、なんてオレと相方は馬鹿を言って笑い合ったのだった。……ああ、やっぱりこんなことを覚えてたら、大家さんも浮かばれないな。

そんなことを思い出してるうちに、お通夜はお開きになって、みんな帰り始めた。と、葬儀屋さんが何かアナウンスをしている。耳をすませると、「ツヤブルマがどうこう」みたいなことを言っているのが聞こえた。

ツヤブルマ、つやブルマ、艶《つや》ブルマ……何だ、そのいやらしい名前のイベントは。まあ、さすがに「艶」じゃなくて「通夜」なんだろうけど、それにしてもブルマの部分は謎だぞ。う～ん、興味津々だ。会場から引き上げる人たちを見てみると、どうやらそのまま帰る人と、艶ブルマに参加する人の両方がいるらしい。

果たしてオレは、ブルマの方に参加して大丈夫なのだろうか。

もしかすると、ブルマの方は、故人と親しかった人限定のイベントとかかもしれない。ただ、オレもコントの取材のためにこのお通夜に参加した以上、一つでも多くのイベントを見ておきたい。正直、お経と焼香ではちょっと物足りない。かといって明日の葬儀に、もう一回香典を払って参加するのは懐が痛む。となると、ぜひともブルマ見学をさせていただきたい。それに、もしかすると晴美さんと話せる機会が巡ってくるかもしれないし。

まあ、あまりにも場違いだったら、つまみ出される前にずらかることにしよう。オレはそう思って、謎のイベント「艶ブルマ」を覗《のぞ》いてみることにした。

四　通夜ぶるまい

〈寺島悠〉

やったぞ！　寿司だ寿司だ！　他にもうまい料理が盛りだくさんだ！

オレのテンションは上がりきっていた。

これは、予想をはるかに上回る素敵なイベントだった。どうやら艶ブルマの正体は、「通夜ぶるまい」だったらしい。「ふるまい」が通夜とくっついて「ふ」に点々が付いた結果、ブルマという思わぬ副産物ができちゃったパターンのようだ。「しゃけ」が新巻《あらまき》とくっついて、「新巻じゃけ」になって、結果的に広島弁みたいになっちゃうのと同じだろう。

そういえば、今までに見たドラマとか映画の中にも、お葬式の後みんなでごちそうを食べるみたいなシーンがあった気がする。以前BSでちらっとだけ見た、伊丹十三《いたみじゅうぞう》監督の、えっと、タイトルはちょっと忘れちゃったけど、お葬式を描いた映画。あれにもたしかそんなシーンが出てきたな。これのことだったんだな。

それにしても、この部屋は中ホールというらしいけど、「中」とはいえ充分広い。その部屋の中に、おそらく百人以上の人が集まっている。その一人一人にこんな料理を出してるわけだから、さぞお金がかかってるだろうな。

寿司以外にも、揚げ物や煮物まである。しかもどれもうまい。日頃ろくなものを食べてないオレにとっては相当なごちそうだ。ビールもあるけど、オレは酒が飲めないから、とにかくごちそう一辺倒だ。

もちろん、あくまでもお通夜の場だ。オレもTPOをわきまえ、あまりがっつくような真似はしない……つもりだったけど、ついつい箸《はし》が進んでしまう。四人がけのテーブルで、各ネタ四つずつある寿司は、オレの分は全部いただいてしまった。一人二本のエビフライも同様。今は密《ひそ》かに、他の人の寿司を一つぐらいいただいても大丈夫なんじゃないかと、隙をうかがっているところだ。

同じテーブルを囲むのは、オレの向かい側に座る七十代ぐらいの老夫婦と、オレの右隣に座るギャルっぽい若い女。そういえばこの女は、焼香の時にも最初オレの右隣にいたような気がするが、あの時もそんなにちゃんと見たわけじゃないから自信はない。

老夫婦は、どこのせがれの誰がどうしたとか、誰々さんの手術がいつだとか、第三者が聞いてもまったく分からない固有名詞満載の会話に夢中で、料理にはほとんど箸を付けていない。一方若い女も、ずっとうつむいたまま、たまにちょっと料理に箸を付ける程度だ。それと彼女はなぜか、時々ケータイを見ては涙ぐんでいる。もしかして、生前の大家さんとやりとりしたメールでも見返しているんだろうか。こんな若い女とメールする仲だったんだとしたら、大家さんはよっぽど顔が広かったんだろう。

まあとにかく、三人ともほとんど料理には見向きもしていないのだ。この様子なら、黙って寿司の一つぐらい食べちゃってもばれないんじゃないかな。いや、でも後で気付かれて怒られたら嫌だしなあ。……オレは迷いながらも、煮物を食べ続けた。やっぱりこれもうまくて、つい箸が進んでしまう。でもこれは一人何個とか決まってないし、本来ならオレの取り分は四分の一だけど、三分の一ぐらい食べちゃってもばれないだろう。

「あのお……」

突然、声をかけられた。老夫婦のおばあさんの方だった。やばい、さすがにがっつきすぎだって怒られるか？

「よかったら、私たちの分もどうぞ」

「……いいんですか？」

なんと、おばあさんは怒るどころか、天使のような言葉をオレにかけてくださった。

「ええ、食べられる人がどんどん食べた方がいいでしょ。料理が余っちゃったら坪井さんのご遺族にもかえって申し訳ないし」

「そうですか。……じゃあ、お言葉に甘えて、ありがとうございます」

オレは遠慮なくいただくことにした。とりあえずエビフライを一本。

「あなたは、坪井さんとはどういったご関係なの。教え子さんかしら」

香ばしいフライをほおばるオレに、おばあさんが話しかけてきた。

「いえ、僕は、坪井さんのアパートに住んでる者です」

オレが答えると、今度はおじいさんがしみじみと言った。

「ああ、あのアパートの店子《たなこ》さんか。私らは町内会で、一度坪井さんと一緒に役員をやったことがあるんだけど、本当にいい人だったよ」

「そうですねえ、惜しい人を亡くしましたよねえ」

オレは適当にあいづちを打ちながら、今度は寿司の品定めをする。

その後、老夫婦がまた自分たちの会話に戻った隙に、まずは玉子をいただいた。さすがにウニとかイクラの高級品は抵抗があるけど、続けざまにイカもいただく。

と、右から刺すような視線を感じた。

若いギャルっぽい女が、怒りに満ちた目で、じっとオレを睨《にら》みつけている。ちらっと目が合ったけど、女は目をそらすつもりはないようだ。オレの方が慌ててそらす。やばいやばい、老夫婦に怒られなかったから安心してたけど、思わぬ刺客が潜んでいた。

それにしても、女はずっとオレを睨んでいる。もう怖くて女の方を向けないけど、右頰がひりひりするような鋭い視線だ。そんなに怒らなくてもいいじゃん。さっきおばあさんが、料理余らせたらかえって申し訳ないって言ってたの聞いてなかったのかよ。それともこの女も、今まで我慢してただけで実は食い意地張ってて、オレに全部食われるんじゃないかっていう危機感を抱いてるのか？

いずれにせよ、女の視線に負けずにばくばく食べる勇気はオレにはなく、やむなくいったん箸を置くことにした。それからしばらくして、ようやく女の視線のロックも解除されたようだった。オレがちらっと見ると、女はまたケータイを見て泣いてる。何なんだいったい。睨んだり泣いたり情緒不安定だな。それにしてもこの女、大家さんとどういう関係だったんだろう。

うかつに食べることもできないので、手持ち無沙汰《ぶさた》に周りを見渡してみる。オレたちのテーブルは、この中ホールの一番出口に近い辺り。親族の席は一番奥にあるので、晴美さんたちとの間にはずいぶん距離がある。あっち側にはまだ湿っぽい雰囲気が漂ってるけど、こっちの方はだいぶ悲しみムードも薄れている。見た感じだと、たぶん故人に近い人ほど、部屋の奥に陣取ってる感じなんだろうな。

「明日は、セツコねえさんのお見舞い行かなきゃね」

「午後にするか」

老夫婦も、相変わらず故人とは関係のない会話を続けているようだ。

「明日、午後は雨降るんじゃなかったかしら」

「天気予報見てみるか。ほら、スグルが言ってたろ。この携帯電話、天気予報が見られるんだ」

ポケットからケータイを取り出し、操作するおじいさん。ガラケーだが、割と新品のようだ。

と、そのケータイから、突然大きなボリュームで音声が流れてきた。

『二人が軽いケガを負いました。なお、この事故の影響で、現場近くの住宅、約二百世帯が一時停電となりましたが……』

どうやらおじいさんは、ワンセグテレビ機能でニュースをつけてしまったらしい。

「あれ、テレビになっちゃったじゃない」

おばあさんが驚いたが、おじいさんは意外に涼しい顔だ。

「まあでも、このままニュース流しとけば、そのうち天気予報になるだろ」

「だめよ、音大きいわよ。消してよ」

たしかに、周りの席の人もちらちらこっちを見ている。それに気付いたのか、おばあさんはますます焦り出した。

「ちょっとあなた、早く消して」

おばあさんはおじいさんを叱った後、すいません、すいませんと周りに頭を下げる。それを見ておじいさんも渋々ケータイをいじり出したが、変なところを押しちゃったらしく、さらに音量がでかくなる。それでおじいさんも焦り出す。

「ごめん、ちょっと君、これ分かるか?」

パニックになったおじいさんが、オレにケータイを渡してきた。

「えっ、ああ、はい」

オレはやむなく受け取った。その時ちょうど、ケータイから流れていたニュースの話題も切り替わった。

『次のニュースです。盗撮されたわいせつ画像のDVDを無修正で販売したとして、警視庁は、東京都秋葉原駅近くの電器店、エレキングの店主、巻村安彦《まきむらやすひこ》容疑者を、わいせつ図画販売目的所持の容疑で逮捕しました。巻村容疑者は十年以上前から、盗撮用カメラや盗聴器を店頭で販売し、客が盗撮した画像や盗聴した音声を買い取って、DVDやCDに収録してネット上で販売していた疑いが……』

そのニュースに、オレは思わず見入ってしまった。

ケータイの画面に、小汚いおっさんが捜査員に脇を固められて連行されていく映像が流れた。そして、その次に映った電器店の外観と、「エレキング」という黒地にピンクの文字の看板は、見覚えのあるものだった。

それは、オレが偶然大家さんと鉢合わせした秋葉原の店だった。ニュースによると、その店が、盗聴・盗撮グッズと、それを収めたディスクを販売していた疑いで摘発されたのだという。

大家さんと、盗聴。

そういえばオレはさっき、お通夜の最中に、そんな不謹慎な想像をしたのだった。

大家さんに、見せていないはずのコントをほめられたことから、もしかしたら大家さんはオレの部屋を盗聴してたんじゃないか、なんて思ったんだ。もちろん、くだらない、突拍子もない妄想のつもりだった。でも、このニュースの内容とオレの記憶を結びつけて考えてみると、あながちそうとも言い切れないんじゃないか。盗聴器や盗撮カメラを販売していた電器店エレキング。大家さんがそのエレキングから出てきたところを偶然見たオレ……。

「ちょっと、それ消えないの？」

おじいさんが不安げな顔で、オレに声をかける。

「ああ、すいません」

オレが考え込んでいる間に、ニュースはすでに次の話題に移っていた。オレはケータイのクリアボタンを押し、ワンセグ受信を切った。大きな音がようやく途切れる。

「ああ、どうもありがとう」

おじいさんはほっとして、オレからケータイを受け取った。その後おじいさんは、しばらくケータイをいじった後、「あ、天気予報はこっちのボタンを押すんだった。ほら、やっぱり明日は雨だ」とか言って、おばあさんにケータイの画面を見せていた。

……さて、それはそうと、さっきのニュースだ。オレは再び考え始めた。

盗撮カメラや盗聴器を売っていた店から大家さんが出てきたところに、オレは偶然鉢合わせした。その時の大家さんは、少し慌てていたように見えた。そしてオレは、大家さんに盗聴もしくは盗撮されてたという心当たりが、ないわけではない。……となると、本当に大家さんがオレの部屋を盗聴もしくは盗撮していたのではないかという疑惑が、どうしても浮上してしまう。しかも今のニュースの内容から考えると、下手したら大家さんは、盗聴音声もしくは盗撮映像を売っていたのではないか……。

なんてね。

んなわけないよな。無名の若手芸人が自宅でネタの稽古《けいこ》をしてる映像なんて売れるわけがないし、そもそもあの大家さんに限って、そんな裏の顔があるわけがない。

「大家さんがそんなことするわけないよな」

オレは思わず、声に出してつぶやいてしまった。

しかも、小声でつぶやいたつもりが、家に一人でいる時みたいな感じで、うっかり大きめの独り言になってしまった。

「え、何？」

おじいさんに聞かれる。

「あ、いえ、何でもないです」

オレは慌てて首を横に振った。危ない危ない、こんな妄想、他人に説明できるわけがない。

と、隣から視線を感じた。なんと、また女が鋭い目で睨んできている。

おいおい、今度は何だよ。がっついて食べ過ぎた件はオレが悪かったけど、今オレはおじいさんのケータイのトラブルを収めてやったんだから、むしろ好プレーだろ。それとも、ちょっと独り言がでかかった件について怒ってるのか？

あれ、女が徐々に、オレに近付いてきてないか？　怖くて目は合わせられないけど、女の輪郭がオレの視界の端で大きくなってきている。おいおい、マジで何なんだよ……。

〈鮎川茉希〉

お通夜が行われた大ホールから、中ホールに移動した。そこで開かれたのは、通夜ぶるまいという催しだった。中ホールっていう名前だけど相当大きいホールの中に、ずらりとテーブルが並んで、その上にお寿司や揚げ物や煮物といった豪華な料理が用意されていた。

なんだか、こんなに豪華にもてなされちゃうのは、かえって申し訳なかった。それにアタシは、先生を失った悲しみで食欲もなかった。どんなにおいしいものを食べても、先生はもうこれを食べられないのかって思うと、余計に泣けてきちゃう。

通夜ぶるまいには、来ない方がよかったのかもしれない。でも、もう席に着いちゃったし、先生の娘の晴美さんの「どうぞ召し上がってください」的な挨拶《あいさつ》も聞いちゃったし、周りを見てもすぐに帰る人もいないみたい。仕方なくちょっと箸《はし》を付けてみた。おいしかったけど、やっぱりそれ以上食欲は出てこなかった。

箸を置いて、バッグからケータイを取り出す。そして、先生とアタシの最後のツーショットを見た。アタシにほっぺにキスされながら、顔を歪《ゆが》ませてる先生。泣いてるようには見えなくて、たぶん状況を知らない人からしたら、先生がおどけて変な顔をしてるように見えると思う。それを見てるうちに、また涙が出てきちゃった。

なのに周りでは、先生の死を悲しんでいたはずの人たちが、そんなことを忘れたように豪華な食事を楽しんでいる。その様子を見て、なんだか今度は腹が立ってきた。

特に、アタシの隣に座る、小柄で坊主頭の若い男。始めから料理をばくばく食ってて、その時点でちょっと不愉快だったんだけど、同じテーブルの老夫婦が「私たちの分もどうぞ」って言ったのをいいことに、各ネタ一人一個の寿司の二個目まで食べ始めた。おい、どうぞって言われても遠慮するだろ普通！

しかも、男と老夫婦の話を聞いたら、奴も同じメゾンモンブランの住人だってことが分かった。だったらなおさら、もっと先生を悼みなさいよ。あんなに安い家賃でいい部屋を貸してくれる大家さんが、しかも時々庭で採れた野菜もくれたりする大家さんが、どれだけありがたいか分かってるの？　まあ、野菜はあんまりおいしくないこともあったけど。

腹が立ったから、アタシはその男をじっと睨んでやった。男は一瞬アタシの顔を見てからすぐに目をそらして、箸を置いた。さすがに自分の不謹慎さを思い知ったみたい。

それからアタシはしばらく先生とのツーショットを見ながら思い出に浸ってたんだけど、今度は老夫婦のおじいさんの方が、ケータイの操作を誤って、ワンセグのテレビのニュースを大音量で流すというアクシデントが起きた。もう何やってんのよ、どいつもこいつも！

しかも、周りの席の人がちらちらこっちを見てる。そこで気付いたんだけど、このテーブルは、祖父母と孫二人みたいに見えないこともない。そう見られちゃったら、このテーブル全体が恥ずかしい家族だと思われる。ちょっとじいさん、早く止めてよ！　アタシは心の中で叫んだけど、じいさんはさんざん焦ったあげく、若い男にケータイを渡してしまった。

と、その時。それまで事故の話題を伝えていたニュースが、次の話題に移った。

『盗撮されたわいせつ画像のDVDを無修正で販売したとして、警視庁は、東京都秋葉原駅近くの電器店、エレキングの店主、巻村安彦容疑者を、わいせつ図画販売目的所持の容疑で逮捕しました。巻村容疑者は十年以上前から、盗撮用カメラや盗聴器を店頭で販売し、客が盗撮した画像や盗聴した音声を買い取って、DVDやCDに収録してネット上で販売していた疑いが……』

エレキング……今そう言ったよね？

すぐにあの記憶が浮かんだ。先生がアタシの部屋にバイブを持ってきた時、それを包んであったビニール袋に書かれてた文字。あれもたしか「エレキング」だった。

おじいさんが若い男に預けたケータイを隣から覗《のぞ》き見ると、ニュースの画面に、黒地にピンクの文字で「エレキング」と書かれた看板が映っていた。黒地にピンクの文字といえば、あのビニール袋と同じデザインだ。それに、ニュース映像に一瞬、「3F　アダルトDVD、アダルトグッズ、大人のおもちゃ」っていう文字が映ったのも読めた。

ということは。

先生は、盗撮・盗聴用品を売っていた店でバイブを買ったことになる。これは間違いない。

そこから、さらに想像してみる。

先生は最初、エレキングという店でバイブを買っただけだったのかもしれない。でもその後、アタシは先生との肉体関係を解消して、シンゴと付き合うようになった。それに腹を立てた先生は、エレキングに盗聴器も売られていたのを思い出して、盗聴器を買って、アタシの部屋に仕掛けたんじゃないか。そしてさらにいろんな嫌がらせをしたんじゃないか……。

今日の今日まで、あの盗聴器を先生が仕掛けたなんていう可能性を考えたことはなかった。でも、今日のお通夜の途中で、急にその可能性に思い当たって、しかも今、エレキングという店が盗聴器を売っていたというニュースを偶然見てしまった。これって、何かのお告げなんじゃないの？

……なんて、そこまで考えたけど、また慌てて自分で否定する。

馬鹿馬鹿、アタシの馬鹿！　どうしてそんな妄想するの？　だめだめ、先生がそんなことするわけがないんだから。そんなわけない。先生がそんなことするわけない……。

「大家さんがそんなことするわけないよな」

突然、隣の坊主頭の男がつぶやいた。

えっ……なんで？

アタシの心の中とまったく同じタイミングで、同じ言葉を、この男は口にした。

もしかしてこの男、人の心が読めるの？

あっ、でも、この男も同じアパートの住人なんだ。そして、今のニュースを見て、大家さんがそんなことするわけないよな、ってつぶやいた。

ということは……この男もアタシと同じように、先生が「そんなこと」をしたんじゃないかっていう心当たりがあるのかもしれない。

気になる。この男の独り言、マジで気になる！

もしかすると、アタシが考えてることは全然見当違いなのかもしれない。でも、確かめずにはいられない。今確かめないと、絶対に後悔すると思う。

アタシは、彼をまっすぐ見つめながらゆっくり近付いて、勇気を出して話しかけた。

「あの……あなた今、なんて言ったんですか？」


〈寺島悠〉


うわあ～。このねえちゃん、とうとう突っかかってきたよ。マジでめんどくせえ～。

「えっ……何がですか？」

オレはとりあえず、女を刺激しないように聞き返した。

「あなた今、『大家さんがそんなことするわけないよな』って言いませんでしたか？」

女が前のめりになって聞いてくる。オレは苦笑いしながら答えた。

「いえ、あの、ただの独り言なんで、気にしないでください」

「そういうわけにはいきません！」

突然女が大声を出した。

うわあ、やっぱりこいつやばいよ、絶対危ない人だよ～。老夫婦も、何事かと驚いた様子で、会話をやめてこっちを見ている。周りのテーブルからも視線を感じる。

「あ……すいません、声大きくなっちゃって」

女は謝った。

おや、周りの状況を見て謝れるということは、そこまでやばい人ではないのか……。

オレは少しだけ思い直した。でも油断は禁物だ。

「あなた、『大家さんがそんなことするわけないよな』って言いましたよね？」

女はもう一度オレに確認してきた。オレは渋々答える。

「ああ、はい、言いましたけど」

すると女は、ますますオレに顔を近付け、声を抑えて言った。

「『そんなこと』っていうのはもしかして……盗聴のことですか？」

「えっ？」

オレは驚きのあまり、絶句してしまった。

たしかにそうだ。でも、なんで分かったんだ？

もしかしてこの女、人の心が読めるのか？

「そうなんですね？」

女はまた迫ってきた。その迫力で、オレは思わずうなずいてしまう。

「ちょっと来てください」

女はオレの腕を引っ張ると、立ち上がって部屋の隅に連れて行った。なすすべもなく、オレは従うしかなかった。話を聞かれるとまずいから、周りのテーブルから少しでも離れようという女の意図なんだろうけど、立ち上がってしゃべってる人なんて他にいないから、かえって目立ってしまう。何人かがちらちらとこっちを見ているのが分かった。

「あなた、メゾンモンブランの住人ですよね。さっき、おばあさんとの会話を聞きましたけど」

「ええ、はい」

オレは周りを気にしながら答えた。

「それで、あなたの部屋にも盗聴器が仕掛けられてたんですよね」

「えっ……あの、『あなたの部屋にも』っていうのは、どういうことですか？」

オレはおそるおそる聞き返した。

すると女は、一瞬躊躇《ちゅうちょ》する様子を見せたけど、意を決したように言った。

「アタシも、メゾンモンブランの住人なんですけど、部屋に電源タップ型の盗聴器を仕掛けられてたんです。専門の業者さんに除去してもらいました」

「マジっすか……」

驚いた。まさか同じアパートに、本当に盗聴器を仕掛けられてた人がいたなんて。

「あ、そういえば！」

女が急に、何かを思い出したように声を上げた。

「業者さんが、その盗聴器を除去してくれた後、盗聴器の発見機を持って部屋の中をうろうろしながら言ったんです。『まだ弱い反応がある。もしかすると、他の部屋にも仕掛けられてるのかもしれない』って。……それが、あなたの部屋だったのかもしれない。いや、きっとそうですよ！」

最初は頭のおかしい人なのかと思っていたけど、女の話し方はきちんとしていたし、内容も具体的で信憑性《しんぴょう》があるように思えた。

ただ同時に、女の話だけで、オレの部屋にも盗聴器が仕掛けられていたと断定することは、まだできないとも思った。

「いやあ、でも、オレは業者さんに来てもらったわけでもないし、というかそもそも、本当にオレの部屋が盗聴されてたのかも怪しいところで……」

オレは言葉を選びながら言った。でも女はすかさず返してきた。

「でもあなたは、せんせ……いや、大家さんに盗聴されたんじゃないかっていう心当たりがあるんですよね？　だからさっき、あのニュースを見た後、あんな独り言を言ったんですよね」

「ああ、まあ、そうですけど……」

「聞かせてもらえませんか。なぜあなたが、大家さんに盗聴されたと思ったのか」

「ああ……はい」

まさかこんな話を、人に聞かせることになるとは思わなかった。

「うまく説明できるか分からないですけど……」

そう前置きしてから、オレは話した。

オレが芸人をやってること。

一度だけ大家さんにライブに来てもらったこと。

でもライブで見せてないはずのネタをほめられて、そのことから部屋が盗聴されてるんじゃないかと思ったこと。

そして、さっきのニュースで摘発されていたエレキングという店から、大家さんが出てきたところに偶然鉢合わせしたこと……。


〈鮎川茉希〉

芸人だという彼の話をひと通り聞いて、アタシは思った。

正直、証拠としてはちょっと弱い。

見せてないはずのネタを先生にほめられたから盗聴を疑ったっていうけど、ＹｏｕＴｕｂｅとかで若手芸人のライブ映像なんて結構流れてる。先生は、ああいうのを見ただけかもしれない。それに、エレキングという店で先生が買い物をしていた事実ははっきりしたけど、だからって盗聴器を買っていたとは断定できない。

「……っていうことなんですけど、どうですかね」

やばい、彼に感想を求められてしまった。アタシが彼をここまで連れてきて聞き出した手前、ちょっと証拠としては弱いんじゃない？　なんてことは言いづらい。でも一応、今思いついた疑問点だけ言うことにした。

「あの、芸人さんのライブ映像って、ＹｏｕＴｕｂｅとかでも流れてますよね。大家さんは、ああいうのを見た可能性もあるんじゃないですか……」

でも、そこまで言いかけたところで、アタシは気付いた。

「……あ、それはないか。先生パソコンできないんだ」

アタシはすぐ、自分の言葉を自分で否定した。

ところが、彼はすかさず言い返した。

「いや、大家さん、ＹｏｕＴｕｂｅぐらいなら余裕で見れますよ。オレ、昔大家さんに頼まれてパソコン教えたんですよ。大家さんちに上がって、結構みっちり教え込んだんですよ」

「えっ？」

アタシは驚いた。――彼が、先生にパソコンを教えた？

でも彼は、「そっか、ＹｏｕＴｕｂｅで見たのか。じゃあ全部勘違いだったかもな」

なんてつぶやいて、アタシの驚きには気付いてない。アタシは、彼の腕を取って聞いた。

「あの、ちょっと、今の話詳しく聞かせてもらえませんか？　あなたが、先生にパソコンを教えたっていう話」

「えっ、はあ……」

彼はアタシの剣幕にちょっと引いてる様子だった。でもアタシはかまわず尋ねた。

「それはいつの話ですか」

「えぇっと……三年前の夏頃ですかね」

三年前の夏――まさに、アタシが先生との肉体関係を解消し、嫌がらせが始まった時期だ。

「具体的に、どんなことを教えたんですか」

「ええ、まあ、大家さん本当に何も知らなかったんで、かなり初歩から教えましたけど、特にネット関係の操作ですかね。たしか大家さん、『ネット掲示板に書き込みをしてみたい』とか言ってました」

ネット掲示板に書き込み――その言葉を聞いて、鳥肌が立った。

時期的にも、教わった内容的にも、先生がアタシをネット掲示板で誹謗《ひぼう》中傷するために、わざわざ彼にパソコンを教わったように思えてならない。

「やっぱり、あれも先生だったのか……」

アタシは思わずつぶやいていた。

「何ですか、『あれ』って？……それと、さっきから大家さんのこと、『先生』って呼んでますけど、あなたは大家さんの教え子でもあるんですか？」

今度は彼が立て続けに質問してきた。彼にしてみれば、アタシの素性から何から、分からないことだらけだろう。

アタシは、ちょっと迷ったけど、全てを話すことにした。そうしないと彼はちんぷんかんぷんなままだろうし、それだと彼からこれ以上の情報を引き出すことはできないと思ったからだ。

「アタシと坪井先生の関係、ちょっと長くなっちゃいますけど、説明しますね」

そう前置きしてから、順を追って話す。

アタシがかつて、坪井校長先生のいた中野区立沼袋中学校に通って、校長室登校をしたこと。そこで坪井先生にすごくお世話になったこと。その後、二十歳になってから一人暮らしを始めたアパートが、偶然にも坪井先生のメゾンモンブランだったこと。

それから……さすがに家賃の代わりにHしたことは言えなかったけど、その部分については、「坪井先生と交際していた時期があった」と言っておいた。

でも、その関係は年の差もあってあまりうまくいかず、やがて解消し、その後同世代のシンゴという男と付き合ったこと。

でもシンゴともすぐに別れ、その時期から、ポストに脅迫状を入れられ、ドアにスプレーで落書きされ、盗聴器を仕掛けられ、ネットで中傷され……と、いろんな嫌がらせをされたこと。それを当初はシンゴの犯行だと決めつけてたけど、後になって疑問点も浮かんできたこと。

そして、今日になって、もしかすると先生が一連の嫌がらせの犯人なんじゃないか、という考えに至ったこと。アタシは先生と円満に別れたと思っていたけど、実は先生はアタシのことを恨んでいたんじゃないか、と思い直したこと。

「……先生が、あの時期にパソコンができるようになってたっていうなら、辻褄《つじつま》が合うんです。ネット掲示板に『鮎川茉希はだれとでもすぐ寝る』とか、実名出されてひどいこと書き込まれたのも、先生はパソコンができなかったから犯人のわけがないって思ってたんです。でも、パソコンできたっていうなら、やっぱりあれも先生の仕業だったんだ……」

アタシは、ずいぶん長く、一気にしゃべってしまった。

彼は、情報が多すぎて混乱してたみたいだったけど、しばらくして遠慮がちに言った。

「あのお……あなた、鮎川さんっていうんですね」

「あ、すいません。ちゃんと自己紹介もしてなくて」

「いえいえ、むしろ謝りたいのはオレの方です。オレ、203号室の寺島っていうんですけど、一度ネタの稽古《けいこ》でうるさくしすぎて、苦情のお手紙を鮎川さんからもらったことがありましたよね。あの時はどうもすみませんでした」

彼——寺島さんは、申し訳なさそうに頭を下げた。

でもアタシには、苦情の手紙だなんて、まったく身に覚えがなかった。

「アタシ、そんなの出してませんけど」

「えっ？」

寺島さんは驚いたようだった。

「いや、でも手紙に鮎川さんの部屋番号と名前が書いてあったんで、クッキーの詰め合わせを持って部屋にお詫《わ》びに行ったんです。ただ、いらっしゃらなかったんで、部屋の前にお詫びの手紙を添えて置いて帰って……」

「あっ！」

アタシはまた大声を上げてしまった。そうだ、そんなこともあった！

「じゃあ、その苦情ってのも、先生がやったんだ……本当にアタシ、そんな手紙出してません！」

思わず声が大きくなっちゃって、また周りのテーブルから視線が集まるのを感じた。中でも、背の高い三十代ぐらいの男性が、近くのテーブルからじっとこっちを見ているのが分かった。でも、今さら話をやめるわけにもいかない。

「で、そのクッキーのこと、アタシ覚えてるんですけど……また嫌がらせかと思って、そのまま食べずに、手紙も読まずに捨てちゃったんです。ごめんなさい」

〈寺島悠〉


驚いた。マジで驚いた。

鮎川さんと、元校長先生だった大家さんが、一時期付き合ってたことだけでも充分衝撃的だった。でもその先がさらにすごい。鮎川さんは盗聴器を部屋に仕掛けられただけじゃなく、えげつないストーカー被害を受けていたのだ。

しかも、鮎川さんの名前でオレの部屋のポストに入れられたあの苦情の手紙も、彼女は書いていないという。ということは犯人は、鮎川さんがオレからも恨みを買うように、わざわざあんな手紙をオレの部屋のポストに投函《とうかん》したというのか。だとしたら実に悪質だ。

ただ、問題は、本当に大家さんが犯人なのかどうかだ。

というか、仮に大家さんが本当にストーカー行為をしてたんだとしたら、むしろオレの部屋が盗聴されてたというのは勘違いだった可能性が高いと思う。その場合、きっと大家さんは、鮎川さんへの個人的な恨みから盗聴してたんだろうから、オレの部屋まで盗聴するってことはないだろう。となると、大家さんがライブで見ていないはずのオレたちコンビのネタを知っていた理由は、ＹｏｕＴｕｂｅだった説の方が有力だろう。

オレはその旨を鮎川さんに言う。

「ただこうなると、オレが盗聴されてたってのは勘違いだったみたいですね。オレは最初、大家さんがメゾンモンブラン全体を盗聴してたのかも、なんて思ったりしてたんですけど、たぶん鮎川さんだけを狙ってたんでしょう。まあ、本当に大家さんが犯人だったらの話ですけど」

しかし鮎川さんは、少し考えてから言った。

「でも……アタシの部屋に来た業者さんは、電波の出方を機械で見て、メゾンモンブランの他の部屋も盗聴されてるかもしれないって言ってたんです。もし業者さんの見立て通りなら、先生がメゾンモンブラン全体を盗聴してた可能性もあると思います」

「でも、メゾンモンブラン全体を盗聴して、大家さんにどんなメリットがあったんでしょう」

当初オレが妄想してた通り、大家さんはストーカーであると同時に、盗聴癖もあったということか……なんて、オレがしばらく考え込んでいた時だった。

「モンブランの盗聴の話かい？」

突然、後ろから話しかけられた。

振り向くと、背の高い男が、ちょっと赤い顔でニコニコしながら立っていた。よく見ると彼は、焼香の時に晴美さんと親しげに話していた、あの男だった。

「あ、すいません。聞こえちゃいましたか……」

鮎川さんが気まずそうに言ったが、男はにこやかに返した。

「いや、いいんだよ。思わず懐かしくなってね。……君たちも坪井先生から聞いたんだね。モンブラン盗聴の話」

「えっ？」

オレは思わず耳を疑った。

鮎川さんも驚いたようで、オレたちは思わず顔を見合わせてしまった。

「あのお……あなたも知ってるんですか？　坪井さんの、盗聴のこと」

オレは男に尋ねた。

「もちろんだよ。君らよりずいぶん前に、坪井先生からその話を聞いてたと思うよ」

「ええっ！」

鮎川さんと二人で、思わず大声になってしまった。

この男、いったい何者なんだ……。


〈斎木直光〉

席を立って、興奮したようにしゃべる若い男女の様子は、さっきから気になっていた。

通夜ぶるまいが始まった当初は、晴美ちゃんの席に行こうとも思っていたけど、かなり遠いし、親戚《しんせき》らしき人たちに囲まれて、すぐに話しに行ける感じではなかった。だから、料理と酒をいただきながら、なんとなく時間つぶしに若い男女の会話に聞き耳を立てていたんだけど、そこで彼らから「モンブラン」とか「登頂」という単語が聞こえたのだった。

そうか、彼らも坪井先生から聞いた登山の話で盛り上がってたのか。山の話ができる相手なんて久しぶりだ。——酒が入っていたこともあって、おれはうれしくなって、飛び入りで彼らの会話に参加してしまった。

「まあおれも、初めて聞いた時は驚いたよ。モンブラン登頂だからね。先生はちょっと自慢げに、おれに話してくれたね」

「自慢げに？」

「まあ坪井先生は、他にも何カ所も、世界各地の難関の登頂に成功したらしいけどね」

「世界各地の難関の、登頂!?……そんなグローバルにやってたんですか」

それにしてもこの二人は、なんといいリアクションを返してくれるのだろう。話していて気持ちよくなってくる。ただ、ちょっとリアクションがよすぎて、周りの弔問客にちらちら見られてしまっている。二人もそのことには気付いたようで、すぐに声を落としたけど。

「あの、坪井さんの登頂のこと、どうしてそんなに詳しいんですか？」

男の方が、興味津々といった様子で尋ねてきた。

「そりゃ、先生にいろいろ聞かせてもらったからね。その影響でおれも始めたんだから」

「えっ！　あなたもやってたんですか？」

またしても、すごく食いついてくれた。いやあ、会話が弾むなあ。

ただ、なぜか女の子の方が、恐ろしい目つきでおれを見つめ始めたのだが……この子は、興奮するとこういう目つきになっちゃう子なのかな？

「あのお、失礼ですが、あなたのご職業は？」

男が尋ねてきたので、おれは自己紹介をした。

「ああ、おれ、スーパーの店長をやってます、斎木といいます」

「ああ……一応、ちゃんとしたお仕事をされてるんですね」

男が意外そうに言った。ちょっと失礼な気もしたけど、まあいいや。おれは聞き流した。

「斎木さんは、その……スーパーの仕事の傍ら、今でも登頂なさってるんですか？」

「う〜ん、最近はとんとご無沙汰《ぶさた》だな。若い頃は、日本中いろんなところの登頂をしたけどね」

「はあ、そうですか。……で、今まで警察のお世話になったことはないんですか？」

「警察のお世話？」

一瞬何のことかと思ったが、すぐに分かった。なるほど、警察の山岳救助隊のことか。たしかに昨今の登山ブームで、安易な軽装で山に登り、山岳救助隊の世話になる輩《やから》が多いと聞いている。でもおれはあんな素人とは違うから、しっかり胸を張って答えた。

「な〜に、大丈夫さ！　おれは毎回しっかり準備して臨んでるから、そんなヘマはしないよ」

「は、はあ……そんな誇らしげに言われても困るんですけど」

あれ？　なぜか男は、急に浮かない顔になってしまった。

「サイテー」

ん、今この女の子、最低って言った？　いやいや、まさか聞き違いだよな……。

まあいいや。細かいことは気にせず、おれは懐かしい思い出を振り返った。

「おれが中学生の時、先生は休み時間に、世界中いろんなところの登頂をした武勇伝を話してくれたよ」

「えっ！　休み時間に、中学生の斎木さんを相手にそんな話をしたんですか？」

「そうだよ。授業中にも話してくれたな。みんなの前で」

「授業中にみんなの前で！」

またしても男が声を上げて驚く。

「嘘でしょ！　信じられない、先生がそんな……」

女の子が驚きのあまり、顔を両手で覆う。

あれ？　ここまで驚くほどのことだろうか。おれは少し疑問に思って尋ねた。

「君たちは、そういう話聞いてないの？　というか、坪井先生の教え子じゃなかったの？」

「あ、僕は違うんですけど、彼女……鮎川さんは教え子だったそうです」

男が、女を手のひらで差した。女も黙ってうなずく。

「まあ、ゆとり教育とかの関係で、坪井先生も君たちの世代の子にそんな話をする余裕はなかったのかな。社会科なんて、ずいぶん授業時間数が減らされてたっていうしね」

おれなりに解釈して言ってみたけど、男は「そういう問題かな……」と首を傾げた。

「でもおれたちの頃は、世界地理の時間に先生がよく話してくれたよ。ヨーロッパアルプスが出てきた時は、モンブラン登頂の時の話とか、アフリカ大陸の時はキリマンジャロ登頂の話とかね。途中で高山病になった話も、面白おかしく聞かせてくれたよ」

「……ん？」

男が急に、ぽかんとした顔になってしまった。

「で、そういう話を聞いて、おれも登山っていいなって思って、高校で登山部に入ったんだよ」

「……は？」

女も眉間《みけん》にしわを寄せて、男と顔を見合わせてしまった。

あれ？

おれ、なんか間違ってた？

これはひょっとして、またやっちゃったのか、間違った話題に入っちゃうパターンを。

……と思っていた時、後ろから声をかけられた。

「おい、斎木」

おれは振り向いた。そして、思わず身構えた。

なんとそこには、因縁の体罰教師、根岸が立っていたのだ。

「俺のこと、覚えてるか」

根岸は険しい顔で、おれに尋ねてきた。

「当たり前じゃないですか。根岸さんを忘れるわけがありませんよ」

おれはそれまでの笑顔を捨てて、根岸を睨《にら》みつけた。根岸先生、なんて絶対に呼んでやらないつもりだった。

「今の話、本当か？　坪井先生が、登山に詳しかったっていうのは」

「ええ、なんで嘘つかなきゃいけないんですか」

急に話しかけてきたと思ったら、いったい何を聞きたいんだ？　おれには根岸の考えがさっぱり分からなかった。まあ、今までにこいつの頭の中を分かったことなんて一度もないし、分かりたくもないけど。

〈根岸義法〉

通夜ぶるまいの席だというのに、ホールの出入り口近くで若い男女が立ち話をしている様子は、ホールの真ん中辺りの俺の席からも確認できていた。

しかもその男女は、しばしば大きな声を出し、そのたびに周りの席から視線が集まっても、まるでお構いなしだった。俺の生徒指導教師の血が騒いだ。ビールを一杯引っかけ、少し気が大きくなっていた影響もあるかもしれないが、ガツンと注意してやろうと思って席を立った。

しかし、大勢の弔問客が座る席の間をすり抜け、俺が男女のもとに着くより先に、長身の男が彼らに歩み寄って話しかけた。

斎木だった。

斎木が彼らに注意するのかな。そうかあいつも大人になったな。……と思って、俺はいったん席に引き返したが、しばらく様子を見ていると、なんと斎木も男女の会話に楽しげに加わっていた。しかも斎木が加わったことにより、若い男女はそれまで以上に大声を出している。

まったく、何をやってるんだあいつは。……俺は再び立ち上がり、彼らのもとに向かった。座席の狭い間隔をすり抜け、斎木の背後から近付く形になった。

ところが、その話の内容がはっきり聞こえてきた時、俺は思わず立ちすくんでしまった。

坪井先生は、登山に精通していたというのだ。海外の山にまで登っていたらしく、モンブランに登頂したなどという言葉も聞こえた。モンブランといえば、たしかヨーロッパの最高峰ではなかったか。

つまり、坪井先生は登山の上級者だったということだ。

そして、俺は今日までそんなことはまったく知らなかった。

すぐに俺の頭の中に、智史の転倒事故の後、刑事にされた質問がよみがえってきた。

「登山に詳しくて智史君に恨みを持っていた人物に、心当たりはありませんか?」

当時の俺には登山に詳しい人物の心当たりなどなかったが、まさに灯台下暗し。坪井先生がいたのだ。

そして、次によみがえってきた記憶は、俺が坪井先生の前で、「いっそ智史がバイク事故で死んでしまえばいい」と言ってしまった時のことだ。智史の非行について再三相談していた中で、解決策も見えず、いらだちのあまりつい漏らした一言だったが、あの言葉は、あの後ほぼ実現してしまったのだった。

思わず想像してしまった。果たして飛躍のしすぎだろうか。

坪井先生が、智史を手にかけようとしたというのは。

馬鹿な、くだらん妄想だ。恩人である坪井先生の通夜で、俺はなんと不謹慎なことを考えているんだ。――必死に自分の思いつきに抗《あらが》おうとした。

しかし、どうしても衝動に勝てなかった。

「おい、斎木」

俺は斎木に話しかけてしまっていた。

斎木は俺を振り返るとすぐに笑顔を消し、警戒心と敵意がむき出しの顔になった。

「俺のこと、覚えてるか」

「当たり前じゃないですか。根岸さんを忘れるわけがありませんよ」

笑顔で言ってくれればうれしい台詞《せりふ》だったが、斎木は俺を睨みつけながら言った。

「今の話、本当か？　坪井先生が、登山に詳しかったっていうのは」

「ええ、なんで嘘つかなきゃいけないんですか」

斎木は、さっきまで楽しそうに話していたのが嘘のように、ぶっきらぼうに答えた。

まあ、俺は教え子のほぼ全員から恨まれていることは自覚しているし、生徒たちの同窓会にもほとんど呼ばれたことはないのだが、ここまで冷淡な対応をされるとさすがに悲しくなる。

しかし、それよりも今は、大事なことを聞かなければならない。俺は、一緒にいる若い男女が困惑して顔を見合わせているのにも構わず、斎木に核心を尋ねた。

「じゃあ、坪井先生は……たとえば、フランスのジョアニーとかいうメーカーの登山用ロープを、持っていただろうか」

「ああ……懐かしいですねえ、ジョアニー」

　斎木の表情が、少しだけ明るくなった。

「たしかに坪井先生は、ジョアニーのロープを持ってましたよ。おれが高校に入学したら登山部に入りたいと言ったら、わざわざジョアニーのロープを学校に持ってきて、使い方をレクチャーしてくれたこともありました。あれ、今はもう日本じゃ手に入らないみたいですけどね」

「そうか……」

　俺はうわの空で返事をした。――少なくとも、状況証拠は揃ってしまった。

　警察は、犯人を捕まえることはできなかった。というか、智史の転倒は事故であり、犯人などいなかったのだという結論に達し、俺もそれを渋々受け入れた。しかし今になって、有力な容疑者が急浮上してしまった。

　犯行に使われた、今や日本では入手困難だという登山用ロープを持っていた坪井先生。再三俺の相談に乗り、智史がバイク事故で死んでしまえばいい、という俺の言葉を聞いていた坪井先生。

　もしかすると坪井先生は、俺を家庭の悩みから解放してやろうと、智史の殺害を企てたのではないか。家にあった登山用ロープを使い、事故に見せかけようとしたが、バイクが突っ込んだ際にロープが細かくちぎれ、切れ端を全部は回収しきれなかったのではないか……。

瞬時にそんな妄想が頭を駆けめぐったが、すぐに全否定した。

そんな馬鹿な話があるはずがない！

たまたま、現場に落ちていたのと同じメーカーのロープを持っていただけ。たまたま、智史が死んでしまえばいいという俺の失言を聞いていただけ。それだけで、あの神様のような人格者の坪井先生を犯人扱いするとは何事だ。今までさんざん世話になった恩人の中の恩人を、よりによって通夜で弔った後で疑うとは何事だ。俺は間違っている。俺はどうかしている……。

「しかし、ジョアニーを知ってたってことは、根岸さんも登山やってたんですか」

斎木の質問で、考え込んでいた俺は我に返った。

「いや……俺は全然詳しくないんだがな」

俺の答えに、斎木は怪訝《けげん》な顔をした。

「じゃあ、なんでそんなこと聞くんですか」

「いや、その……坪井先生の趣味が登山だなんて、知らなかったもんだから、つい気になってな。ジョアニーってのは、まあ、たまたま知ってたんだよ」

俺はしどろもどろになって答えた。さすがに、坪井先生が俺の息子を殺そうとしたんじゃないかと疑って聞いた、なんて言えるはずがない。

すると斎木は、ますます怪訝な顔で俺を見つめていたが、やがてふっと鼻で笑って言った。

「まあ、坪井先生の趣味のことなんて、根岸さんは知らなくて当然でしょうね。なんたって、あなたと坪井先生は犬猿の仲だったんだから」

斎木は俺を見下して笑った。それについかっとなって、俺は語気を強めて言い返した。

「そんなことはない！」

「ごまかさなくてもいいでしょう。あの当時の柴崎中の、全校生徒が知ってたことですよ」

「違う。それは誤解だ。たしかに俺と坪井先生は正反対の教育理念を持っていたし、生徒たちから見たら仲が悪く見えただろう。でも坪井先生は、違う考えを持つ相手でもちゃんと思いやってくれる人だった。だから俺とも仲はよかったんだ。本当だ」

俺は、自分でも驚くほどむきになって言い返していた。なんだか妙な気分だった。さっき心の中で、坪井先生にひどい疑いをかけたことの埋め合わせをするように、坪井先生がいかに素晴らしい人格者だったかを、斎木に対して主張しようとしていた。そうしないと、俺の心の中の、坪井先生への罪悪感を消せない気がした。

俺と坪井先生が犬猿の仲だったと斎木に思われたままでは、むしろ坪井先生に失礼だ。坪井先生は主義主張の違う相手でも決して嫌ったりせず、いざという時は本気で助けてくれたのだ。そんな坪井先生を象徴するようなエピソードが何かなかったか……そうだ、あの女子柔道部の臨時の顧問を買って出てくれた時のことを話そう。俺は、そう思うやいなや語り出した。

「あれは、斎木が卒業して高校に入った年の夏の出来事だから、斎木は知らないだろうがな……」

〈寺島悠〉

もう、どうなってんのこれ？　何なのこの状況？　全然話について行けないんですけど〜。

まずは、この背の高い男、斎木さんだ。

通夜の時は晴美さんと親しげに話してたけど、今度は突然オレと鮎川さんの話に割り込んできて、坪井さんの盗聴癖について知っているとか、自分にも盗聴癖があるとか、衝撃のカミングアウトをしてきた。なのに、詳しく話を聞いてたら、なぜか急に登山の話になっちゃった。顔もちょっと赤いし、酔っ払ってるのかもしれない。すっかりわけが分からなくなって、鮎川さんと「こいつ何言ってんの？」的な感じで顔を見合わせているうちに、今度は小太りでゴリラフェイスの初老のおじさん、根岸さんが割り込んできた。

根岸さんは斎木さんに、なんとかっていうメーカーの登山用ロープを坪井さんが持っていたかとか、登山経験について詳しく聞き始めたんだけど、どういうわけかこの二人が、のっけから揉《も》めているのだ。

「何者なんですか、この二人」

「全然分かんない。しかもなんか仲悪いし……」

オレと鮎川さんは困惑しながらささやき合った。

その後の会話を聞いているうちに、どうやら元々二人は教師と教え子だったらしいということが分かってきた。その学校に、教師時代の坪井さんもいたらしい。でも、坪井さんと根岸さんの仲が悪かったかどうかで、二人はますます揉めてしまった。そして根岸さんは、自分と坪井さんが犬猿の仲だったと斎木さんに言われたのがよっぽど悔しかったのか、自分と坪井さんがいかに仲がよかったかというエピソードを語り出した。

「あれは、斎木が卒業して高校に入った年の夏の出来事だから、斎木は知らないだろうがな。女子柔道部の顧問の伊藤先生が、長期入院したことがあったんだ。それで、俺は男子柔道部の指導で手一杯だったから、臨時の顧問を探したんだけど、みんなに断られてしまった。しかし、その中で坪井先生だけが、女子柔道部の臨時の顧問を買って出てくれたんだ」

……なんてことを言われても、オレと鮎川さんにとってはまるでぴんとこない。

「何なんすかこの話？」

「アタシたち、これ聞いてなきゃだめなのかな」

なんてオレと鮎川さんがささやき合っていることなどお構いなしに、根岸さんは語り続ける。

「半月も女子柔道部の顧問をやってくれた後、俺が何かお礼をしたいと申し出たんだが、坪井先生は『礼はいらない。その代わり肩車を教えてくれ』と言ってくれたんだ」

「肩車？」

ふと、斎木さんの顔色が変わったように見えた。

「ああ、相手を肩の上に持ち上げて放り投げる柔道技だ。まあ、坪井先生がどうして急に肩車を習得したくなったのかは分からなかったが、俺が稽古《けいこ》をつけた結果、坪井先生は俺のことも簡単に放り投げられるほどに上達してな……」

と、根岸さんは昔を懐かしむように、延々としゃべり続けた。

しかし、その話を突然、斎木さんが遮った。

「ちょっと待ってください！」

斎木さんは、なぜか小刻みに震えていた。そして、異様に殺気立った目で、呼吸まで乱れた様子で、根岸さんに聞き返した。

「根岸さんは、おれが高一の夏に、坪井先生に、肩車を、教えたんですか？……その時期に、間違いありませんか？」

おいおい斎木さん、今度はどうしたんだよ？　オレはますます困惑するばかりだった。

ただ、隣を見ると、鮎川さんは冷静な目で、斎木さんの様子を見つめていた。

〈斎木直光〉


「根岸さんは、おれが高一の夏に、坪井先生に、肩車を、教えたんですか？……その時期に、間違いありませんか？」

おれは根岸に尋ねた。声が震えていると思ったら、おれの体全体が震えていた。

根岸は、そんなおれの様子に戸惑いながらも答えた。

「ああ、間違いないよ。あの年はいろいろ大変だったから覚えてるんだ。秋には卒業生が校舎の屋上から飛び降り自殺する事件も起きたしな……」

そうだ、まさにその年だ！

根岸がそうやって覚えているのなら、記憶違いということもないだろう。つまり、坪井先生は、溝口の自殺のほんの数ヶ月前に、柔道技の肩車を習得していたのだ。

肩車。おれもテレビの柔道中継で見たことがある。相手選手の襟と脚を素早く持って、ひょいと持ち上げて肩に担いでしまう様子を見て、ずいぶん器用なことをするもんだと感心した記憶がある。坪井先生があの技を習得して、根岸のことも投げられたというなら、溝口を放り投げることなんてたやすかったはずだ。溝口は痩《や》せていたし、ボクシングをやってたらしいけど柔道は体育の授業でしかやってないし、それもさぼり気味だった。ボクサーは投げ技には弱いのだ。だからプロボクシングの世界戦で、内藤大助《ないとうだいすけ》が亀《かめ》田家の次男に投げられた時、あれだけ騒ぎになったのだ。溝口も、担がれて投げられたら何の抵抗もできなかっただろう。

溝口の飛び降り自殺が偽装だったという説を、おれは一時期本気で信じかけていた。あの溝口が自殺なんてありえないと思ったからだ。ただ、溝口を殺したのは、溝口と一《ひと》悶着《もんちゃく》あった不良の集団だろうと思っていた。一対一で相手を担ぎ上げるなんてことは考えもしなかった。

でも、柔道の肩車を本気で磨けば、一対一でも充分可能なんじゃないだろうか。

坪井先生が溝口を、屋上から投げ落として殺した――今までそんな可能性は考えもしなかったけど、動機は充分あったはずだ。クラスの中でただ一人自分に懐かず、あからさまに反抗されて、いくら坪井先生でも腹は立っていたに違いない。

しかも、溝口の坪井先生に対する態度は、今考えれば異常なほど反抗的だった。溝口の、坪井先生を評する言葉が思い出される。

「あいつ善人ぶってるけど、腹ん中じゃ何考えてるか分からないだろ？　あの、いかにもいい先生ですみたいな嘘臭い目が大っ嫌いなんだよ」

それから、高校に入った後、自転車で柴崎中学校に向かっていた溝口におれが声をかけた時も、こんなことを言っていた。

「坪井のことぶん殴りに行くんだよ」

――もしかすると、あれは嘘ではなかったんじゃないか。

たとえば、溝口は中学時代から、坪井先生の誰にも知られていない弱みを握って脅していた、なんてことは考えられないか。

実は、坪井先生には悪行に手を染めてしまった知られざる過去があって、その情報を摑《つか》んだ溝口は、坪井先生を貶《おとし》め、やがて暴力まで使って金を脅し取るようになった。先生も溝口の在学中は、自分の過去を言いふらされるのを恐れて従っていたが、卒業後も恐喝を続けた溝口を、とうとう殺そうと決意した。その計画のために、先生は前もって根岸から肩車を教わり、計画実行の日、ついに溝口を柴崎中学校の屋上に呼び出し……。

なんて、そんな馬鹿な話あるわけないか。

何を妄想してるんだおれは。坪井先生が溝口を殺したなんて、そんなことがあるはずがない。だとしたら、溝口の葬儀での坪井先生の号泣は、全部演技だったっていうのか？　馬鹿な、あれが演技だったらアカデミー賞レベルだ。坪井先生は教師じゃなくて役者になってたはずだ。坪井先生は殺してない。絶対に殺してない。溝口は本当に自殺だったんだ。じゃあなんで坪井先生は、溝口の自殺のちょっと前というタイミングで根岸に肩車を教わったのかというと……まあ、それはちょっと分からないけど、でもそんなもんだろ男って。なんか急に格闘技に憧《あこが》れて、技を習得したくなっちゃったりするだろ。おれも一時期本気でヌンチャクの習得を試みたことがあったぞ。結局うまくいかなかったけど……。

「おい、どうしたんだ斎木」

黙って考え込んでいたおれの異変にさすがに気付いたのか、根岸が声をかけてきた。

「いや……なんでもないです」

おれはなんとか答えた。

すると根岸は、おれの心中など気にしない様子で、またしゃべり続けた。おれに「坪井先生と犬猿の仲だった」と言われたのがよっぽど不本意だったのか、根岸は坪井先生と実は仲良かったアピールを延々と続け、今度はお互いの教育論うんぬんの話になってしまった。

「……とまあ、教育方針は違えど、俺と坪井先生は認め合っていたんだ。その関係は、柴崎中学校からお互いに異動した後も続いたんだぞ。坪井先生が、練馬区の氷川台中学校の教頭になられた後も、何度か飲みに行ったし、研修会で会った時は話し込んだしな。そして坪井先生は、氷川台中学校の教頭の後、中野区の沼袋中学校の校長になられた。そこで取り組んだのが、校長室開放というなんたらかんたらああだこうだ……」

ああ、やっぱり教師って年取ると、退屈な話を長々とするようになっちゃうのかなあ、とおれが思っていた、そしておそらく若い男女も思っていた、そんな時だった。

「あの、すいません」

突然、おれたちが立ち話をしていた場所からほど近い席に座っていた、太ったおばあさんが立ち上がり、声をかけてきた。

てっきり、静かにしろと注意でもされると思ったが、意外にもおばあさんは、根岸に質問をした。

「あの……坪井さんが氷川台中学校に勤めてたって、本当ですか？」

根岸は突然の質問に戸惑った様子だったが、「はい」とうなずいた。

するとおばあさんは、しばらくうつむいて考え込んだ後、再び尋ねてきた。

「あ、でも、あれですよね。……学校の先生が、中学校の校章のワッペンが付いたジャージを着て、出歩くことなんてないですよね」

何が聞きたいのか、そもそもこのおばあさんが誰なのかもよく分からなかったが、おれはとっさに答えていた。

「いや、坪井先生ならありえますよ。服装にはこだわらない人でしたから」

続いて根岸も言った。

「自分も一度、坪井先生が、氷川台中学校の校章のワッペンが付いたジャージを着ているのを見たことがあります。生徒の余り物のジャージを、普段からよく着ていたみたいです」

さらに女の子も言った。

「たしかに先生、校長先生だった時も、生徒の余り物のジャージを着てました」

それを聞いたおばあさんは、ひどく驚いた様子で目を見開いた。

「そうなんですか……」

そう言ったきり、何か考え込んだ様子で立ちつくした。

隣の痩せたおばあさんが、「香村さん、どしたの？」と小声で言っているが、太ったおばあさんは虚空を見つめたまま動かない。

〈寺島悠〉

わっ、また参加者が増えたぞ。どうなってるんだいったい。

しかもこの太ったおばあさんは、たしかうちのアパートの隣に住んでる、お焼香の時にオレを救ってくれた人じゃないか。どうして坪井さんが昔勤めてた中学校の話に、隣の家のおばあさんが急に食いついてきたんだろう。それに、ジャージがどうしたとか、なんでそんなことが気になるんだろう。

……っていうか、さっきからずっとこのパターンなんだよなあ。

立ち話をしてたら、いきなり話の中の妙な部分に食いついてくる人が現れて、そのたびに話がとっちらかっちゃうから、今や誰が何の話をしてるのか全然分からないんだ。しかもこの途中参加の人たちは、会話中にいきなり、やけに思い詰めたような表情でじっと考え込んだりするんだ。オレからしてみたら、みんなが何を考えてるのかもさっぱり分からない。かろうじて分かり合えてるのは、最初に話してた鮎川さんだけだ。

……と思ってたんだけど、それも怪しくなってきたんだよなあ。

オレはこの状況に戸惑ってばかりなのに、鮎川さんはやけに冷静なんだ。いや、冷静というか、もしかすると鮎川さんも、何か深いことを考えてるのかもしれない。今は鋭い目で、じっとおばあさんを観察してるし。

〈香村広子〉

通夜ぶるまいに来てみたら、はす向かいの家の山口《やまぐち》さんに会った。山口さんはわたしと同年代で、夫に先立たれた者同士で仲がいい。山口さんと並んでお寿司をつまみながら、坪井さんが生前いかにいい人だったかというエピソードを語り合って、最終的には坪井さんとは全然関係ない噂話なんかをしてたんだけど、そのうちに若い男女が、なぜか立ち上がってわたしたちのテーブルの近くまで歩いてきて、緊迫した様子で立ち話を始めた。

しかもよく見たら、二人とも、坪井さんのアパートの店子《たなこ》さんだった。小柄で坊主頭の男の子は、さっきの通夜で焼香を教えてあげた子。そして女の子は、わたしの家の勝手口の正面の部屋に住んでる子だった。彼女とは、部屋の前でちょうど顔を合わせておしゃべりをしたことが何度もあるし、彼女の部屋の検針に来た水道屋さんやガス屋さん、それに長い茶髪の電気屋さんとも顔を合わせたことがある。

で、最初はその二人だけの立ち話だったのに、どういうわけか参加者が一人増え二人増え、なんだかものものしい雰囲気になってきたもんだから、わたしは気になって、山口さんとの世間話が途切れた合間には、好奇心全開で立ち話を盗み聞きしていた。

そこで、思わぬ新事実が発覚したの。

坪井さんは、練馬区立氷川台中学校の教頭先生をしてたんだって。

わたし、それを聞いて、気付いたらその立ち話に途中参加してた。「坪井さんが氷川台中学校に勤めてたって、本当ですか？」って、思わず確認しちゃったの。そしたら、見た感じわたしより十歳くらい年下の、ゴリラみたいな顔の男の人が「はい」ってうなずいた。

氷川台中学校といえば、夫の死体が握りしめてた、あのワッペンの中学校だ。

わたしは今まで、坪井さんは小学校の先生だったと思ってたんだけど、それは勘違いだったみたい。ああ、そういえば娘の晴美さんの方だっけかな、小学校の先生は。

とにかく、そんな勘違いをしてたからなおさら、坪井さんと氷川台中学校のつながりなんて、今まで考えもしなかったんだわ。

でも、よく考えたら、先生が学校のジャージを着て出歩くことはないか、あれって生徒が着るものだもんね。……わたしはそう思って、「学校の先生が、中学校の校章のワッペンが付いたジャージを着て、出歩くことなんてないですよね」って確認してみたら、さらに新証言。

坪井さん、生徒が着るような中学校のジャージを、普段から着て歩いてたんだって。ああ、言われてみれば坪井さん、たしかにジャージを着てたことはあったわね。でもわたし、そこに学校の名前が書いてあるかなんて気にも留めてなかったわ。

とにかく、こうなってみると、どうしても去年の秋のことが思い出されてしまう。ゴミ出しの帰り道にばったり坪井さんに会った時、わたしは「ああ、主人が死んでくれたらどんなに楽なことか」と、つい言ってしまった。そして、そのわずか数日後に、本当に夫は死んでしまった。あれは、本当に偶然だったんだろうか……。

わたしはつい、恐ろしい想像を始めてしまった。

坪井さんは、わたしの思い詰めた言葉を聞いて、わたしの夫を殺そうと決意した。夫の徘徊《はいかい》について行ったのか、いや、それはさすがに大変だから、近所で徘徊していた夫を、うまく言いくるめて車に乗せたのか。

そして、絶対に自分が犯人だと怪しまれない場所を探して、目黒区の住宅街の中の、人気《ひとけ》のない神社に夫を連れて行って殺した。でも、いよいよ神社の階段から落とす時になって夫は抵抗して、坪井さんのジャージに付いていたワッペンを引きちぎった。そのことに坪井さんは気付かなかったのか、あるいは気付いたけど、通行人に目撃されそうになって逃げたとか、そういう事情で回収できなかったのか。いや、でもまさか、あの坪井さんが殺人だなんて――。

ありえるかもしれない。

わたしは前から思ってた。坪井さんは神様みたいな人だって。

それはいい意味でも、悪い意味でも。

隣人として、坪井さんと何十年も付き合ってきて、わたしは何度も思ったことがあった。坪井さんの目は時々、すべてを見透かしてるみたいな、得体の知れない、人知を超えたような恐ろしさを帯びてることがあった。その目は、もしかしたら人間が隠してる悪の部分、汚い部分もすべて見通してるんじゃないか。そして自分の意思に背く者には、まさに神様みたいに、普通の人間の力では絶対に逃れられないような罰を与えるんじゃないか……。

もちろん、そんなことを感じた具体的な根拠なんて何もなくて、ただのわたしの勘だった。実際にわたしが坪井さんに恐ろしいことをされたことなんて一度もなかったし、結局そのまま坪井さんは亡くなってしまったから、本当にただ神様みたいないい人だったんだなって思ってた。ほんの一分前までは……。

「あの、すいません」

背の高い三十代くらいの男の人に話しかけられて、黙って考え込んでいたわたしは我に返った。隣で山口さんも、わたしを心配してくれていた。

「坪井先生のジャージが、どうしてそんなに気になるんですか」

背の高い男の人が尋ねてきた。

「いえ……何でもありません」

わたしはごまかした。言えない。いくら何でもあんなことは言えない。

「あの……どうも失礼しました」

わたしは顔を伏せて、席に座った。急に話に割り込んだと思ったらすぐに撤退して、相手からは挙動不審なばあさんだと思われてしまったかもしれない。でもこればっかりはしょうがない。だって言えるはずないもの。

坪井さんがうちの夫を殺したんじゃないか、だなんて——。

隣に座る山口さんに、「ごめんね」と小さく声をかける。なんだか変な汗をかいちゃったから、ハンカチを鞄《かばん》から取り出そうとした、その時。

「あの、ちょっといいですか」

うちの勝手口の正面の部屋に住む女の子が、わたしの目の前まで歩いてきた。

「えっと、香村さん……ですよね」

「ええ、そうだけど」

わたしの苗字《みょうじ》を、うろ覚えとはいえ知ってくれていたらしい。そんな彼女が、真剣な顔で、意外な申し出をしてきた。

「すいません、もし時間があったら、ちょっとこの部屋の外に出てもらっていいですか？」

「えっ？」

わたしが戸惑っている間に、彼女は、「斎木さん、根岸さん、それから寺島さんもお願いします」と、さっきから立ち話をしていた男三人にも声をかけて、彼らの返事も聞かない間に、通夜ぶるまいの最中のホールのドアを開け、外に出て行ってしまった。

「どうしよう……」

「行きます、か」

男三人は、戸惑って顔を見合わせながらも、ドアを開けて彼女について行った。

わたしも、なんで急に外に出るように言われたのかは分からないけど、かといって断る理由もない。彼女とは一応知り合いだから、断るのも角が立つし。

「山口さん、ちょっとごめんなさいね」

「え、あ、うん……」

さっぱり状況が飲み込めずにぽかんとしている山口さんをテーブルに残して、同じくらい状況が飲み込めていないわたしも席を立った。

坊主頭の男の子が、廊下へのドアを開けてわたしを待っていてくれた。彼に会釈してから廊下に出る。ドアが閉まる。ホールの中から何人かがこっちの様子をうかがっていたけど、その視線もホールのざわめきも全部ドアが遮った。静かな廊下にいるのはわたしたち五人だけ。

「一応、もうちょっと移動しましょうか。聞かれたらまずいから」

さっきの彼女が歩き出し、なんとなくみんなもついて行った。通夜が行われたホールとは反対側へ歩き、角を曲がった。その先は薄暗い細い通路で、まっすぐ進んでも非常口の緑のランプの下に『関係者以外立入禁止』と書かれた鉄のドアがあるだけ。そこで彼女は立ち止まり、「ここなら誰も来なそう」とつぶやいてから、わたしたちに向かって話し始めた。

「どうも、アタシ、鮎川っていいます。坪井先生が校長先生だった時の教え子で、先生のアパートの住人でもあります。今からする話は、さすがに大勢の人がいる中では言いづらいので、ここに来てもらったんですけど……」

鮎川さんはそう前置きすると、一呼吸置いて、ゴリラ似の男の人、背の高い男の人、そしてわたしを、順に手のひらで差して言った。

「根岸さん、斎木さん、それから香村さん。……三人とも、亡くなった坪井先生に対して、何か大きな疑いを抱いてるんじゃありませんか？」

「えっ？」

わたしたち三人が、同時に声を上げた。

「それも、坪井先生の普段の顔からは想像もできないような、恐ろしい事件に関わってたんじゃないかっていう、そんな疑いを」

彼女の言葉を聞いて、わたしは動けなくなってしまった。

どうして、わたしの心の中が分かったの？

〈鮎川茉希〉

この勘は、きっと当たってると思う。

みんなにも、アタシと同じような、いや、もしかしたらアタシが思ってる以上に恐ろしい、先生の裏の顔についての心当たりがあるんだ。

話に途中参加してきた三人は、それぞれ、突然びっくりしたような顔をしたり、黙って考え込んでしまう場面があった。その時の顔を見て、アタシはぴんときた。きっとあの顔は、何かとんでもないことに気付いてしまった時の顔だ。「大家さんがそんなことするわけないよな」っていう寺島さんの独り言を聞いた時のアタシも、たぶん同じ顔をしてたんだろうと思う。

アタシは、一人ずつ順番に質問していった。

「根岸さんは、坪井先生の趣味が登山って聞いて、急に血相を変えて話に入ってきましたよね。しかも、ジョアニーとかいう登山用ロープについて聞いた後、急に黙って、何か考え込んでしまいました。……根岸さんはもしかして、登山用ロープが使われた過去の事件に、坪井先生が関わったんじゃないかと疑ってるんじゃありませんか」

「いや、俺は、別にそんな……」

根岸さんはそう否定したけど、アタシの言葉を聞いて、明らかに目が泳いでいた。たぶん図星だったんだと思う。アタシは次に、斎木さんの方を向いた。

「斎木さんは、坪井先生が柔道の肩車という技を根岸さんから教わったと聞いて、急に様子がおかしくなって、考え込んでしまいましたよね。斎木さんも、坪井先生が肩車という技を使って何かしたんじゃないかっていう、心当たりがあるんじゃありませんか」

「いや、おれも、別に……」

斎木さんは、根岸さんと仲が悪いみたいだけど、根岸さんとまったく同じように目が泳いだ。やっぱり図星だ。アタシはすぐ香村さんに向き直った。

「香村さんも、坪井先生が昔勤めてた中学校の名前と、あとジャージを普段着てたかどうかを、すごく気にしてましたよね。坪井先生が、その中学校のジャージを着て、何か事件を起こしたという心当たりがあるんじゃありませんか」

「…………」

香村さんは、うつむいたまま何も言わなかった。アタシの言葉を認めたに等しい。やっぱり先生は、アタシへの嫌がらせを含めて少なくとも四件、裏で何か事件を起こしてたんだ。

とても気になる。坪井先生には他に、どんな裏の顔があったんだろう。知ったところで得をするとは思えないけど、このまま知らずに済ませることなんて、もうできない。

でも、三人から話を聞き出すには、寺島さんの時と同様、まずこっちから話すのが筋だろう。アタシはそう思って口を開いた。

「それじゃまず、アタシが受けた被害について話します。……アタシの部屋には、坪井先生によって盗聴器が仕掛けられてたんです」

「盗聴器？」

根岸さんと香村さんは目を丸くした。ただ斎木さんだけ、「あっ、そっちの盗聴だったのか」とかよく分かんないことをつぶやいてたけど、それは聞き流して、アタシは話を進めた。

「しかもアタシは、坪井先生にいろんな嫌がらせを受けました。ポストに脅迫状を入れられたり、アパートの玄関ドアにスプレーで『売女《ばいた》』と落書きされたり……」

「ちょ、ちょっと待ってくれ」

根岸さんが慌ててアタシの話を遮った。

「信じられない。どうして坪井先生が、君に対してそんなことをしたんだ？」

たしかに、アタシと先生の関係を知らなければ、疑問を持つのも無理はない。しょうがない。もう全部洗いざらい告白するしかない。アタシは覚悟を決めて言った。

「アタシは、坪井先生と一時期付き合ってたんです」

みんなが息を呑《の》んだ。数秒間、張りつめた沈黙が流れる。

でもしばらくして、根岸さんが怒った様子で言った。

「そんなの嘘だ！　だって君は、坪井先生の教え子だったんだろ。坪井先生が、教え子に手を出すなんて、そんなことをするわけがない！」

続いて香村さんも眉《まゆ》を寄せて言った。

「それに、その時坪井さんの奥さんはどうしてたの？　まだ生きてらっしゃる時だったら、不倫ってことよね」

それを聞いて、さらに興奮した様子で根岸さんが言った。

「教え子と不倫だなんて、坪井先生がそんなふしだらな真似をするわけがない！」

それに対してアタシは、冷静に答えた。

「奥さんが亡くなった後で付き合ったんで、不倫ではありません。ただ、坪井先生が教え子のアタシと関係を持ったことは事実です」

「信じられない！　嘘だ、そんなの嘘だ！」

なおも根岸さんがわめいた。坪井先生の後輩教師だったらしいけど、坪井先生をよっぽど尊敬してたみたいで、アタシの言うことをどうしても認めたくないみたい。

でも、認めてもらうしかない。そうしないと話が進まない。

ええい、しょうがない。これも見せちゃえ。どうせ肩より上しか写ってないし。

「これが証拠です」

アタシは、ケータイの中の、あの写真を見せた。

恥ずかしさもあったけど、それより、どんな手を使ってでも、この人たちから坪井先生の本性を聞き出したかった。そのチャンスは今しかないのだ。

〈根岸義法〉

俺は、携帯電話の画面に映った坪井先生の写真を見て、愕然《がくぜん》とした。

鮎川という、元教え子の若い女とのツーショット。肩から上しか写っていないが、衣服が少しも写っていないということは、下が裸だということだ。しかも坪井先生は、鮎川から頬にキスをされておどけたように顔を歪《ゆが》ませている。その様はまるで、羽目を外した若いカップルだ。

教え子と肉体関係を持つなんて……昔の俺の、歪んだ願望そのものじゃないか。

坪井先生は、そんな浅ましい欲望とは無縁の人だと思っていたのに！

今までの尊敬の念が、音を立てて崩れていく。

携帯電話の写真を俺たちに見せた後、鮎川が言った。

「アタシが、坪井先生との関係を終わらせた後、嫌がらせが始まりました。ただアタシはその時、シンゴっていう、アタシの一つ年上の男との別れ話がこじれてたから、最初は嫌がらせはシンゴの仕業だと思ってたんです。でも、今日になって考えが変わりました……」

それから鮎川は、その嫌がらせの具体的な内容について詳しく説明した。ポストに脅迫状を入れられ、ドアにスプレーで落書きをされ、部屋の中に盗聴器を仕掛けられ、ネット掲示板で中傷され……どれもひどく陰湿なものだった。

そして次に、一連の嫌がらせが坪井先生の仕業だという根拠についても説明した。鮎川を中傷する書き込みがネット上に出る直前に、坪井先生が寺島という坊主頭の青年にパソコンを習っていたこと。鮎川が自室に仕掛けられた盗聴器を発見する直前に、盗聴器を売っていた電器店に坪井先生が出入りしてたこと。……もっとも、これらに関しては、みな状況証拠にすぎなかった。五分前までの俺なら、こんな話を聞かされても、坪井先生の無実を信じていただろう。

しかし俺には、もはや坪井先生を信じることなどできなくなっていた。それだけ、あの情けない、孫ほど年の離れた若い女との裸のツーショット写真は、インパクトが絶大だった。

ひと通り話した後、鮎川は言った。

「アタシは包み隠さず話しました。大好きだった坪井先生がこんなことをしたなんて、信じたくありません。でも、みなさんも、こういう先生の裏の顔についての心当たりが、あるんじゃないですか？　アタシはみなさんの様子を見てそう感じたんですけど、どなたか、正直に言ってもらえませんか？」

――どうしよう、智史が坪井先生に殺されかけたのかもしれないという疑惑を、ここで述べるべきか。いやしかし、あれとて確たる証拠があるわけではない。いくら、坪井先生の情けない写真を見せられて一気に信用できなくなったからって、坪井先生が俺にとって恩人であることには変わりはないのだ。ここでさらに坪井先生の不確かな疑惑を、しかもあろうことか殺人未遂の疑惑を積み重ねてしまうのはいかがなものか……。

と、俺が思い悩んでいた時だった。

「見損なったよ、坪井誠造」

——なんと、あの斎木が、吐き捨てるように言ったのだった。

「そんなの、ただのストーカーじゃないか。男のクズがすることだよ」

斎木は、怒りと悲しみが入り交じったような顔で、深くため息をついた後、こうつぶやいた。

「溝口が言ってたことは、本当だったんだな」

〈斎木直光〉

幻滅したよ、坪井先生。

いや、もう呼び捨てにさせてもらうよ。坪井誠造、あんたは最低だ。別れた女に嫌がらせするなんて、男として最低の、下劣きわまりない行為だ。脅迫状、スプレーで落書き、ネットで中傷、そして盗聴。明らかにやりすぎだ。

「見損なったよ、坪井誠造。……そんなの、ただのストーカーじゃないか。男のクズがすることだよ」

　おれははっきりと口に出した。ほんの数分前まで、こんな言葉を口にする自分なんて想像もできなかった。それほど、おれは坪井誠造を心の底から信頼し、尊敬していた。でも、おれは長い催眠にかかっていただけだった。今は、坪井誠造への軽蔑《けいべつ》の気持ちしかない。――そこで思い出されるのが、二十年以上前のクラスメイト、溝口だ。

　柴崎中学校三年四組の中で、あいつ一人だけが、催眠にかからずにいたのだ。

「溝口が言ってたことは、本当だったんだな」

　おれはため息をついて、つぶやいた。

「溝口？　というと、もしかして、あの……」

　すぐさま根岸が聞き返してきた。二十年以上前の事件とはいえ、わざわざ母校の中学校の屋上から飛び降り自殺した卒業生の名前は、やはり忘れてはいなかったようだ。

「そうです、あの溝口竜也ですよ。根岸さん、聞いて驚かないでください……」

　おれはそう言ってから一呼吸、間を空けた。なにもドラマチックに演出しようとしたわけではなく、やはりこの言葉を口にするのには、勇気が必要だったのだ。

「溝口は自殺したように見せかけられて、実は坪井誠造に殺されたんですよ」

「そんな馬鹿な！」

　根岸は目を見開いた。他のみんなも息を呑んだ。まさか殺人の疑惑が出るとは思わなかったのだろう。

「おれも、溝口の死から二十年以上、そんな可能性は一度だって考えたことはありませんでしたよ。でも、根岸さんの話を聞いて気付いたんです。溝口の死の前に、坪井誠造が柔道の肩車を習得していたという話を聞いてね……」

それからおれは語った。根岸以外の人のために、溝口竜也の人となりも説明しながら、長い時間語った。

坪井誠造に対して異常なまでに反抗していた溝口。彼はとても自殺をするようなタマじゃなかったということ。

飛び降り自殺というのは、柔道の肩車の要領で被害者を担ぎ上げ、屋上から落としてしまえば偽装できるということ。

坪井誠造を毛嫌いしていたはずの溝口が、中学卒業後も坪井誠造に会いに行っていたらしく、脅迫などをしていた可能性も推察されること。そのため、坪井誠造が溝口を殺す動機は充分に考えられるということ。

語るほどに、やはりただの偶然とは思えなかった。かねてから溝口への殺意を抱いていた坪井誠造は、女子柔道部の臨時の顧問を務めて根岸を手助けしたのをきっかけに、肩車を根岸に教わって溝口を屋上から投げ落とす計画を立て、そして実行したのだ。

みんな、驚愕の表情でおれの話を聞いていた。鮎川ですら、まさかのっけから殺人疑惑が出てくるとは思っていなかったようで、目を丸くしていた。

しかし根岸は違った。おれの話を聞き終えると、すぐさま声を荒らげて否定した。

「そんなわけがないだろ！　坪井先生が柔道技を使って、殺……」

そこまで言いかけて、さすがに声が大きすぎると思ったのか、ボリュームを落として続けた。

「……殺人をするなんて、ありえない」

「自分が教えた技が殺人に使われたなんて思いたくはないでしょうけど、状況的にそうとしか考えられないんですよ」

おれは冷静に言い返したが、根岸はなおも感情的に食い下がった。

「いや、坪井先生は、溝口のことは殺していない。そんなのは間違いだ！」

しかしおれは、その根岸の言葉の不自然さに気付いた。

「『溝口のことは』？——その言い方は、坪井誠造が溝口のことは殺してないけど、他の誰かのことは殺してるみたいにも聞こえますけど」

「いや……違う！　そういうわけじゃない」

根岸はすぐに首を横に振った。その仕草は慌てているようにも見えた。もしかして根岸もまた、坪井誠造の別の殺人について、何か心当たりがあるのだろうか……。

しかし、おれが根岸を問い詰める前に、別の人物から手が挙がった。

「あのお、わたしも話させてもらっていいですか」

さっき話に入ってきたばかりの太ったおばあさん、香村さんだった。

全員が、一斉に香村さんに注目した。

〈香村広子〉

この、坪井さんの後輩教師だった根岸さんって方は、まだ坪井さんのことを信じたいのかもしれないわね。その気持ちを打ち砕くのはしのびないけど、こんな状況になったら、やっぱり言わなくちゃいけないわ。

「あのお、わたしも話させてもらっていいですか」

わたしが手を挙げると、みんなが一斉に、目を見開いてわたしの方を向いた。その迫力で一瞬、「あ、やっぱりいいです」って言いそうになっちゃったけど、そういうわけにはいかないわよね。わたしは一呼吸置いてから、話し始めた。

「あの、わたし、坪井さんの隣の家に住んでる、香村という者なんですけど、わたしの夫が、五年前に認知症になっちゃったんですね……」

それからわたしは語った。

夫の認知症がどんどん進み、徘徊《はいかい》にさんざん苦しめられたこと。

そんなわたしを、坪井さんが助けてくれたこと。中でも、夫の服に連絡先を書いた布を縫いつけるという知恵を授けてもらった時は、とてもありがたかったこと。

でも、そんな知恵も使いながら介護を頑張り続けたけど、わたしはだんだん追い詰められて、ある時ついに坪井さんの前で「ああ、主人が死んでくれたらどんなに楽なことか」と漏らしてしまったこと。するとその数日後、家から遠く離れた目黒区まで徘徊してしまった夫が、神社の階段から転落して死んだこと。――ここまで話した時、根岸さんが「ああっ……」と小さくうめいた。

その夫の手に、練馬区立氷川台中学校の校章ワッペンが握られていたこと。――それを聞いて、「なるほど、だからさっきジャージのことを聞いたんですね」と斎木さんが言った。わたしはうなずく。

結局警察は、夫が徘徊中にワッペンを拾ったのだと判断し、事故死だったという結論を出したけど、杉並区の家から目黒区に行く間に練馬区を通るとは思えず、かといって練馬区外に氷川台中学校のワッペンが落ちている可能性も考えにくいから、わたしは警察の判断に疑問を持っていた、とも語った。――実際は、わたしは警察の結論に納得しちゃってたんだけど、あの若いジャニーズ系の刑事さんの受け売りで言ってみた。

「なんてこった。溝口を殺してから二十年以上の時を経て、坪井誠造はまた人を殺してたのか」

斎木さんはわたしの話を聞き終えると、腕組みしてうなった。

「ストーカー事件に、二十年越しの不審死が二件。これだけでも、もう充分恐ろしいですけど……」

斎木さんが、そこまで言ってから根岸さんに向き直った。

「まだ根岸さんの話があるはずですよね。聞かせてもらいましょうか」

根岸さんはしばらくうつむいていたけど、やがてゆっくり顔を上げ、こくりとうなずいた。

〈根岸義法〉


斎木の話を聞いた段階ではまだ、坪井先生を信じる気持ちが残っていた。

しかし香村さんの話を聞くうちに、その気持ちも消えていった。やっぱり智史は、坪井先生にやられたのではないか……。

いや、もはやそうとしか考えられないだろう。

香村さんが、「主人が死んでくれたらどんなに楽なことか」と坪井先生に漏らした後、本当に香村さんの夫が死んでしまった。――まさに、智史の時とまったく同じ状況じゃないか。

「まだ根岸さんの話があるはずですよね。聞かせてもらいましょうか」

斎木に急《せ》かされ、俺は意を決してうなずいた。もう俺だけ黙っているわけにはいかないだろう。

「……自分は、坪井先生とかつて同僚だった、根岸という者です」

もうみんな、話の流れから分かっているだろうとは思ったが、一応俺も自己紹介から入った。

「自分は二十年ほど前まで、調布市立柴崎中学校というところで、坪井先生と同僚でした。ちなみにその時の教え子が、この斎木君です」

斎木が、「あ、そういえばちゃんと自己紹介してませんでしたね。斎木です」と頭を下げた。

「坪井先生は、自分が最も尊敬していた先輩でした。仕事以外の、私生活のことでもたいへんお世話になり、いろんな相談にも乗ってもらいました。柴崎中学校からお互いに異動した後は、しばらく没交渉になりましたが、四年ほど前に、再び頻繁に会うようになったのです」

「え、そんな最近も会ってたんですか？」

斎木が驚いた。俺は小さくうなずいて、いよいよ話の核心に入った。

「坪井先生に再び会うようになった理由は、我が家の一人息子の智史が、家庭内暴力と非行に走ってしまったことでした……」

そして俺は語った。教師でありながら子育てに失敗した恥を、坪井先生以外の人に告白するのは初めてだったが、思いのほか恥ずかしさはなかった。

智史の家庭内暴力に悩み、坪井先生しか相談相手を思いつかず、十余年ぶりに連絡を取ったこと。坪井先生は親身になって相談に乗ってくれて、数々のアドバイスをくれたものの、残念ながら智史の更生にはつながらず、とうとう智史が暴走族に入ってしまったこと。

そして、何度も坪井先生に相談する中、「いっそ智史がバイク事故で死んでしまえばいい」と漏らしてしまい、それから間もない四年前の年末、智史は本当にバイクで転倒して、寝たきりになったこと。——この部分を語った時、全員が息を呑《の》み、香村さんは口元を手で覆いながら「うちと一緒……」とつぶやいた。

最後に、智史の転倒は当初、何者かが故意に道路にロープを張ったために起きた事件ではないかと疑われて、実際に現場でジョアニーというメーカーの登山用ロープの切れ端が見つかったが、それだけでは決め手にはならず、結局事故として処理されたことを語った。

斎木は俺の話を聞き終えると、「だからさっきジョアニーのことを聞いてきたのか」とつぶやいた後、眉間《みけん》にしわを寄せながら言った。

「驚いたな。香村さんのお宅と状況がそっくりじゃないですか。坪井誠造の前で家族の死を望むような発言をしてしまったことも、その後起きた事件が、警察には結局事故として処理されてしまったことも……」

やはり斎木も、俺と同じ思いを抱いたようだった。

「それに加えて、鮎川さんへのストーキング疑惑に、溝口の殺害疑惑もある。いや、もはや疑惑の域は出てますよね。これだけ身の回りに疑惑が溢《あふ》れている人間は、犯人以外に考えられない。火のないところに煙は立たないなんて言いますけど、坪井誠造の周りは煙だらけだ！」

　斎木は興奮したようにまくし立てた。

「でも……ほら、あれですよね」

　と、ここまでほとんどしゃべっていなかった、寺島とかいう坊主頭の小柄な男が、遠慮がちに発言した。

「坪井さんが怪しいといっても、挙がってる証拠は全部、状況証拠っていうんでしたっけ。その、坪井さんが間違いなくやったと言い切れるような証拠ではないですよね」

　しかし、斎木はすぐ突っぱねた。

「いや、何年か前に連続保険金殺人で捕まった女も、直接的な証拠はなかったけど、状況証拠の積み重ねで死刑判決が出ただろ。坪井誠造もそれと同じだよ。おれたちが今まで知っていた坪井誠造は、仮の姿だったんだよ。本当の坪井誠造は、恐ろしい連続殺人鬼だったんだよ！」

　連続殺人鬼――生前の坪井先生からはあまりにもかけ離れた言葉だったが、もはやそう呼ばざるをえないように感じられた。

　しかし、寺島がなおも、おどおどしながら言った。

「いや、あのお、ちょっと……」

「なんだ、君はまだ坪井誠造を弁護するつもりか？」

　斎木が食ってかかる。

しかし、斎木や俺の正面に立っていた寺島が、まっすぐ前を指差した。

「いや、そうじゃなくて、後ろ……」

彼は、俺や斎木の後ろを指差した。俺たちはそれにつられて振り返る。

そこで、俺は絶句してしまった。

斎木が、かろうじて声を発した。

「は、晴美ちゃん……」

なんと廊下の角から、晴美さんがこちらを覗《のぞ》いて立っていたのだ。そしてその顔は、すっかり青ざめていた。

「見つかっちゃった……」

晴美さんは少しおどけたように言ったが、表情は悲しみに満ちていた。晴美さんがこちらに歩み出てくると、後ろからよく似た女性もついて出てきた。妹で女優の友美さんだ。

「どこから聞いてた？」

斎木がおそるおそる尋ねた。

「香村さんの話の途中から」

晴美さんが答えた。どうやら、結構前から立ち聞きしていたらしい。

「あの、ごめんね晴美ちゃん。これはその、何というか……」

斎木は慌てて取り繕おうとしたが、晴美さんは毅然《きぜん》と言った。

「みなさん、向こうにある家族控室に来ていただけませんか？　内容が内容だけに、廊下に出て話してくれていたんだと思いますけど、ここでも人に聞かれてしまうかもしれないので……」

そこで今度は、友美さんが前に出た。

「あたし、通夜ぶるまいの会場からトイレに行った帰りに、方向音痴だから廊下で迷っちゃって、ここの廊下を通りかかった時に、みなさんの会話が聞こえてきたんです。それで、何か妙な話をしているのに気付いて、お姉ちゃんを呼んできたんですけど……。ここの廊下は人通りがないけど、もしまたあたしみたいな方向音痴の人がホールからトイレに行ったら、話を聞かれちゃう可能性もあると思うんです」

「とにかく、みなさんが今までしていた父の話を、控室で最初からしっかり聞かせてください。よろしいですか、みなさん」

晴美さんは冷静に言った。しかしその表情は、怒りを抑えているようにも見えた。

「……はい」

斎木が小さく返事をして、俺たちもうなずく。従わないわけにはいかなかった。

と、その時——突然、寺島が手を挙げた。

「あの、すいません、ちょっとトイレへ……」

言うやいなや、なんと彼は、小走りで俺の横を通り過ぎていった。

「おい、ちょっと」

俺が声をかけたが、寺島は止まろうともしなかった。そのまま角を曲がり、足音が遠ざかる。

あいつ、逃げやがった……。

気まずくて逃げ出したいのはみんな同じだというのに、なんて卑怯《ひきょう》な奴だ！


〈寺島悠〉


トイレの場所が分からなくて焦った。だいぶ奥まったところにあった。脂汗をかきながらなんとか見つけて、個室に入り、ギリギリセーフで便座に座った。あの晴美さんの妹の、売れない女優の友美さんが迷ったってのも無理ないな。こりゃ方向音痴じゃなくても迷うわ。

ああ……それにしても、オレはみんなから逃げたって思われてるんだろうな。仮病なら ぬ仮糞だと思われてるんだろうなあ。

でも、これマジなんだよ。オレ、こういう体質なんだよ。

しかも、お通夜の途中で焼香のやり方が分からなくてパニックになった時もお腹下してて、その後トイレに行ってなかったから、その分も腸に溜《た》まってたのかもしれないな。甘酒みたいな固さのやつがすごい勢いで出てきたよ。

実は、晴美さんが廊下の角からこっちを覗いて話を聞いてることに、オレが一番早く気付いたんだよ。根岸さんの息子が坪井さんに殺されかけたっていう話が終わった時ぐらいかな。壁の際から長い黒髪が見えたもんだから、場所が葬儀場だけに最初はお化けかと思っちゃったけど、その後こっちを覗いてきた顔を見たら、晴美さんだった。

その時の顔、かわいそうでたまらなかったよ。今にも泣き出しそうだった。最愛の父親が人殺しだったっていう会話を、よりによって父親の通夜の参列者がしてるのを立ち聞きしちゃったんだもんな。それで、なんとかフォローしようと思って、オレはちょっと坪井さんを弁護するようなことを言ってみたんだけど、すぐ斎木さんに否定されちゃった。さらに斎木さんが「本当の坪井誠造は、恐ろしい連続殺人鬼だったんだよ！」って言った瞬間、さすがに聞き捨てならないと思ったのか、晴美さんがゆっくり出てきた。で、これはいよいよまずいことになるぞ、って思ったら、その緊張感で一気にお腹が痛くなっちゃったんだよね。

それにしても、今、控室ではどんなやりとりが展開されてるんだろう。

晴美さんは、さっきの話を最初から聞かせてほしいとか言ってたけど、聞かない方がいいと思うなあ。あんなの聞いたら絶対泣いちゃうよ。喪主の挨拶《あいさつ》であんなに泣いてたのに、その父親が殺人犯だったって聞かされるんだよ。それもみんなから寄ってたかって。

せめて、あの妹の友美さんが同行してフォローしてくれてればいいんだけど……でも、友美さんも気が強そうな顔してたからなあ。あっちはあっちでブチ切れて怒り狂ってるかもしれない。姉大泣き、妹激怒で、修羅場になってたら最悪だよ。ああ、行きたくないな〜、控室。

それにしても、元はといえばコントの題材にしようなんて思ってこのお通夜に来ちゃったんだよな。今死ぬほど後悔してるよ。何だよこの展開。コントになんかできるわけないよ。サスペンス中のサスペンスだよ。人のいい大家さんだと思ってたのに、坪井さん、本当にあんな何人も殺してたのかよ。信じられないけど、みんなの話聞いてたら信じなくちゃしょうがないような気がしてきたもんな。

ああ、もうやだよ。やっと下痢も止まったことだし、帰りたいよ。

……ん？　帰っちゃだめなのか、オレは。

そうだ、このまま帰っちゃえばいいんじゃん！

だって、オレは坪井さんにひどいことされたエピソードなんて一つも持ち合わせてないんだから、これ以上話に参加してもしょうがないよな。身内に変な死に方した人なんていないし、盗聴器だってオレの部屋からは見つかってないわけだし。だいたいオレのことなんて誰も覚えてないよな。このまま消えても、たぶん誰も気に留めないよな。

よし、逃げよう！　オレは迅速にケツを拭《ふ》いて水を流してズボンとパンツを穿《は》いて、手を洗って廊下に出た。周りに人気《ひとけ》がないのを確認してから、葬祭センターの出口に向かう。ちょっと廊下で迷ったけど、しばらく歩いてたら正面玄関の自動ドアが見えてきた。しめしめ、誰にも会わずにうまいこと逃げられそうだぞ。

ところで、今何時かな？　オレはふと気になって、確認しようとポケットに手を入れた。

そこで気付いた。

しまった、ケータイ忘れた！

五　控室

〈坪井晴美〉

阿佐ヶ谷葬祭センターの家族控室は、押し入れの付いた八畳の和室で、中央に長方形の卓袱台《ちやぶだい》があり、部屋の隅には、内線で葬祭場の職員さんにつながる電話、それに冷蔵庫も備え付けられている。今夜は窓の外に満月が見えて、落ち着いた雰囲気の部屋だ。

本来なら、通夜を終えた遺族が、故人の思い出を語らいながら一泊するための場所だ。翌日の葬儀のために安らげる空間となっております、と葬儀屋さんからは聞いていた。ところが、こんな安らぎとはほど遠い状況になるなんて……。

座布団を出して、全員で卓袱台を囲んで座ってもらい、改めて一人一人から話を聞いた。

最初はみんな話すのを尻込《しりご》みしたけど、父のことを悪く言われたことを怒っているわけではない、とにかくさっき廊下で話していたことを包み隠さず聞かせてほしいのだと言って、斎木君、根岸さん、鮎川さん、香村さんに、全部話してもらった。

ただ、廊下でいくつかの話は聞いていたから覚悟はできていたけど、全部聞いてみると、やはり呆然《ぼうぜん》とするほかなかった。みんなの話がすべて真実だとしたら、父はとてつもなく凶悪な人間だったということになる。現在分かっているだけでも、これだけの罪を犯したのだ。
・二十年以上前、元教え子を殺した。
・四年前、元同僚教師の息子を殺そうとした。
・三年前、交際していた元教え子の女性に、別れてからストーカー行為をはたらいた。
・そして去年、お隣さんを殺した。
——みんな、本当にこれが父の本性だったと思ってるの？

やはり、冷静に受け止めるにはあまりにも過酷な内容だった。みんなの話が終わった後も、私は何も言葉を返すことができなかった。気まずい沈黙がもう一分近く続いていた。見るともなしに外の闇を見ると、窓ガラスに映った友美の顔と目が合った。しかしお互い何も言えず、私はすぐ目をそらしてしまった。

本来なら、父の通夜でこんな話を聞かされたら、喪主の私は激怒すべきところだろう。でも、私にはできなかった。

私の頭の中にも、ある事件が思い浮かんでいたのだ。

あの事件について、この場で話すべきだろうか。……いや、そんなことをすれば、最愛の父にさらなる疑惑をかけることになる。決めかねたまま、沈黙はさらに長くなっていく。私はじっと顔を伏せたまま迷い続けていた。

しかし、そこで友美が、私に語りかけた。

「お姉ちゃん、言っちゃいなよ」

私は驚いて、さっと顔を上げて友美を見た。みんなの視線も、友美のいる窓側に集まった。

「黙ってたって分かるよ。お姉ちゃん、ここで言うべきかどうか迷ってることがあるんでしょ？　言っちゃいなよ。お父さんの罪が今さら一つ増えたところで、もう変わらないよ」

友美の口調はどこか投げやりで、顔には微《かす》かに笑みさえ浮かんでいた。

……ああ、やっぱり友美には、私の心はお見通し。隠しごとはできないんだ。

「もしかして晴美ちゃんにも、何か心当たりがあるの？」

斎木君が、おそるおそる尋ねてきた。

私は覚悟を決め、斎木君の方に向き直った。「はい」とうなずくと、みんなが息を呑《の》んだ。

「まず一つ目。さっき鮎川さんが、三年前の夏頃に、玄関ドアにスプレーで落書きされたとおっしゃいましたが、私はその時期に家のパソコンで、父がネット通販で塗料用スプレーを購入していた履歴を見ました……」

もちろん、そんなのは序の口。

「そしてもう一つ。こっちの方が、もっとずっと重大な事件です」

みんなが固唾《かたず》を呑んで注目する中、私は一度深呼吸をしてから、話し始めた。

「私は、元小学校教師です。みなさんの中には、私が今も教師をやっていると思っている方もいるかもしれませんが、実はもう辞めてるんです」

「そうだったの……」

根岸さんや香村さんは、やはり驚いているようだった。私はうなずいてから話を続ける。

「原因は、五年前、私が担任していたクラスが学級崩壊を起こし、私が精神的にまいってしまったことです。そして、その学級崩壊の原因を作ったのが、菅野拓磨という男の子でした……」

私は語った。まずは、菅野拓磨とその母親の傍若無人な振る舞いについて。あまり詳細に語るのは、彼らを貶《おとし》め自分を弁護するようで嫌だったけど、ちゃんと説明しないと分かってもらえない。私はみんなの前で、嫌な思い出をいくつもほじくり返した。

それから、菅野の母親によって、私が家庭訪問で暴れたというひどい噂を流されたこと。誰にも相談できないまま、どんどん学級崩壊が進行してしまったこと。夏休みを待たずに休職に追い込まれ、鬱《うつ》病を発症してしまったこと。勤め先の小学校が私の母校だったため、自宅が学校からも菅野家からも近く、外に出ることさえ怖くなってしまったこと。

そして、夏休み中の八月に、菅野拓磨が近所の公園で何者かに頭を殴られ、一時意識不明の重体に陥ったこと。教頭から電話で聞いた事件の概要を父に説明したら、学級崩壊の最大の原因がいなくなったのだから、クラスの子たちがおとなしくなって私も復帰しやすくなるんじゃないか、という趣旨の言葉をかけられたこと。――そこまで話した時、「ああ……」というため息がみんなから漏れた。全員が父の犯行を確信したのだろう。

「それでも結局、私の病気は回復せず、教師を辞めることを決断しました。退職が決まった日、父は私に向かって涙ながらに言ったんです。『すまん、私の力が足りなかった』って。ただ、今考えれば、あの言葉も……」

私はそこで言葉に詰まってしまった。でもすぐに、斎木君が勘付いた。

「なるほど、菅野少年を殴る力が足りなかった、だから殺せなかったという意味だったのか」

私は斎木君に向かって、力無くうなずいた。

「そういえば俺も、智史が寝たきりになったことを坪井先生に報告した時、電話口で言われたよ。『すまない、私の力が足りなかったね』って。……あれも、智史を殺しきれなかったという意味だったのか」

根岸さんもそう言うと、辛《つら》そうにうなだれた。

「要するに坪井誠造は、毎回しっかりと殺意を持って、みんな殺すつもりだったんだ」

「しかし、いくら娘さんを退職に追いやったとはいえ、子供の命を奪おうとするなんて、同じ教師として信じられないよ」

斎木君と根岸さんが、共に無念そうに顔を歪《ゆが》ませた。

「私も、信じられません。あの父が、そんなことを……」

そう言ったところで、私の目に涙が溢《あふ》れてしまい、それっきりまた控室は沈黙に包まれた。

ふと友美を見ると、ますます投げやりな表情になっていた。妹はもう、この状況に絶望してしまったのかもしれない。


〈坪井友美〉


もう、どうにでもなれ。あたしはそう思っていた。

姉の涙を見ても、気持ちは乾いていた。

あの父が連続殺人犯だったなんて、娘としてあまりにも受け入れがたい話だった。でも、みんなの語る内容には、信憑《しんぴょう》性が充分にあるように感じた。

どうやら、この悪夢のような現実を受け止めざるをえないようだ。

ということは、もうおしまいなんだ。——坪井家も、あたしの人生も。

今ここにいる人たちは、おそらく明日以降、父の数々の犯罪歴について警察に届けるだろう。いくらなんでも内緒にしてくれることはないはずだ。

特に根岸さんと香村さんは、最愛の家族を手にかけられたのだ。根岸さんの息子の方は命は助かったけど、寝たきりになっているということは日々の介護にお金がかかっているはず。犯人が父だと分かれば、今後もそれを自費で払い続けることはないだろう。それに香村さんも、夫を殺されたことに対する賠償金を、今後あたしたちに請求するに違いない。となると、父からの遺産はほとんど、いや場合によってはすべて、この人たちに払わなければいけなくなる。

もっとも、あたしはお金のことだけを心配してるわけじゃない。それよりもはるかに大きな問題がある。

あたしはこれから、「父親が連続殺人犯」というあまりにも重い十字架を背負って、女優として活動していかなくてはならないのだ。

つまり、事実上、あたしの成功への道は閉ざされたことになる。少なくとも、有名女優になれる可能性はゼロだ。メディアに出られるような立場になる前に、絶対につぶされる。オーディションで仮に受かったとしても、素性が分かれば取り消されることもあるだろう。なにせ、父はただの殺人犯ではないのだから。分かっているだけで、殺人と殺人未遂を二件ずつ犯しているのだ。警察に届けられ次第、大騒ぎになることは間違いないだろう。

まあ、あたしは有名人にはなれるかもしれない。ただそれは、望んでいたのとはまったく別の形での話だ。あたしは姉とともに毎日のようにマスコミに追いかけ回され、生活をめちゃくちゃにされた末に、世間の興味が薄れたらポイ捨てされるのだ。後に残るのは、周囲からの冷たい視線。殺人者の娘への、侮蔑《ぶべつ》的な、差別的な視線……。

要するに、あたしの夢は叶《かな》わないことが確定したんだ。つまり、夢のためだけに生きてきたあたしは、もう存在理由がないってこと。

これからどうやって生きていこうか。

いや、そもそも生きていくべきなのかな。

亡き父の生前の罪を知って、ショックで自殺した娘を、世間はどう見るだろうか。

――と、そんなことまで考えていた時。斎木さんが、長い沈黙を破った。

「本当に、子供まで手にかけようとしたなんて、考えただけでもぞっとしますね……。実はおれ、去年に一度、たまたま坪井誠造に会ってるんですよ。娘を連れて海水浴に行った先で会ったんですけど、もしあの時娘が失礼な言動でもとってたら、殺されてたのかもしれないですね。そう思うと怖くなっちゃいますよ」

斎木さんは、冗談めかしたような軽い口調で言ったが、ますます空気は重くなるだけだった。でも斎木さんは、沈黙を埋めるようにますます空回りしながらしゃべり続ける。

「去年の夏の、ちょうど海の日だったんですけどね、千葉の白子海岸ってところで坪井誠造に会ったんです。NPOの子供たちを連れて来たとか言ってたんですけど、あれも今考えたら、あの辺に住んでる誰かを殺しに来てたのかも、なんて……」

「お、おい、ちょっと待ってくれ！」

突然、根岸さんが大きな声で斎木さんの言葉を遮った。

「斎木、去年の海の日に、千葉県の白子海岸で、坪井先生を見たのか？」

根岸さんが、血走った目を見開いて尋ねた。

「ええ、そうですけど……」

斎木さんが答えると、根岸さんは頭を抱えて絶叫した。

「ちくしょう、あれもそうだったのか！」

「ちょっと……もしかして、本当に何かあったんですか？　去年の海の日に」

異常を察した斎木さんが声をかけた。あたしも、きっと他のみんなも、新たな事件の発覚を強く予感していた。――嘘でしょ？　これ以上まだ恐ろしい事件があるっていうの？

根岸さんは、両手で顔を覆い、卓袱台《ちゃぶだい》に肘《ひじ》をついたまま、荒れた呼吸を整えた。その後、真っ赤になった顔を上げて語った。

「自分は去年まで、私立の小中一貫校に勤めていました。予定では、今年度から小学校の校長を務めていたはずでした。しかし、去年自分が引率した、千葉県の白子海岸の臨海学校で、林勇気君という六年生の男の子が溺《おぼ》れて亡くなり、責任を取って自分は辞職したんです……」

それから根岸さんは、事件の詳細を語った。

林勇気君は泳ぎが得意だったこと。なのに行方不明になり、翌日に溺死体《できしたい》で発見されたこと。……と、話の途中で、根岸さんは「あっ、そういえば」と、さらに思い出したように言った。

「行方不明になる前に、林君が地元の漁師らしき、麦わら帽子をかぶった老人と話している姿が目撃されていたんだ。もしかしてあれが……」

そこまで言ったところで、斎木さんが興奮気味に反応した。

「間違いありません！　おれが会った時、坪井誠造は麦わら帽子をかぶっていました」

「ああ、やっぱり……」

根岸さんが、悔しさに満ちた表情でため息をついてから、斎木さんに尋ねた。

「念のため聞くが、斎木が坪井先生に会ったのは何時頃だった？」

「えっと、おれたち親子は、お昼を食べに行こうと駐車場に向かってた途中で、坪井誠造に会ったんです。それで、車に乗った直後に『笑っていいとも』が始まって、娘が車のテレビでそれを見てたんで……おれが坪井誠造に会ったのは、十一時五十五分ってとこでしょうね」

「そうか。……俺たちが、林君が見つからずに警察に通報したのが、十二時九分だ。事情聴取やら保護者会やらで何度も説明したから、暗記しちまったよ」

根岸さんはそう言ったきり、頭を抱えたまま卓袱台に突っ伏してしまった。

「やはり時間的にも、坪井誠造の犯行と考えて間違いなさそうですね。奴は林君って子を溺死に見せかけて殺してたんだ。……じゃあ、おれがあの時見た、海岸にいた子供たちも、NPOの子供たちとかいうのは嘘で、根岸さんの小学校の子たちだったんだな」

斎木さんが言った後、また重苦しい沈黙が訪れた。

と、どこからか、ひゅう、ひゅうという音が聞こえた。

それは、卓袱台に突っ伏した根岸さんの呼吸音だった。

「くそお、なんであの子まで！」

根岸さんは突然叫ぶと、卓袱台を両拳《りょうけん》で叩《たた》いた。ごおんと、卓袱台が壊れたんじゃないかと心配になるほどの音がした。

「なぜだ！　坪井先生は今までの事件では、恨みのある人物や、周囲に死を望まれていた人物を狙っていたはずだ。でも林君は、坪井先生には縁もゆかりもない子だった。どうして殺したりしたんだ……」

根岸さんは顔を伏せたまま、涙声でうめいた。みんなはそれを見て何も言えず、ただうつむくばかりだった。父がなぜ、縁もゆかりもない根岸さんの教え子を殺したのか。本人は死んでしまっているのだから、動機を説明できる人はこの中にはいないだろう。

……あたしと姉以外は。

姉があたしの視線に気付いた。友美やめなさい、と目であたしを制している。

でもあたしは、姉に向かって言った。

「お姉ちゃんが言いにくいなら、あたしが言おうか」

「友美、やめて」

「いいじゃない、言ってあげた方がいいよ。あのことを隠してる方がよっぽど残酷だよ」

あたしは、笑みを浮かべて姉に言い放った。この状況で笑っているあたしを、みんなが唖然《あぜん》として見ている。

「友美、だめ！」

姉が再びあたしを止めたけど、あたしは無視した。それぐらい投げやりになってた。

あたしは根岸さんに向かって言い放った。

「根岸さん。父が、わざわざ何の関係もない子供まで殺しに行った理由を教えてあげます。おそらく、あなたを苦しめるためですよ」

「えっ？」

根岸さんは顔を上げて、真っ赤な目を見開いてあたしを見た。

「父は、あなたを嫌ってたんですよ」

あたしが言い放つと、根岸さんは口をぱくぱくさせた。でもほとんど声が出ず、なんとか「嘘だ、そんな……」とだけ発した。

そんな根岸さんに、あたしは追い打ちをかける。

「あたしが学生の頃、父はよく家でぼやいてました。『またねぎっちゃんが突っかかってきた』とか『ねぎっちゃんの教育方針は間違ってる』ってね。……それから、父が柴崎中学校から氷川台中学校に異動した後も、根岸さんは何回か父を飲みに誘いましたよね？　父は言ってましたよ。『ねぎっちゃんにまた飲みに誘われちゃった。俺あいつに好かれてんのかな』って」

「友美！　いい加減にしなさい！」

姉が叫んだが、あたしは無視した。姉も気付いていたはずだ。父がしばしば家で口にしていた『ねぎっちゃん』という人物が、この根岸さんだということに。

「あなたは校長に昇進する予定だったんですよね？　それが、父の鼻についたんだと思います」

あたしが言うと、ようやく根岸さんは、慌てたように言い返してきた。

「いや、そんなことはありえません！　自分の校長昇進が内定した時、坪井先生は喜んでくれました。自分は坪井先生に電話をかけて、『これでようやく坪井先生に追いつけた気がします』と言ったんですが、その時坪井先生はちゃんと『おめでとう』と返してくれました……」

それを聞いて、あたしは鼻で笑った。

「やっぱりそうだ。嫌いな相手に『あなたに追いつけた』なんて言われたら、頭に来るに決まってるじゃないですか。だから父は、根岸さんの出世を妨害するために、罪のない子供を殺したんですよ。——臨海学校の日程や行き先、それに引率が根岸さんであることは、外部からでもちょっと調べれば分かったでしょうし、父がそれぐらいのことを平気でするような残酷な人間だということは、今までのみなさんの話で充分お分かりですよね」

「そんな……信じられない！」

根岸さんは、また頭を抱えて卓袱台に突っ伏してしまった。

みんなの視線が一斉にあたしに向く。全員が、目であたしを非難している。

でも、あたしは動じなかった。

いいの。いつもこうだったから。姉は常識人で、あたしは非常識。何でも正直に言って嫌われるのは、いつもあたし。

でも、この判断は間違ってなかったと思う。どうして教え子が殺されたのか、いつまでも理解できずにいるより、ちゃんとした理由を教えてあげた方がよかったんじゃないかな。

あたしはそう思ったけど、姉は泣きそうな目であたしを睨《にら》んでいる。

はいはい、分かった分かった。もうこれ以上はしゃべりませんよ。あたしはもう、誰に何を言われても、石のように黙ってます。どうせあたしがしゃべっても、誰にも何の得もないんだからね。——あたしはふてくされて、姉から目をそらした。

と、根岸さんがふらりと立ち上がった。

「あの、どちらへ？」

姉が尋ねる。

「外で、風に当たってきます」

根岸さんは、ふらふらと歩いて靴を履き、控室の外に出て行ってしまった。

「あの、ちょっと……すいません、私も行ってきます」

姉はみんなに向かって言ってから、急いで根岸さんを追った。あたしに、部屋の中のみんなからの冷たい視線が突き刺さった。

でも、もう平気。あたしの人生も、もう終わってるんだから。

「すみませんでした根岸さん……」

姉の謝る声と靴音が、廊下に響き渡る。あたしは、それをぼんやりと聞きながら、姉との関係修復も、もう無理かなと思った。


〈根岸義法〉


たぶん、ホラー映画のゾンビのような足取りだったと思う。俺は絶望感を抱えたままふらふらと歩き、葬祭センターの出口に向かっていた。後ろから晴美さんが、何か俺に言葉をかけながらついて来ているのは気付いていたが、その内容はほとんど耳に入ってこなかった。俺はただ、心の中で、亡き坪井先生に語りかけていた。

坪井先生、あなたは、ずっと俺のことを嫌っていたんですね。

俺を苦しめるためには、見ず知らずの子供ですら殺せるほどに。

だったら、最初からそう言ってほしかった。あなたを心から尊敬し、信頼し合えていると思い込んでいたばっかりに、もう俺の心はズタズタです。

でも、今考えてみれば、嫌われても仕方がなかったかもしれませんね。俺はいつだって、自分の思いや悩みを、あなたに一方的にぶつけるばかりでした。俺が坪井先生に相談をしたことは何十回とあったけど、相談をされたことは一度だってなかった。うっとうしいと思われてたんでしょうね。あなたは聞き上手だと思ってましたけど、今になって思い返してみれば、俺の一方的な相談を聞いているあなたの顔は、迷惑そうな表情を浮かべていたような気がします。そんな俺の度重なる相談を受けるのが嫌になって、智史を殺そうとしたんでしょうかね。その後、俺がワンマン経営の私立学校にうまく潜り込み、理事長に気に入られ、校長の座に登り詰めようとしたものだから、我慢ならなかったんでしょうかね。そこで、俺が出世できないようにするため、今度は林君まで手にかけた……。

そこまで俺が嫌いなら、正直に言ってくれればよかったのに。

そうすれば、林君は死なずに済んだのに……。

どこをどう通ったのか。気付くと俺は、葬祭センターの正面玄関に着いていた。自動ドアを通って外に出て、冬の気配を帯びてきた夜風に当たる。

そこで、ようやく気持ちが落ち着いてきた。

「……本当に、根岸さんの気持ちを傷つけようとか、そういう悪意はなかったと思うんです。ただ昔から、率直すぎるというか、他人の気持ちを考えずに突っ走っちゃう癖があって……」

晴美さんが後ろから俺に追いついてきた。ずっと俺に言葉をかけながら、ついて来ていたらしい。

俺は、一度深呼吸してから、ようやく言葉を返した。

「いいんですよ、あなたが謝ることじゃない。むしろ俺は、あの事実が知れてよかったと思ってます。……たしかに俺は、校長昇進内定を報告した電話で、坪井先生の怒りを買ってしまったんでしょう。俺が坪井先生に追いついただなんて、言っちゃいけなかったんだ」

俺は思い返していた。――あの時、坪井先生の声に元気がないのが電話越しにも分かった。体調がすぐれないのかと思っていたが、俺が坪井先生の逆鱗《げきりん》に触れるようなことを言ってしまったのが原因だったのだ。

「しかし、だからといって父のしたことは、とても許されることではありません。本当になんとお詫《わ》びをしたらよいか……」

晴美さんは涙ぐみながら、俺に頭を下げた。

「まあたしかに、それが理由で無関係の子供を殺すなんて到底許されないことですが、とにかく、娘のあなたが謝ることではありません」

俺は改めて言った。

それにしても、不思議な気持ちだった。坪井先生がとんでもない殺人鬼だということが分かってもなお、どういうわけか俺は、強く憎むことができなかった。林勇気君殺害の動機を知らされても、心の中に湧き上がったのは、理不尽な殺人に対する怒りより、そこまで坪井先生に嫌われていたことに対する、深い悲しみだった。

どうしてだろう。生前に、あまりに世話になりすぎたからだろうか。

本人が死んでしまっているというのもあるだろう。生きていれば、問い詰めることもぶん殴ることも警察に突き出すこともできたが、死んでしまっては、憎しみを直接ぶつけることができない。だから、どうも俺の心の中で、感情が宙ぶらりんになっているような状態なのだ。

今控室にいる人たちはどうなのだろう。心の底から坪井先生を憎めているのだろうか。それと、まだ俺の心の片隅に、坪井先生が殺人者のわけがない、全部何かの間違いなのだ、という気持ちが残っているのかもしれない。

ただ冷静に考えれば、少し前に斎木が言っていた、どこかの保険金殺人犯と同じで、これだけの状況証拠が積み重なっている以上、やっぱり坪井先生が犯人としか考えられないだろう。――なんて、屋外に出たまま考えているうちに、気付けば夜風に当たりすぎて、かなり体が冷えてしまった。そばでじっと見守ってくれている晴美さんにも申し訳ない。

「どうも、ご心配おかけしました。もう大丈夫です」

俺が言うと、晴美さんは少しだけほっとしたような表情になった。自動ドアを抜け、二人でまた葬祭センターの中に入る。

と、その時。俺たちの正面から、一人の若い男が入れ違いに外に向かって歩いてきた。その顔をよく見ると、彼はさっきトイレに行った、というかたぶん逃げた、寺島という男だった。

「あ、君！」

俺が声をかけると、寺島ははっと息を呑《の》んで立ち止まった。

「君がいない間に、坪井先生のことで、また新たに分かったことがあるんだ。ちょうど俺たちも控室に戻るところだから、一緒に行こう」

俺は声をかけたが、寺島は「いや、あの、その……」とか、挙動不審にもごもご言っている。

「もしかして君、このまま帰ろうと思ってたのか？」

俺が少しすごみを利かせて言うと、彼は「いや、そうじゃないんですけど」と慌てて否定したが、持ち物検査の時にこんな顔になった中学生を、俺は何百人と見てきた。どうやら本当に帰ろうとしていたようだ。俺がさらにすごんでやろうとした時、晴美さんが言った。

「寺島さん、来てもらっていいですか？　やっぱり、メゾンモンブランの入居者として、ちゃんと聞いておいてほしいというのもありますし」

「ああ……はい、分かりました」

寺島は観念したのか、素直に従った。そして三人で控室に向かいながら、俺はふと思った。

これから俺たちは、控室で何を話そうというのだろう。

坪井先生が人知れず犯していた罪は、もう充分明らかになった。となると、容疑者が死んでいる事件をどういう風に警察に届ければいいのかとか、さらには賠償の話などにも発展するのかもしれない。まあいずれにしろ、楽しい話し合いにはならないだろう。

そして、よく考えたらやっぱり寺島は必要ないかもしれない。どうせ彼はほとんど何の被害にも遭っていないみたいだし、さっき帰ってもよかったのかもしれないな。でもまあ、今さら「やっぱり来なくていいよ」なんて言うのもなんだから、言わないけど。

〈寺島悠〉

ああ、捕まっちゃったよ〜。あとちょっとで逃げられると思ったのに、なんでよりによってあんなところに晴美さんと根岸さんがいるかなあ。

それにしても、ケータイを見つけるのに手間取ったのがいけなかったな。最初は通夜ぶるまいの会場に置き忘れたかと思って戻ってみたんだけど、オレが座ってたテーブルや椅子の上にはなくて、じゃあ通夜の会場に落としたのかもしれないと思って大ホールに入ってみたら片付けの真っ最中で、「この部屋にケータイ落としたかもしれないんですけど」って言ったら、葬儀屋のスタッフのみなさんが大々的に探してくれちゃって、もしここに落としたんじゃなかったら気まずいよなあと思ってたら、本当にいつまで経っても見つからなくて、どんどん気まずくなってきて、「すみません、やっぱり他の場所かもしれないです」って言ってスタッフの冷たい視線から逃げるように大ホールを出て、トイレに行ってみたらあっさり見つかった。

ケータイは、オレが入ってた個室の隅っこの床に落ちてた。たぶんギリギリ間に合って大急ぎでズボンを降ろした時に、ポケットから滑り落ちたんだと思う。

で、そのトイレは割ときれいではあったんだけど、ちょうどオレのケータイが落ちてたところの床だけちょっと濡《ぬ》れてた。ただの水だったとしても、やっぱりトイレの床の水って気持ち悪いよね。本当は洗いたかったけどオレのガラケーは防水じゃないから、トイレットペーパーを切って手洗い場に持って行って、石鹸《せっけん》液をしみこませて、ケータイに付いた水滴をちょちょっと消毒も兼ねて拭《ふ》いた。でもそしたら、水に溶けたトイレットペーパーの繊維がケータイのサイドのボタンの隙間に入って操作できなくなっちゃって、ああやばいこんなことなら拭かなきゃよかったって後悔しながら爪で一生懸命サイドのボタンの隙間をほじくって紙のカスを取って、結構時間かかってなんとかサイドのボタンが利くようになったのを確認してからトイレを出たんだけど、出口までの廊下でまた結構迷っちゃって、ようやく出口を見つけて外に出ようとしたら、晴美さんと根岸さんに捕まっちゃったんだよね。

根岸さんだけだったらなんとか強引に振り切って逃げてたかもしれないけど、晴美さんに来てって言われたら行くしかない。仕方なく二人について行った。

控室に入ると、さっきのメンバーが座布団に座っていて、重苦しい空気が部屋中に充満していた。みんなオレをちらっと見たけど、すぐにまた視線を落とした。やっぱりオレは来なくてもよかったんじゃないかと思いつつも、オレは晴美さんや根岸さんと一緒に靴を脱いで畳に上がり、晴美さんがもう一枚出してくれた座布団に座った。

ただ、暗い雰囲気の中で、斎木さんだけ変に生き生きして、卓袱台《ちゃぶだい》の上でメモを書いていた。

「あ、二人が出てる間に、そこの電話の横にメモ帳があったから、坪井誠造の起こした事件を整理して書いてみたんだ。おれが覚えてたことは、思い出せる範囲で思い出して、それに残った人たちからも話を聞いてね」

斎木さんは、まもなくメモを書き終えた。それを見ると、切り取ったメモの一ページごとに、事件が起こった年代順に番号が振ってあり、その内容が細かく書かれていた。しかもその中には、オレがいない間に発覚したらしい初見の事件もあった。

①　22年前（1991年）の10月某日の夜、調布市立柴崎中学校の屋上から、溝口竜也（高1）が自殺に見せかけられ転落死。
〔坪〕・溝口は反抗的だったため動機は十分。溝口に恐喝等をされていた可能性あり。
・事前に根岸さんから肩車を習っていた。
②　5年前（2008年）の8月、晴美さんを退職に追い込んだ、問題児の菅野少年（小5）が、夜の公園で頭を殴られ一時意識不明。
〔坪〕・晴美さんの父親なので動機は十分。
・現場の公園も自宅の近所。
③　4年前（2009年）の年末、根岸さんの息子の智史君（16）の乗ったバイクが、道路に張られたロープに引っかかり転倒。智史君は意識不明になり重大な後遺症。
〔坪〕・「息子がバイク事故で死んでしまえばいい」と根岸さんから聞いていた。
・犯行に使用されたジョアニーのロープは入手困難。でも坪井は所持していた。
④　3年前（2010年）の7月頃から、鮎川さんがストーカー被害に遭う。ドアにスプレーで落書き／ポストに脅迫状／ネットで中傷／盗聴器を部屋に仕掛けられる。
〔坪〕・事前に寺島君にパソコンを習う。

・坪井家のパソコンにスプレーの購入履歴。
・盗聴器は「エレキング」という店で買った可能性大。
⑤去年の海の日（２０１２年７月16日）、根岸さんが勤める小学校の、白子海岸の臨海学校で、教え子の林君（小６）が水死。
〈坪〉・同じ日の同じ時間、同じ場所で、斎木が偶然坪井誠造を目撃。
・根岸さんへの積年の恨みによる犯行か。
⑥去年（２０１２年）の10月12日、香村正男さん（75）が、認知症による徘徊の途中、目黒区の神社の階段から事故に見せかけられ転落死。
〈坪〉・③と同様、「夫が死んだらどんなに楽なことか」と香村さんから聞いていた。
・正男さんの手に、坪井の元勤務先、練馬区立氷川台中学校のジャージのワッペン。
・坪井は昔の勤務先のジャージで出歩く習慣あり。

——どうやら、〈坪〉の印の後に、坪井さんが犯人だと思われる根拠が書かれているようだ。

と、斎木さんがオレに気付いて言った。

「あ、せっかく戻ってきたことだし、寺島君にも説明しよう。この中には、寺島君が知らない事件もあるよな」

オレは、六枚のメモを読んで確認してから答えた。

「ええっと……②と⑤ですね」

「そうか、じゃ説明しよう。まず②の事件は……」

なぜか仕切り役みたいになっている斎木さんが、二つの事件についてざっと説明してくれた。

②と⑤のどちらも、子供をターゲットにした恐ろしい事件だったけど、特に⑤に関しては、被害者の林君という子には何の落ち度もないということだったので、衝撃を受けた。また、②の事件の後に晴美さんが教師を辞めていたことも初耳だった。クラスが学級崩壊になって辞職に追い込まれたとは、相当辛《つら》かったことだろう。だからって、父親がその元凶の子供を殺してもいいってわけじゃないけど。

斎木さんがオレに説明し終わったところで、今度は香村さんが口を開いた。

「それでね、晴美ちゃん。悪いけど、わたしたちこの事件、一応ひと通り警察に届けることにしたから。全部は無理かもしれないけど、いくつかでも警察に再捜査してもらって、誠造さんが犯人だったっていうことが正式に分かったら……悪いけど、賠償金というか、そういうのをいただくことになると思う」

香村さんは、低姿勢ながらも、金の話まではっきりと口にした。

それに対して晴美さんが、深々と頭を下げた。

「はい。……本当に、重ね重ね申し訳ありませんでした」

晴美さんの目から、涙が一滴、畳に落ちた。

それを見て、オレはいたたまれなくなった。

惚《ほ》れた女が目の前で泣いているのに、オレは何もしてやることができない。まして、晴美さん自身が悪いことをしたわけではないのだ。

というかそもそも、オレは被害に遭ってないから思うのかもしれないけど、あの大家さんがここまで大それた事件をいくつも起こしたなんて、やっぱり何かの間違いのような気がするんだ。挙がってる証拠は結局、全部状況証拠にすぎないし、鮎川さんへのストーキングぐらいは本当にやったのかもしれないけど、その他の血生臭い疑惑に関しては、冤罪《えんざい》も交じってるんじゃないかな。……なんてことを、晴美さんのためにもみんなに向かって言ってあげたいけど、そんなオレの言い分の方こそ何も証拠がない。

ただ、どうもこのメモを見てると、何か引っかかる気がするんだよな。それが具体的に何かまでは分からないんだけど、やっぱりそういう感覚も含めて、本当にこれでいいのかって思うんだ。全部坪井さんが犯人ってことにしちゃって、本当にいいのか……。

「そういえば、寺島君は坪井誠造に何かされた覚えはないのか」

斎木さんが、ふいにオレに尋ねてきた。

「いや、本当にオレは何もないんですよ。最初は、オレの部屋も盗聴されてたんじゃないか、なんて鮎川さんと話してたんですけど、オレの部屋からは実際に盗聴器が見つかったわけでもありませんしね」

オレは答えた。でも、斎木さんはしつこく聞いてきた。

「本当にないか？　何か些細《ささい》なことでも思い当たらないか？」

この期に及んで、まだ坪井さんを悪者にしたいのか。斎木さんのスタンスに腹が立ってきた。

だいたい斎木さんは、元々は恩師の坪井さんをずいぶん尊敬してるみたいだったのに、突然手のひらを返したように、坪井さんを糾弾する急先鋒《きゅうせんぽう》になってしまったのだ。なんで急にスイッチ入っちゃったんだよ。オレはむっとしながらも、少しでも晴美さんの慰めになればと思って、なるべく明るい口調で答えた。

「本当に、坪井さんはオレにとってはすごくいい大家さんだったんです。オレお笑い芸人やってるんですけど、ライブのチケットも買ってくれましたし、それから庭で採れた野菜もくれましたし。……まあ、しいて何かあったといえば、その野菜が時々苦かったことぐらいですかね」

オレは冗談めかして言った、つもりだった。

ところがそこで、妙な静寂が訪れた。そして、香村さんがゆっくりと手を挙げた。

「あの、わたしも、同じことがありました」

「アタシもありました！」

続けざまに鮎川さんも手を挙げた。さらに二人は口々に言う。

「うちの夫が一度、坪井さんがくれた野菜を食べてから戻しちゃって、体調を崩したことがあったんです。その後わたしも食べたら、たしかに変な味がしたんです」

「アタシも、先生がくれた野菜を食べたらおいしくなくて、気分が悪くなったことがあります」

すると斎木さんがまた、妙にテンションが上がった様子で、メモ帳とペンを手に叫んだ。

「もしかして、坪井誠造は毒入りの野菜を配ってたんじゃないか！」

しまった、逆効果だった！

オレのせいで、坪井さんの疑惑がまた一つ増えてしまった。

しかも、みんながざわつく中、さらに信じられない人物の手が挙がったのだった。


〈坪井晴美〉


なんということだろう。寺島さんの発言がきっかけで、父の容疑がさらに増えてしまった。

家庭菜園の野菜に苦味があったことから、毒が入っていたのではないかという疑惑だ。

香村さんと鮎川さんが続けて手を挙げ、寺島さんも含めて三人が思い当たるということ

だった。そこですかさず、斎木君がメモ帳の新しいページを切り取って、

⑦　近所に毒入り野菜を配布

と書いた、その時だった。

もう一人、あまりにも意外な人物が手を挙げたのだ。

「実は、あたしもありました……」

──なんと、友美だった。

「信じられない。まさか、実の娘にまで……」

「いったい何を考えてたんだ、坪井誠造は……」

根岸さんと斎木君が、口々に驚きの声を漏らす。ただ、誰よりも驚いていたのは私だった。

友美、嘘でしょ？　お願い、嘘だと言って……。

〈坪井友美〉

お姉ちゃん。驚いてるようだけど、あたしも告発させてもらうよ。

お父さんが、最後にあたしの部屋に送ってきた野菜は、たしかに苦かったの。つまりお父さんは、あたしまで殺そうとしてたってこと……。

「信じられない。まさか、実の娘にまで……」

「いったい何を考えてたんだ、坪井誠造は……」

次々と声が上がる。みんなあたしを見て啞然《あぜん》としながら、沈黙してしまった。

しばらくして、斎木さんの書いたメモを見ていた鮎川さんが、ぽつりと言った。

「それにしても……二十二年前の事件は別にして、②以降の事件って、やけに最近に集中してますよね」

「ああ、たしかに五年前から、立て続けに起きてるな」

斎木さんもメモを見ながら言った。

すると姉が、しばらく考えた末に答えた。

「五年前といえば、私が学校に行けなくなった年です。それに、翌年には母も亡くなっています。……もしかすると、父はこの頃からやけになったというか、少しでも気に入らない人間がいたら、手当たり次第狙っていったのかもしれません」

「だからって、わたしにまで毒入り野菜食べさせなくてもいいじゃない。わたしが何したっていうのよ……」

香村さんがハンカチで目元を押さえながら言った。そして、姉とあたしをちらりと睨《にら》んだ。

「アタシも、なんでここまでされなきゃいけないの……」

鮎川さんもうつむきながら言った後、姉とあたしを睨みつけた。

「本当にすみませんでした。本当に、父が……」

姉が、また涙を溢《あふ》れさせながら何度も頭を下げた。

「お姉ちゃんが謝ることないでしょ！　あたしたちだって被害者なんだよ！　あんたたちも、何の罪もないあたしたちを睨みつけなくてもいいじゃない！」

あたしはとうとうキレて、大声を上げて立ち上がり……たいと思ったけど、やめた。

そんなことをして、この人たちに思いをぶちまけたところで、裏目に出るに決まっている。

誰も味方がいない中、あたしたち姉妹は、ただこらえるしかなかった。


〈寺島悠〉


ああ、最悪だ！　オレの「野菜苦かった発言」のせいで、また晴美さんを泣かせてしまった！

でも「野菜が苦かった＝毒が入ってた」なんて、いくら何でも飛躍のしすぎじゃないか？　もうさんざん坪井さんに容疑がかかりまくっちゃってるから、その勢いでこれも容疑の一つとして組み込まれちゃったけど、野菜が苦いことなんてオレの実家の畑でもよくあったよ。

それに、卓袱台《ちゃぶだい》の上に並んだメモを見てると、やっぱり何か引っかかるんだよなあ。この事件の中に一つ、オレの記憶とつながってる何かがある気がするんだ。でもそれが具体的に何なのかまではどうしてもはっきりしない。それぐらいの、ほんのちょっとした引っかかりだ。う〜ん、気のせいなのかな。

……しかし、それにしても重苦しい沈黙だ。部屋の中には、晴美さんのすすり泣く声だけが聞こえている。せめてこの空気だけでもなんとかしたい。

そこでオレは、少しでも気まずい間を埋めるため、メモの中の、例の引っかかりとは別の、気になっていた部分について聞いてみることにした。

「あのお、すいません。この⑤に書いてある『白子海岸』っていうのは、もしかして千葉県のですか？」

すると斎木さんが、煙たそうにメモを見てから答えた。

「ああ、さっきそこまで説明しなかったっけか。そうだよ、千葉県のだよ」

やっぱりそうだったか。……オレはそこで、空気を変えようと明るい声で言ってみる。

「いやあ、実はオレ、実家が千葉の勝浦《かつうら》なんですよ。中学の頃は自転車で友達と海水浴に行きました。白子海岸もそうですけど、千葉の外房《そとぼう》の海は、波は高いけどきれいですよね」

「ああ、そうだね」

……会話終了。

まあ、そりゃそうだよな。こんな話してもしょうがないよな。

でもとりあえず、どうでもいいことでもしゃべるしかない。それで少しでもこの重い空気が紛れればいいんだ。オレはそう思って、なおも⑤のメモを指して、斎木さんに話しかけた。

「ところで、これはどちらの白子海岸ですか？」

すると斎木さんは、むっとしたような顔で答えた。

「いや……今言ったばっかりだろ。千葉県の白子海岸だよ」

あ、いかん。勘違いされてしまった。オレは慌てて取り繕う。

「いえいえ、それは分かってるんですけど……あの、どっちの白子海岸ですか？　ほら、千葉県に白子海岸って、二つあるじゃないですか」

オレがそう言うと、一瞬、妙な沈黙が流れた。

そのあと、根岸さんと斎木さんが、二人揃って恐い顔で、オレに詰め寄ってきた。

「……何だって？」

「二つあるのか？　白子海岸が」

……あれ、知らなかったの？

オレは、二人の剣幕にちょっとびびりながらも説明した。

「いや、あの、千葉に白子海岸って二つあるんですよ。一つは九十九里浜《くじゅうくりはま》の南の、房総《ぼうそう》半島の真ん中辺りで、もう一つは房総半島の先っぽの方です。まあ先っぽの方は、九十九里の方に比べると若干マイナーで、区別するために千倉《ちくら》白子海岸って呼ばれたりもするんですけどね」

オレが説明すると、一気に部屋の中の雰囲気が変わったのが感じられた。

うつむいていたみんなが、次々に顔を上げる。鮎川さんが、慌てたようにメモを見る。

……あれ、オレ何かおかしいこと言ったかな？

⑤の事件の内容は、斎木さんがざっと説明してくれたのを聞いたばっかりで、ちゃんと把握してないから、素っ頓狂《とんきょう》なことを言っちゃったのかもしれない。でも、たしか斎木さんによると、去年の海の日に白子海岸の臨海学校で根岸さんの教え子が溺《おぼ》れて、その時間のほんの少し前に、たまたま同じ白子海岸で斎木さんが坪井さんとばったり会ったっていう話だったよな。——ん、同じ白子海岸？　千葉県に白子海岸は二つある……。

「あ、そうか！」

オレは、ここでようやく気付いた。

「斎木さんと根岸さんは、別々の白子海岸にいたのかもしれないですよ！」

……ああ、なんでこんな可能性にすぐ気付かなかったんだ。

でも考えてみれば、千葉に白子って呼ばれる海岸が二つあることも、オレの親戚《しんせき》がたまたま両方の白子海岸の近くに一家族ずつ住んでるから知っていたのだ。たぶんこれは、千葉県民でもみんなが知っているほどの知識ではないだろうし、ここにいるみんなは知らなくて当然だ。でもオレにとってはそんなこと常識だから、まさか二人が別々の白子海岸にいたのに、同じ場所にいたと勘違いしてるのかもしれないないなんてことは考えもしなかったんだ。

と、斎木さんが、おそるおそるといった様子で根岸さんに確認した。

「おれは、千倉にあるかみさんの実家まで娘を迎えに行って、そこからすぐの海水浴場に行ったから、千倉白子海岸の方に行きました。……根岸さんもそうですよね？」

しかし根岸さんは、首を横に振った。

「いや……俺の臨海学校は、九十九里の方だ」

「ほら、やっぱりそうだ！」オレは思わず手を叩《たた》いた。「斎木さんと根岸さんは、去年の海の日に、全然違う場所の海岸にいたんですよ。それで、たまたま斎木さんが、千倉白子海岸に来ていた坪井さんと会っただけなんですよ。房総半島の真ん中辺で臨海学校に参加していた子供を、同じ時間に房総半島の先っぽの方にいた坪井さんが殺せるわけありません。だから、この事件に関しては、坪井さんは間違いなく無実です！」

「いや、ちょっと待ってくれ！」

斎木さんは納得できない様子で、オレに反論した。

「坪井誠造が移動した可能性もあるんじゃないか。おれが坪井誠造を目撃したのが、『笑っていいとも』が始まる直前の十一時五十五分頃だ。それで、根岸さんが警察に通報したのが……」

斎木さんが根岸さんの方を向いた。すぐに根岸さんが答える。

「十二時九分だ」

「ほら、十分以上も間隔があるんだぞ。その間に、坪井誠造は二つの海岸の間を移動したのかも……」

斎木さんが言いかけたが、オレは食い気味に否定した。

「ありえないありえない。どんだけ房総半島がちっちゃいと思ってるんですか？　半島の真ん中と先っぽっていっても、直線距離で五十キロは離れてますよ。まして海の日なら、海沿いの道路はどこも海水浴客で混んでたでしょうから、車でも絶対に一時間以上はかかったはずです。十二時前に千倉白子海岸を出発して、十分程度で間に合うはずがありません」

オレは一気に言い切った。しかし、斎木さんはなおも食い下がった。

「えっと……じゃ、あれだ。順番が逆だったんだ。坪井誠造がおれと会った時には、もう臨海学校の子供を溺れさせた後だったんだ。だから、坪井誠造は、十一時前に根岸さんがいた方の白子海岸で子供を溺れさせて、それから移動して、十二時前におれのいた千倉白子海岸に……」

「十一時には、まだ子供たちは水着に着替えてもいないよ」

今度は根岸さんが、重々しく言った。

「警察に何回も確認させられたから、あの日のタイムスケジュールはすべて暗記しているんだ。臨海学校にバスが到着したのが十時五十分。その後十一時に点呼を取って、もちろん林勇気君を含め、全員いることが確認されている。それから建物に入って部屋に荷物を置いて、水着に着替えたのが十一時十五分。海岸に出て十一時二十五分にまた点呼をとって、ここでも全員確認されている。準備体操をして子供たちが海に入ったのは十一時半過ぎだ」

根岸さんの言葉ではっきりした。オレが結論を述べる。

「つまり、坪井さんが林君を殺したとしたら、犯行が可能な時間は十一時半以降ってことですね。でもそれじゃ、十一時五十五分に千倉白子海岸で斎木さんと会うことは絶対に不可能です。坪井さんほど、犯人じゃないことが証明されている人間はいませんよ。しかも、その証人は他でもない、斎木さんです」

「そんな……」

斎木さんが不満げに大きく息を吐いた。オレはさらに補足する。

「まあ、そもそも、白子海岸で子供を殺してから千倉白子海岸に移動するメリットなんて何一つありませんから、殺人犯がそんなことするわけないんですけどね」

「でも、もしかすると、何か予想もつかないような手を使ったんじゃないか……」

斎木さんはなおもウジウジ言い続けたが、オレはぴしゃりと言ってやった。

「斎木さんは、是が非でも坪井さんを極悪人に仕立て上げたいんですか？」

すると斎木さんは、ちらっと晴美さんの方を見た後、

「いや、そういうわけじゃないけど……」

と小さな声で言って、黙り込んでしまった。

オレは視線を移し、みんなを見渡しながら言った。

「これで、⑤の事件は坪井さんと無関係だと分かりました。あと、言い出しっぺのオレが言うのもなんですけど、⑦の、野菜に毒が盛られてたっていう事件も、そもそも存在しない可能性が高いと思います。野菜が苦いことなんて、オレの実家でもよくあったことですし、そんな出来の悪いやつを食ったら多少お腹壊すことだってあります。毒が入ってたなんて決めつけるのはオーバーすぎます」

オレは、卓袱台の上の⑤と⑦のメモを裏返した。文字通り、この二つの事件は白紙になった。さらにオレは話を続ける。

「みなさん、もう一度冷静に考えてみませんか。坪井さんは、本当に連続殺人犯だったんでしょうか。一つ一つの証拠は弱いけど、これだけ重なってるということはきっと犯罪者なんだろう。──そんなムードに流されて、坪井さんが犯人だと決めつけてませんでしたか？　もしかしたら他にも、坪井さんが無関係だったと証明できる事件があるかもしれませんよ」

そこまで言って、オレはちらりと晴美さんを見た。さっきまでの泣き顔に、ほんの少しだけ希望の光が差したように見えた。

晴美さん、今のところ、これがオレにできる精一杯です。

……しかしまあ、大きく出てはみたものの、これだけの事件を全部覆すのは難しいだろうなあ。あと五個もあるわけだしなあ。

〈坪井晴美〉

驚いた。最初はおどおどしているだけだった寺島さんが、父の無実を証明してくれた。この多勢に無勢の状況で、私たち姉妹のために立ち上がってくれたのだ。

私は、胸が熱くなった。

〈坪井友美〉

すごい。さっきこの控室に入ってきたばっかりの、この寺島君という坊やが、父の名誉を、二つだけとはいえ取り戻してくれた。やるじゃん。

そうだよね、野菜が苦いから毒が入ってたなんて、決めつけちゃいけないよね。娘のあたしがこんなことでどうする。声を大にして言えばいいんだ。お父さんは無実だ！

……でも、あたしがそんなことを言ったところで、たぶんまだ状況は好転しないよね。みんなが自発的にそう思ってくれなきゃしょうがないんだ。

お願い。みんな、もう一回ちゃんと考えて。

〈斎木直光〉

そんな馬鹿な。おれ、こいつに言い負かされてる？　ずっとこの会合をリードしてきたおれが、よりによって、嘘ついてトイレに行ってた寺島なんかに。

冗談じゃない。やっぱり坪井先生はいい人でした、なんてことに今さらなるもんか。元教え子と付き合って、別れたのに納得できずにストーキングするような最低な男だったんだぞ。あの事実が分かった時点で、おれは完全に坪井誠造を見限ってるんだ。

でも、もしあのストーカーの件も無実だったとしたら……。

〈香村広子〉

「ムードに流されて、坪井さんが犯人だと決めつけてませんでしたか？」

その言葉が胸に突き刺さった。わたしは心の中で、夫に話しかけていた。

——ねえ、あなたは本当に、坪井さんに殺されたの？

すると、夫の声が、どこからか聞こえてくる。

「俺を殺した、本当の犯人は……」

——やめて、聞きたくない！　それ以上は聞きたくない！

でもやっぱり、夫の遺体が氷川台中学校のワッペンを握っていたのは事実。それだけで坪井さんが犯人だなんて言い切れないことは分かってるけど、怪しいとは言わざるをえない。だから、疑いを捨てることなんてまだできない。

それでも、また声が聞こえてくる。

「俺を殺した、本当の犯人は……」


〈根岸義法〉


「ムードに流されて、坪井さんが犯人だと決めつけてませんでしたか？　もしかしたら他にも、坪井さんが無関係だったと証明できる事件があるかもしれませんよ」

——あまりにも重い言葉だった。

寺島の言う通りだ。俺はたしかにムードに流されていた。その結果、絶対に言わなければいけないことを、言いそびれたままになっているのだ。

しかし、今さらあんなことを言えたものだろうか……。

〈鮎川茉希〉

「もしかしたら他にも、坪井さんが無関係だったと証明できる事件があるかもしれませんよ」

——寺島さんの言葉を聞いて、アタシは我に返った。

実は一つだけ、アタシの心にずっと引っかかってたことがある。

でも、あの名前について気付いた時にはもう、そんなことを言い出せる雰囲気じゃなかった。そもそも、みんなをけしかけてこんな大騒ぎにした張本人はアタシだし、あの名前に関しても、そこまで自信があるわけじゃない。それに、別れた腹いせに先生に嫌がらせをされてたっていう怒りがあったから、全部先生の仕業なんだ、先生が悪者なんだって決めつけてた。

でも、寺島さんの言葉で気付いた。

いや、正直、アタシへの陰湿な嫌がらせに関しては、今でも先生の仕業じゃないかって思ってる。でも、ストーカーだからって殺人犯だとは限らない。特に、あの事件に関

して は。

あの名前が、アタシの知ってるあれだったら、先生がやったかどうかの証拠に大きく関わってくる。やっぱり、行動を起こさないわけにはいかない。

アタシは覚悟を決めて、ハンドバッグを探った。


〈斎木直光〉


寺島の問いかけの後、重い沈黙がしばらく流れた。それを遮ったのは、ごそごそとハンドバッグを探る音だった。突然、鮎川がバッグからスマホを取り出し、いじりだしたのだ。

「ちょっと、こんな時に……」

おれは小声で注意したが、彼女は無視した。画面を食い入るように見つめながら猛スピードで指を動かし、しばらくして彼女は興奮したように声を上げた。

「やっぱりそうだ！」

「やっぱりって、何が？」

というおれの問いかけをまたも無視して、鮎川はスマホの画面を香村さんに向けた。

「香村さん。去年亡くなった旦那《だんな》さんが握ってた、練馬区立氷川台中学校の校章のワッペンって、これですよね？」

香村さんは、いきなりの問いかけに少々驚きながらも、鮎川のスマホの画面をじっと見つめた。そして、「ええ、たしかにこれだったわ」とうなずいた。

おれも脇からその画面を覗《のぞ》き見ると、そこにはネット検索した画像が映っていた。黄色と黒と赤の、校章ワッペンの画像だ。

「香村さんは、旦那さんが徘徊《はいかい》中にこのワッペンを拾ったんじゃないかっていう、警察の判断に疑問を持ってたんですよね。杉並区の自宅から目黒区まで行く間に、練馬区の中学校のワッペンは拾わないだろうと、そう思ってたんですよね？」

鮎川が、興奮した様子で問いかける。香村さんは、その様子に戸惑っていたようだが、再び「ええ、そうです」とうなずいた。

たしかに、杉並区から目黒区までの間に練馬区を通るには、北に相当な大回りをしなければならない。そして、練馬区の外に練馬区立の中学校のジャージのワッペンが落ちていることなど、そうはないだろうと思える。そもそも校章のワッペンなんて、そうめったにちぎれて落ちるものでもないだろうし、落ちたとしても、落とし主は当然その学校の生徒なわけだから、場所は学校の周辺に限られるだろう。――そのことこそが、坪井誠造が真犯人だったのではないかと思わせる大きな要因だったのだ。

しかし、鮎川は言った。

「でも、この氷川台中学校のワッペンは、杉並区でも目黒区でも、いや、都内のどこにでも落ちてる可能性があったんです」

「え、どうして？」

おれは思わず聞き返した。

「中学生の間で流行《はや》ってたんですよ。この、ピカチュウワッペン」

「ピカチュウワッペン……？」

おれは首を傾げた。おれ以外にも、その単語を知っている人はいないようだった。

「ほら、『氷川台中学校』って、省略すると『ピカチュウ』とも読めますよね。で、その氷川台中の校章が、あのポケモンのピカチュウの顔と同じ色使いのデザインになってるんです。見てください。全体が黄色くて、あと両サイドに、ピカチュウの目とほっぺみたいな黒と赤も入って……」

鮎川が、スマホの画面をみんなに見せた。

「ああ、なるほど」

おれたちは画面を見ながらうなずいた。もっとも、香村さんはピカチュウ自体を知らないようで、きょとんとしていた。

「それで、このホームページにも書いてあるんですけど、最初は、『ピカチュウ』って略して呼ばれてるのを意識した氷川台中側が、任天堂《にんてんどう》に無許可でこんなデザインの校章にしたんじゃないかって、ネット上に画像が上がって非難されてたんです。でも調べてみたら、この校章は、一九六〇年の氷川台中の創立以来ずっとこのデザインだって分かって、そしたら『氷川台中《ピカチュウ》がピカチュウの流行を大昔に予言していた』とか『これぞファッションリーダーの証《あかし》』なんて、逆にネット上で賞賛されて、それからブームになったんですって。……まあ、こんな詳しいブームの由来は、アタシも今読んで初めて知りましたけど」

鮎川はスマホの画面を指でスクロールさせながら、さらに説明を続ける。

「それで、ここにも書いてある通り、二〇一二年にかけて、東京周辺の中学生の間で、このピカチュウワッペンが流行ったんです。他県に住んでる子まで、休みの日にわざわざ練馬区の氷川台中の近くの学用品を売ってる店まで電車で行って、ワッペンだけ買って帰るんですよ。そのワッペンを、自分の学校の制服とかジャージとか、部活の練習着に付けるんです。去年は一時期、うちの店でも仕入れてました」

「他校のワッペンをわざわざ買って付けるなんて、今はそんなことが流行ってるのか？」

根岸が難しい顔で尋ねた。やはり生徒指導関係の情報は気になるらしい。

「結構前から流行ってますよ。八王子にある、都立片倉《かたくら》高校のスクールバッグが流行ったこと、知らないですか？」

鮎川は尋ねたが、根岸は首を傾げただけだった。おれも含め、他の人も誰も知らないようだった。

そこで、再び鮎川が丁寧に説明した。

「片倉高のスクバも、わざわざ八王子まで買いに行く高校生がたくさんいたんですよ。今は、そういうブームが中学生にまで起きてるんです。まあ、そういう商品を扱うショップで働いてるアタシも、流行についていくのは大変なんですけどね。しかもそういうブームって、すぐ来てすぐ去るのが多いから、ちょっと前に流行ったやつなんてもう覚えてないんです」

「なるほど、芸人のブームと同じですね」

寺島が合いの手を入れたが、鮎川はまたも無視する。どうやら鮎川は、自分の関心事に集中すると周りが見えなくなるタイプらしい。

「ピカチュウワッペンも、去年までは流行ってたけど、今はもうブームが去ってます。そのせいもあって、アタシは『ピカチュウ』の元の学校名までは覚えてなかったんです。でも、香村さんの話の中で、『氷川台中』っていう言葉を何度も聞くうちに、略すと『ピカチュウ』になるんじゃないかって気付いて、今ネットで調べたらまさにその通りだったんです。……しかもこれって、中学生が自分で縫って服に付けるから、結構取れやすいんですよ。落としちゃうこともよくあるって聞きました」

「なるほど。だからこのワッペンは、去年は都内のそこかしこに落ちていてもおかしくはなかったってわけだ。……ということは、警察の見立て通り、香村さんの旦那さんが徘徊中に拾った可能性も充分にあるということですね」

寺島が言った。鮎川が「そうです」とうなずく。

「もしかしたら、香村さんの旦那さんが誤って階段から転落した、ちょうどその場所にピカチュウワッペンが落ちてて、意識が薄れゆく中でたまたま摑《つか》んだだけかもしれない」

「そういうこともありえると思います」

「じゃ、⑥の事件も、坪井さんの犯行ではないということでいいでしょうね」

寺島が、おれの書いた⑥のメモを手に取った。

しかし、おれは反論した。

「ちょっと待て、決めつけるのは早いだろう」

寺島が、驚いた様子でおれを見つめた。でもおれは、寺島から目をそらさずに言った。

「さっきの白子海岸の事件はともかく、これに関しては、まだ坪井誠造がやった可能性がゼロになったわけではないぞ」

「でも、具体的な証拠は、遺体の手に握られてたワッペンだけです。それが去年流行してて、どこにでも落ちてた可能性があると分かったんです。ということは、坪井さんのジャージからちぎり取ったなんてとても言い切れない。明らかに証拠不十分でしょう」

寺島は毅然《きぜん》と言い返してきた。

「いや、だとしてもなあ……」

おれがさらに反論しようとした時、大きな声が響いた。

「もういいんです！」

おれと寺島は驚いて、声のした方向を同時に見た。

香村さんが、うつむきながら小さく震えていた。

「わたしはもう、坪井さんを疑ってません。……鮎川さんの話を聞いて、氷川台中のワッペンはもう何の証拠にもならないと思い直しました」

「ほらね」

寺島が勝ち誇ったようにおれを見る。おれは睨《にら》み返した。

と、香村さんはさらに話を続けた。

「それより、夫を殺した真犯人は、別にいるんです。……本当に夫を殺したのは、わたしだったんです」

「えっ？」

部屋の中が、凍り付いた。

本当に夫を殺したのは、わたしだった？

まさか、ここにきて殺人の告白？

さっきまで言い争っていたおれと寺島も、驚愕《きょうがく》の表情で顔を見合わせた。

そんな中、香村さんが涙ながらに語り始めた。

「夫が死んだ一番の原因を作ったのは、わたしだったんです……」

〈香村広子〉

夫が死んだ一番の原因を作ったのは、わたしだったんです。

わたしが、カーディガンを脱がせたのが原因だったんです。

さっきもみなさんにお話ししましたけど、坪井さんはわたしに、夫の徘徊《はいかい》対策として、服に連絡先を書いた布を縫いつけるっていう方法を教えてくれました。そのおかげで、夫があまり遠くに行ってしまうことはなくなりました。

ただ、それでも介護生活が長引くうちに、わたしの体がきつくなってきて、徘徊した夫を近所まで迎えに行くだけでも辛《つら》くなっちゃいました。しかも、夫は徘徊した先でいろんな人に迷惑をかけて、迎えに行ったわたしが厳しい言葉を浴びせられることもあって、精神的にも追い込まれていきました。……夫を殺して自分も死のうか、なんてことまで、本気で考えてました。

そんな中、去年の十月十二日、夫がいつものように、玄関から外に出ようとしました。

わたしはそれに気付いて、止めに入ったんですけど、その日の夫は特に機嫌が悪くて、靴脱ぎ場に降りたわたしを何度も拳《こぶし》で殴った後、両手で思いっ切り突き飛ばしたんです。

わたしは、玄関の傘立てで背中を強打しました。激痛が走って、息が止まって、涙がぼろぼろ溢《あふ》れてきました。

もう、限界でした。

夫はそんなわたしには目もくれず、徘徊対策で三重にかけた玄関の鍵《かぎ》を開け、外に出ました。わたしは痛みに耐えてなんとか立ち上がって、外に出た夫に追いすがりました。そして後ろから手を回して、左胸に連絡先の書かれたカーディガンのファスナーを降ろしました。その日は暖かかったんで、ただ暑いから上着を脱がせてくれている程度に思ったんでしょう。夫は抵抗もせずカーディガンを脱ぐと、連絡先が書かれていないシャツのまま、道路に出て行きました。

そしてわたしは、夫を追うことなく、カーディガンを持って家の中に引き返しました。わたしはその時、すっかりやけになってました。現実からただ逃げたかったんです。そんな服装で出て行けば、夫は以前のように、タクシーに乗って遠くに行ってしまう可能性だってあったのに、もうどうにでもなれ、夫がどこまでも遠くに行ってしまえばいいって思ったんです。

そして、その日の夜。夫は目黒区の神社の階段から落ちて、死にました。

わたしの望みは叶《かな》ったんです。夫は本当に、どこまでも遠くに、一番遠い世界に行っちゃったんです。わたしがあのカーディガンを脱がせたばっかりに、夫は誰にも気付かれずに徘徊し続けて、目黒区まで、行って、しまって……全部わたしが悪いんです。わたしが、わたしが、ああ、あああ……。

〈坪井晴美〉

香村さんはそのまま、わあわあと泣き出した。私も、友美も、鮎川さんも、女性陣はみんなもらい泣きしている。

寺島さんも、今にも泣き出しそうで目が真っ赤になっている。心の優しい人なのだろう。

と、そんな中、じっとうつむいていた根岸さんが、突然声を上げた。

「香村さん、どうか自分を責めないでください！」

根岸さんは、潤んだ目を見開き、何か決意に満ちたような表情をして顔を上げた。そのただならぬ雰囲気に、みんなが注目する。

「香村さんよりも、俺の方が、はるかに罪深い人間なんです……」

そこで根岸さんは、香村さん以上に衝撃的な告白をしたのだった。

〈根岸義法〉

俺は、最低の人間です。

俺は、あまりにも重大な秘密を、墓場まで持っていくつもりでした。しかも、そのせいで坪井先生にあらぬ疑いがかけられようとしているのに、隠し通すつもりだったんです。

次々に出てくる疑惑を聞いて、俺もついさっきまで坪井先生を疑っていました。息子の智史も坪井先生に殺されかけたのだと思っていましたし、その上に臨海学校の事件です。俺は完全に冷静さを失っていました。

でも、臨海学校の事件も、香村さんの事件も、坪井先生への疑いは晴れました。ということは、智史の件も考え直すべきでしょう。智史が転倒した現場で見つかった、現在日本では入手困難だというジョアニーの登山用ロープの切れ端も、本当にバイクを転倒させるのに使われたのかは分かりません。たまたま近所の登山愛好家が、古いロープをゴミとして処分して、その切れ端が風に乗って飛んできただけかもしれません。……さっきみなさんには話しそびれたんですが、実は現場近くにはゴミ集積所もあったんです。それに、この事件に関してはそもそも、香村さんの事件との類似性が、坪井先生を疑う根拠になっていたわけですからね。

そして、それ以外にもう一つ、坪井先生が絶対に関与していない事件があるのです。

それは、メモの①の、溝口竜也の自殺です。

斎木……今まで隠していてすまなかった。溝口は、本当に自殺だったんだよ。

そして俺は、溝口の死体の第一発見者であり、彼の自殺に関してとんでもない隠蔽《いんぺい》工作をした、犯罪者なんだよ。

　俺はあの頃、調布市立柴崎中学校に、毎朝誰よりも早く登校していた。斎木も知っていたかもしれないが、校庭で毎朝トレーニングをしてたんだ。だから、夜中に校舎の屋上から校庭に飛び降りた溝口の死体を、翌朝最初に見つけたのも、当然俺だった。

　当時は携帯電話がなかったから、俺は大慌てで校舎の鍵を開けて、昇降口の奥の公衆電話から一一〇番通報して、すぐに校庭に戻った。もしかしたらまだ息があるかもしれない、応急処置で助けられるかもしれないと思ったんだが、死体は明らかに首が折れてるし、大量の血が黒く固まってるし、死後硬直してるし、絶対に無理だと分かった。ちなみに俺は、その時死体の顔を間近で見て初めて、彼が前の年度で卒業した溝口だと気付いたんだけどな。

　で、その時俺は、溝口の死体のポケットから紙がはみ出しているのを見つけた。冷静に考えれば警察が来る前にそんなもの読むべきじゃなかったんだが、俺は読んでしまった。それは、溝口の直筆の遺書だった。……ああ、遺書は見つからなかったと、のちに警察から発表されたが、実はちゃんとあったんだよ。

　そして、そこには自殺の理由がはっきり書かれていた。

　溝口の自殺の理由は、内田先生にもてあそばれたことだったんだ。

　斎木、内田先生って覚えてるか？……ああそうだ。当時の柴崎中学校のマドンナ先生だ。遺書にはまず、溝口が中学二年生の終わり頃から内田先生と付き合い始めたことや、楽しかったデートの思い出、そして、溝口が卒業してからも、放課後にこっそり柴崎中に行って、内田先生と会っていたことも書かれていた。さらには、「僕は内田先生に男にしてもらった」なんてことも書かれていたよ。……うん。まあ、そういう意味だろうな。

ところが溝口は、内田先生が自分以外の男とも付き合っていることを知ってしまった。それも二股《ふたまた》どころではなく、三股四股とかけられていたことをな。……驚いただろう。俺も遺書のその部分を読みながら、全身が震えるほど驚いたよ。

内田先生に心を奪われていた溝口は、それがあまりにショックで自殺したそうだ。あんな男でも、恋愛のこととなると狂っちまうんだな。たしか、こんな文章で遺書は結ばれていたよ。

「あなたは最低の女です。僕と付き合いながら他の男とも関係を持つなんて、もう耐えられません。あなたは何の罪悪感もなく男を傷つけられる悪魔です。僕の死によって、少しでも罪悪感を感じ、まともな人間に近付いてくれることを祈っています」

──そして俺は、読み終わるやいなや、大急ぎで職員室に走り、灰皿の上で遺書を焼いたんだ。その直後にパトカーが到着したから、危ないところだったよ。

俺が遺書を焼いた理由は、まず、あんな事実が明らかになればマスコミが大挙して押し寄せ、学校中が大騒ぎになって、教師も生徒も大変な目に遭うことになると思ったのが一つ。ただ、それ以上に大きな理由は……ああ、やっぱり斎木にもばれてたか。そうだ。俺が内田先生に惚《ほ》れていたことだ。

しかし、斎木も知っての通り、その数日後に溝口の葬儀があったんだが、内田先生は涙一つ流さなかったんだ。それどころか、「私はほとんど授業も受け持ってなかったから、溝口君のことあんまりよく知らなかったんだけど、やっぱり若くして死んじゃだめだよね」なんて、他の先生と笑みさえ浮かべながら雑談しているのも聞いてしまった。葬儀の後もまったく普段通りに学校に出勤し続けて、ショックを受けている様子などまるでなかった。

俺はさすがにこらえきれなくなって、ある時内田先生を呼び出して、すべて話したんだ。実は溝口が、内田先生に何股もかけられてもてあそばれた恨みを遺書に残していたこと。でも、俺は内田先生に惚れていたから、その遺書を焼いたこと。あなたが今も仕事ができているのは俺が遺書を焼いたおかげだ、見返りに付き合ってくれなんて言わないけど、せめてもう少し反省してほしい。——そう言ったんだ。

ところが、そこで内田は、逆ギレってやつだよ。

「そんなことしてくれってあなたに頼んだ覚えはありません。溝口君が自殺したのも、薄々私のせいかもしれないとは思ってたけど、あの子が勝手にやったことです。あなたに感謝もしてないし、あなたが私に惚れてるのにも気付いてたけど、正直私は前から大っ嫌いでした！」

……なんて、そんなことをぬけぬけと言いやがったんだ。それがあの女の本性だったんだよ。俺の百年の恋も、一気に冷めたってもんだよ。

そして何日かして、内田は突然校長に辞表を出して、みんなが引き留めるのも聞かずに雲隠れしたんだ。住んでたアパートも引き払ってな。社会人としてあるまじき逃げ方だったけど、さすがに内田も、自分の奔放な恋愛が招いた悲劇の大きさに恐れをなしたのかもしれないな。

……ああ、どうもすみません。途中から斎木一人に語るような形になってしまいましたが、とにかく、これが①の事件の真相なんです。

自殺した溝口も、自殺に追い込んだ女教師の内田も、そして自殺の真相を勝手に隠蔽した俺も、みんなあまりに未熟でした。そのせいで、結果的には何の関係もない坪井先生に疑いがかかるようなことになってしまい、本当にただただ申し訳ないと思っています……。

〈寺島悠〉

香村さんの告白には胸が詰まったが、それさえ霞《かす》んでしまうような、根岸さんの衝撃的な告白だった。まさか、先生が生徒の遺書を焼き捨てていたなんて。

根岸さんが話し終えた後、しばらくみんな呆然《ぼうぜん》としていた。香村さんの告白を聞いて流した涙も、どこかに行ってしまったようだった。特に斎木さんは効いたみたいで、魂が抜けたみたいにぽかんとしていた。オレたちは正直、学校のマドンナの内田先生とかいう人のことは知らないけど、知ってる人からしたらなおさら衝撃の事実だったのだろう。

オレは卓袱台《ちゃぶだい》のメモに手を伸ばし、沈黙を破った。

「じゃあこれで、①の飛び降り自殺の偽装は無かったということで……それに、③の根岸智史君も、⑥の香村正男さんも、事故だったということでよろしいでしょうか」

根岸さんと香村さんが、同時にうなずいた。オレはすぐに、①、③、⑥のメモを裏返した。今度は斎木さんは何も言ってこなかった。

「これで、残ってるのは②と④だけですね」

七枚中五枚が白紙になったメモを見下ろし、オレは言った。

「②の、晴美さんの教え子の菅野君が公園で襲われた事件と、④の、鮎川さんのストーカー被害だけだな。この二つも解決すれば、坪井先生は完全に無実だったと証明できる」

根岸さんが言った。もう坪井さんを疑う気持ちは一切なくなったらしい。それに、さっき重大なカミングアウトを済ませたからか、どこかスッキリしたような表情だ。

「七つもあった坪井さんの疑惑が二つまで減ったんだから、この際、勢いであとの二つも無実ってことでいいんじゃないですか？」

オレは軽いボケのつもりで言ってみたが、すかさず斎木さんに怒鳴られた。

「駄目に決まってるだろ！」

「……冗談ですよ」

思ってたよりマジで怒られた上に、誰も笑っていない。ああ、言わなきゃよかった。

「たしかに今までの事件は、坪井誠造の犯行ではなかったのかもしれない。坪井誠造は、他人が『死んでほしい』と言っていた人物をわざわざ殺しに行くような真似はしてなかったということだろう。でもこの二つはどうだ。②では自分の娘を苦しめた子供を殺そうとし、④では若い元カノをあきらめきれずにストーカー行為をはたらいたんだ。自分や娘を傷つけた相手を逆恨みした、直情的な分かりやすい動機だ。おれは、この二つは本当に坪井誠造がやったんじゃないかと思うけどね」

斎木さんが言った。やはり彼はまだ、坪井さんを悪人だと信じているらしい。

ただ……それにしても、何か引っかかるんだよなあ。

そうだ。ちょっと前に感じていたあの感覚が、まだ残ってるんだ。メモに書いてある事件の中に、オレの記憶とつながる、何かがある気がする。でもそれが具体的に何なのかは分からない。デジャブともちょっと違う。気のせいかとも思ってたけど、やっぱりまだ、この何ともいえないもやもやは抜けてくれない。

ただ、最初にその感覚を覚えた時に比べて、今は事件が二つまで減っているのだ。ということは、オレのもやもやの原因は、この中のどっちかなのか。オレは改めて、メモをじっくり見つめた。みんなも、残り二つになったメモを見ながら考え込んでいるようだ。

そういえば②の、公園で晴美さんの教え子が頭を殴られたという事件は、オレは丁寧な説明を聞いたわけではない。オレがトイレに行ってる間に発覚した事件だから、白子海岸の件と同じように、斎木さんの説明を又聞きしただけだ。晴美さん本人から聞いたわけじゃないから、メモを読んでも具体的なイメージまではつかみにくい。

②　5年前（2008年）の8月、晴美さんを退職に追い込んだ、問題児の菅野少年（小5）が、夜の公園で頭を殴られ一時意識不明。
〔坪〕・晴美さんの父親なので動機は十分。
・現場の公園も自宅の近所。

読んでるうちに、一つ気になることがあった。オレは晴美さんに聞いてみた。

「すいません。この②の最後の『現場の公園も自宅の近所』っていうのは、菅野君が殴られた現場が、坪井さんの自宅の近所の公園だったってことですよね」

「ええ、そうです」

晴美さんはうなずいた。

「ってことは、この被害者の菅野君って子は、坪井家の近くまで連れて来られて、殴られたってことですか」

オレがさらに尋ねると、今度は晴美さんは首を横に振った。

「いえ……この菅野君の家は、うちと近所なんです。私はこの当時、自分の母校の小学校に勤めていたので、うちも勤務先の学区内でしたし、近所に教え子の家も多かったんです。だから現場の公園は、うちの近所でもあり、菅野君の家の近所でもあるんです」

「ああ、なるほど。じゃあこの公園は、オレの部屋の近所でもあるってことですね」

「もちろんそうです」

納得がいった。というか、そんな情報はさっきの斎木さんの説明には入ってなかったぞ。しっかりしてくれよな。オレはちらっと斎木さんを睨《にら》んだが、彼は視線を落としてじっとメモを見ていた。

それにしても、うちの近所の公園が事件現場だったとはな。五年前、オレが知らないうちにそんな恐ろしい事件が起きていたのか。近所の公園で、子供が頭を殴られて、一時意識不明。本当に恐ろしいよな。

ん？　近所の公園、子供が頭……、意識不明……。

もしかして、これって……。

オレの記憶の中で、あるワンシーンが、徐々によみがえってきた。お通夜の最中、お焼香をなんとか終えて席に座った後で、このことをちらっとだけ思い出したけど、記憶の中の映像をはっきりと再生するのは久しぶりだ。

　セピア色、というよりは、ほとんど黒の思い出。そう、この映像は背景が真っ暗だ。だって夜だったから。そしてこれは、たしかオレが東京に出てきた年の、暑い夏の夜のことだった。あまりいい思い出ではないし、すっかり記憶の底に沈んでいたのだ。

　もう一度メモを読む。五年前の八月……。

　ぴったりだ！

　オレは、はやる気持ちをなんとか抑えながら、②のメモを指差し、晴美さんに確認した。

「晴美さん。この公園って、晴美さんの家から道一本挟んだ、あの大きい公園ですか？　よく大家さんが掃除してた……」

　晴美さんは、メモとオレの顔を見てからうなずいた。

「ああ、はい、そうです。ふたば公園です」

「もしかして……この菅野って子は、色白で、小太りで、小学五年生にしては割と大柄で、あと子供のくせにちょっと髪染めてませんでしたか？　いかにもヤンキーの家の子って感じで」

　オレが興奮気味に尋ねると、晴美さんは驚いた顔で言った。

「……どうして知ってるんですか？」

「やっぱり！」

オレは手を叩《たた》いた。あの公園の正式名称が「ふたば公園」だったことなんて知らなかったけど、やっぱりオレの予想はばっちり当たっていた。

オレは、みんなを見渡して宣言した。

「みなさん、②の事件も、坪井さんは無関係です！」

「本当か？」

根岸さんが興奮したように言った。みんなも姿勢を正してオレに注目する。

「何を隠そうオレは、この事件の目撃者なんです。というか……あのガキ、嘘つきやがったんです」

それからオレは、ことの真相を披露した。

*

あれは、オレが上京して最初の夏のことです。

当時オレは、お笑い芸人始めてまだ数ヶ月で、カラオケ店の夜勤のバイトをやってました。ただ、お笑いライブって長引くことも多くて、ライブに出た日は遅刻しちゃうこともあって、店長からもよく怒られてたんです。でも、その前にちょっと働いてたコンビニよりも仕事が楽な上に時給がよかったんで、「次遅刻したらクビだぞ」なんて言われながら、辞めさせられないように、なんとかいつもギリギリ間に合って出勤してました。

　で、あの夜も、ライブが終わって、家にコントの衣装とか小道具を置いて、すぐバイト先に向かいました。急げばなんとか間に合いそうな時間でした。で、バイト先に行くのにあの公園の中を通るのが近道だったんで、いつものように、公園の中の通路を自転車で飛ばしてました。まあ、本当は危ないからダメなんですけどね。あそこを自転車で飛ばすの。

　すると前の方に、街灯に照らされて、高鉄棒で一人で遊んでる男の子が見えました。その子は、高鉄棒でグライダーをやってました。ああ、グライダーって言われても女性陣は、特に香村さんは分かんないですよね。えっと、口で説明するのは難しいんですけど、まずこう、鉄棒によじ登って、両手で鉄棒を握ったまま、しゃがむような体勢で上に乗って、後ろに倒れながら回転して、その勢いで前に飛ぶっていう、ちょっと立ち上がってやってみますと、こうやって……こんな感じです。

　あ、余計分かんないですか？　そうですよね。鉄棒の技を鉄棒使わずにジェスチャーで表現するって無理がありましたね。すいません忘れてください。まあとにかく、その子はグライダーっていう技をやってました。ただ、オレも子供の頃にやったことがあるんですけど、あの技はスリルがあって楽しいんだけど、結構危険なんです。ましてその子は、遠目に見ても明らかに分かるほど下手くそでした。周りに大人もいないし、まずいな、あれ失敗したら頭から落ちて大怪我するかもしれないな、って思ってました。

で、オレの自転車が鉄棒の十メートルほど手前にさしかかった時でした。その子は前に飛んだ後、勢いがつきすぎて空中でバランスを崩して、本当に頭から落ちちゃったんです。

あのガキ、案の定やりやがったって思いながら、オレはブレーキをかけて止まりました。そのまましばらくその子を見てたんだけど、倒れたままぴくりとも動きません。これはやばいぞと思ったけど、救急車なんか呼んでたら絶対にバイトに遅れます。一応、次遅れたらクビだなんて言われてましたし。

でもだからって、そのままほったらかしにしてその子が死んだりしたら最悪です。もしそうなったら、場合によっちゃオレも罪に問われるかも、なんて思って、おそるおそる近付いて「おい、大丈夫か、しっかりしろ」って介抱してやったんですけど、その子は失神してて、大出血ってほどじゃないけど耳の穴からちょろっと血が出てました。耳から血が出るって相当やばいって聞いてたんで、いよいよオレはパニックになりました。

そしたらそこに、高校生ぐらいの女の子二人組が通りかかったんです。

オレはその女の子たちに、「この子が頭を打って意識がなくなってる。でもオレは急いでるから、悪いけど救急車を呼んでくれ」って言いました。その女の子たちは「わ、大変！」なんて言いながら、すぐに一人がケータイを取り出して通報してくれました。

オレはそれを確認してから、もう一人の子に礼を言って、バイト先に向かいました……。

〈鮎川茉希〉


「じゃあ、その子が菅野君だったってこと？」

寺島さんの説明を聞いて、アタシは尋ねた。

「間違いないと思います。時期も場所も、子供の特徴も、晴美さんの証言と一致してますから」

「でも、どうしてその後、菅野君は殴られたってことになったんだろう」

「きっと奴は、嘘をついたんですよ」

「嘘？」

「グライダーに失敗して頭から落ちて病院に運ばれたなんて、小学五年生の男子としてあまりにも恥ずかしい失態です。クラスメイトに知られたら卒業までずっと馬鹿にされるでしょう。まして菅野君は、クラスのガキ大将的なポジションだったんですよね？　だとしたらなおさら隠蔽《いんぺい》したかったはずです。……オレも、十年ちょっと前に小学五年生の男子だった経験があるんで、気持ちは分かります」

と、そこで、晴美さんが発言した。

「私が聞いた話では、菅野君は、通報してくれた通行人に、『知らない男に突然殴られた』と言い残して、それから意識を失って、病院に運ばれたとのことでした」

それを聞いて、寺島さんは「なるほど」と満足げにうなずいた。

「女の子二人がいる間に、菅野君はいったん意識が戻ったんですね。小学五年生ともなればある程度異性を意識しますし、ましてあの菅野君はませてる感じだったから、お姉さんたちにも鉄棒から落ちたなんて告白するのは恥ずかしかった。それもあって、とっさに男に殴られたなんていう嘘をついたんですよ」

と、今度は香村さんが「あっ、そういえば」と声を上げた。

「あの公園、何年か前からちょくちょく不審者情報があったのよ。時々回覧板に書かれてたわ。だからその女の子たちも、不審者の仕業だって信じちゃったのかもしれないわ」

すると寺島さんは、またうなずいて言った。

「なるほど。それに、その不審者情報があったからこそ菅野君は、知らない男に殴られたなんていう嘘を思いついたのかもしれませんよ。菅野君も小学校のホームルームとかで、その公園の不審者情報は聞いてたでしょうからね」

そこでまた晴美さんが、「あっ、そういえば」と口を開く。

「事件直後、小柄な男が自転車で走り去るのを見たという目撃証言があったと聞いたんですけど、じゃあもしかして、あれって……」

寺島さんはそれを聞いて、しばらく考えた後、ぷっと吹き出しながら言った。

「たぶん、オレのことでしょうね」

「やっぱり……」

晴美さんも少し笑った。

それを見て、寺島さんはほっとしたような顔になって続けた。

「なるほど、通報した女の子たちに、オレが犯人だと思われちゃったのかもしれないですね。たしかに見方によっては、不審者のオレが、菅野君の頭を殴った後、女の子たちが現れたことに焦って、とっさに『オレは急いでるから君たちが救急車を呼んでくれ』なんて嘘をついて逃げたようにも見えたでしょう。……それで、警察も本格的に動き出しちゃって、ますます菅野君も引くに引けなくなっちゃったのかな。軽い気持ちでついた嘘が、前からあった不審者情報に目撃証言も重なって、どんどん大きくなっちゃったから」

「でも、鉄棒から落ちたのに殴られたなんて嘘ついて、警察にばれないものかな」

斎木さんが疑問を挟んだ。

すると寺島さんは、少し視線を宙に漂わせてから答えた。

「オレの記憶では、あの時菅野君はグライダーで勢いがつきすぎて、鉄棒からある程度離れたところまで飛んでから、後頭部を打っていました。でも、大きな流血まではしてませんでした。……もし鉄棒の真下に落ちて、そこの地面にべったり血が付いたりしてたら、ばれたかもしれないけど、あの落ち方なら、鉄棒の近くのあの場所で頭を殴られたことにしても、なんとかごまかせたんじゃないですか」

「それに、鉄棒から落ちたなんて言えば親にも怒られただろうが、不審者に殴られたと言えば、親に心配してもらえるもんな」

根岸さんが言った。

と、それに反応して、またまた晴美さんが「あっ、そういえば」とひらめいた。

「菅野君の母親は、子供をほったらかして夜中までパチンコに行くような人だったんです。でも、あの事件の後、そのようなことはなくなったと聞きました」

すると、寺島さんがにやりと笑った。

「なるほど、菅野君の一世一代の嘘は成功したわけですね。怒られるのを避けるどころか、ダメな母親を更生させることまでできたんだ。……それにしてもオレは、あの女の子たちにちゃんと、『この子が鉄棒から落ちて頭を打った』ってことまで言うべきでしたね。『この子が頭を打った』としか言わないでバイトに行っちゃったから、犯人だと誤解されちゃったんだ」

「でも、警察に捕まらなくてよかったわねえ」

香村さんがしみじみと言った。

「本当ですよね。下手したらオレはあの後、警察に濡《ぬ》れ衣《ぎぬ》を着せられてたかもしれないわけですからね。……まあでも、そんなオレのせいで、結果的に坪井さんが、お通夜の場で濡れ衣を着せられることになっちゃったわけですけど」

寺島さんの言葉で一瞬、部屋全体がしゅんとなった。でも、すぐにそれをかき消すように、寺島さんは明るい声を出した。

「まあとにかく、②の事件は、坪井さんの犯行ではありません。というか、事件ですらありません。目撃者として自信を持って言えます」

寺島さんは胸を張って言った。そして、②のメモを勢いよく裏返した。

アタシは、その姿を見て思った。

最初に見た時は、通夜ぶるまいで料理をがっついていたから頭に来たけど、この男《ひと》、実はかっこいいかも……。

「やっぱり坪井さんは、悪い人なんかじゃなかったのよね」

香村さんが言った。その言葉に、根岸さんが二回大きくうなずいた。

それにつられてアタシも、思わずうなずいてしまった。

そこでアタシは気付いた。あれっ、アタシもう、先生の無実を望んでる……。

でも、そこで斎木さんが声を上げた。

「ちょっと、みなさん待ってください。落ち着いて考えてください！」


〈斎木直光〉

「冗談じゃない！　これでもまだ、④のストーカー疑惑が残ってるんですよ！」

おれは必死に主張した。みんなの変心ぶりがまるで信じられなかった。ストーカーの疑いが残っているのに、坪井誠造が悪い人じゃないなんて、よくもまあ言えたものだ。

「ストーカーですよ。悪人中の悪人じゃないですか」

おれはみんなを見回しながら言った。でも、みんなおれと目が合いそうになると慌ててそらすばかり。おれは心が折れそうになりながらも、唯一の味方に声をかけた。

「ねえ、鮎川さん。あなたのストーカー被害に関してはまだ未解決なんだ。なのに坪井誠造は潔白だったなんて、納得できないよね？」

しかし、鮎川は答えた。

「アタシ……やっぱり先生じゃないような気がしてきました」

「ちょっと待ってよ！」

おれは絶叫した。


〈鮎川茉希〉


もう正直、分かんなくなってる。

七つもあった疑惑が六つも覆ったわけだから、やっぱり先生は悪い人じゃなかったんだって、アタシだって本当は心の底から思いたい。でもやっぱり、それとこれとは違う気もする。

だって、今までの事件は結局、実は事故だったり自殺だったりで、先生が疑われてた犯罪そのものが存在しなかったわけでしょ。でもアタシの場合は違う。アタシは実際に、脅迫状をポストに入れられて、ドアにスプレーで落書きされて、ネット上で中傷されて、盗聴器を仕掛けられた。これは、事故とか勘違いなんてことはありえない。どこかに必ず犯人がいるのだ。

そして、犯人として考えられるのは、シンゴか坪井先生の二人だけ。で、どっちが怪しいかといえば、やっぱり直前のタイミングでパソコンを習ったり、盗聴器を売ってた店に出入りしてた先生の方だ。

「鮎川さんねえ、冷静に考えてみよう。殺人者だっていう疑惑は晴れたとしても、ストーカー疑惑が本物だったら充分最低だろう。だから、坪井誠造はやっぱり悪い人じゃないなんて、先入観にとらわれちゃだめだよ」

斎木さんがアタシを説得してくる。先生は無実だっていう考えにみんなが傾いちゃってるから、斎木さんにとって味方はアタシだけなのだろう。でも正直、斎木さんとタッグを組んで頑固に先生を疑い続けたいわけでもない。かといって、先生を疑うことを無条件でやめる気にもなれない。う〜ん、アタシはどうすれば納得できるんだろう、自分でも分からない。

「正直、アタシも先生のこと信じたいです。でも一方で、ストーカー被害の当事者でもあります。先生がやってないっていうはっきりとした証拠が出てくれれば、アタシも納得できるんですけど……まだ何とも言えません」

アタシは正直に言った。斎木さんは腕組みをしながら、う～んとうなった。

「ただ、『悪魔の証明』なんて言いましたっけ？　やってないことを証明するって、やったことを証明するよりずっと難しいんですよね……」

寺島さんが遠慮がちに言った。たしかにその通りだ。今までの事件について、先生がやってないって思えるだけの根拠が見つかったことの方が、奇跡みたいなものだと思う。

「父以外の人間が鮎川さんの部屋に嫌がらせをした瞬間を、誰かが目撃してくれていればいいんですけどね。寺島さんが菅野君の事故の瞬間を目撃してたみたいに……」

晴美さんが言った。

でも、犯人だって目撃されないように慎重にやってただろうから、そんなに都合よくいかないだろうな……とアタシは思ったけど、そこでふとひらめいて叫んだ。

「そうだ、香村さん！」

いきなりアタシに呼ばれて驚いたようで、香村さんはぴくっと震えてこっちを見た。

「アタシの部屋の玄関と香村さんちの勝手口って向かい合ってますよね。もし犯人の姿を見てるとしたら、香村さんしかいないと思うんです。三年前の夏頃、アタシの部屋の前に不審な人間がいるのを見てないですか？」

アタシは香村さんに尋ねた。でも香村さんは、首をひねりながら答えた。

「う〜ん、三年も前のことじゃ、なかなか思い出せないわ。だいたい、勝手口から出た時にちょうど鮎川さんと鉢合わせすることはあるけど、他の人がいたことなんてそんなにないしねえ」

「でも、だったらなおさら、不審者がいたら印象に残ってると思うんです。よ〜く思い出してみてください。不審者がアタシの部屋のポストに脅迫状を入れるところとか、アタシの部屋から不審者が出てくるところとか、何か見てないですか？」

アタシは粘ってみた。香村さんは「う〜ん」とうなって考え込んだ。

でも、しばらくして、あきらめたように言った。

「ポストに何か入れてるところを見たのは、ガスや水道の検針の人とか、チラシ配りの人ぐらいしか思いつかないわね。……それに、部屋の玄関から鮎川さん以外の人が出てきたのも、地デジっていったっけ、テレビがあれになった時に、電気屋さんが出てきたのを見たぐらいだわ。だからやっぱり、不審者を見た覚えはないわねえ」

「そうですか……」

まあ、そんなに都合よく犯人を目撃してくれてるってことはないか。アタシは肩を落とした。そうだよね、そう簡単にはいかないよね。

……と、いったん流しそうになっちゃったけど、五秒後ぐらいに思い直した。

ん？　地デジ化の時の電気屋さん？

もしかして――アタシは、おそるおそる香村さんに尋ねた。

「あの、アタシの部屋から出てきた電気屋さんっていうのは、あれですよね。……つるつるにハゲたおじさんでしたよね？」

しかし、香村さんは答えた。

「え、違うわよ。若い人だったし、髪の毛は長かったわよ」

それを聞いて、アタシの全身に鳥肌が立った。すぐにアタシは叫んだ。

「それ、電気屋さんじゃありません、偽者です！」

「偽者？」

一気に部屋の中がざわつく。

「アタシはっきり覚えてるんです。引っ越し以来アタシの部屋に入った業者さんは、引っ越し屋さんと、地デジ化の時の電気屋さんと、盗聴器バスターの、三人連続でツルッパゲのおじさんだったんです！　だからすごい印象に残ってたんです。三人連続ってすごいなって……」

「なるほど……そういうことなら、香村さんが見たそいつはたしかに怪しいですね！」

寺島さんが勢い込んで言い、さらに香村さんに尋ねた。

「香村さんは、どうしてそいつのことを、電気屋だと思ったんですか？」

「えっとね……たしか、わたしが『地デジの工事の電気屋さん？』って聞いたら、その人が『はいそうです』って答えたの」

香村さんはさらに、目を閉じて懸命に思い出しながら当時のことを振り返った。

「ああ、そうだわ。……あの時わたし、鮎川さんの部屋から作業服を着た男の人が出てきたところに、ばったり会ったの。で、ちょうどうちの地デジの工事をしたすぐ後だったから、わたし何も疑いもせずに、『地デジの工事の電気屋さん？』って聞いちゃったのよ」

「その男は、坪井誠造が変装していたという可能性はありませんか？」

斎木さんが、座布団から身を乗り出して尋ねた。でも香村さんは、すぐに首を横に振った。

「坪井さんなんかじゃなかったわ。作業服を着た若い男だったわよ。あ、でも……」

香村さんは、一瞬言葉に詰まった後、再び言った。「そう、やっぱり男だったわ」

「あの、今なんで一瞬迷ったんですか？」

すかさず寺島さんが尋ねた。たしかに、ちょっと変な詰まり方だった。

すると香村さんが答えた。

「たしかその人、玄関から出てきた時は顔を伏せてて、茶髪で男の割には髪が長くて、体つきもなよっとしてたから、最初女の人だと思ったのよ。でも、よく見たらあごひげが生えてたから、やっぱり男だったの」

「シンゴの特徴と同じです！　茶色の長髪で、あごひげを生やしてました。それに、女の子みたいに華奢《きゃしゃ》でした！」

アタシは叫んだ。それを聞いて、寺島さんが興奮気味に尋ねる。

「香村さん、そいつは他にどんな特徴がありましたか？」

「えっとね……ああそうだ。わたしが『地デジの工事の電気屋さん？』って聞いたら、その人『はいそうです』って答えたんだけど、その声がずいぶん甲高かったわ」

「シンゴは、嘘をつくと声が裏返るんです！」

アタシはまたしても叫ぶ。さらに寺島さんが尋ねる。

「それはいつのことですか？　三年前の夏じゃありませんか？」

「いやあ……そこまでは思い出せないわ。たまたま一度会っただけの人のことを、いつ会ったかなんてことまではねえ」

香村さんは困った顔で額に手をやった。

しかしそこで、根岸さんが助け船を出した。

「でも、香村さんの家の地デジ化工事の直後に、その男を見たんですよね。じゃあ、香村さんの家の地デジ化がいつだったかを思い出せばいいんですよ」

「あ、そうか」

香村さんはあごに手を当て、目を閉じ、眉間《みけん》にしわを寄せながら答えた。

「えっと、あの時はたしか、夫が電気屋さんに怒鳴っちゃって大変だったんだけど……あ、そうだ。地デジにしなきゃいけない期限の、一年ちょっと前だったわ。電気屋さんが言ってたのよ。『もうすぐ地デジの期限まで一年を切るから、いよいよ忙しくなってきた』って」

「地デジ化の期限っていつだ？」

根岸さんが周りを見回して言う。

「調べます！」

アタシはケータイをバッグから出し、『地デジ化　期限』で検索した。答えはすぐに出た。

「二〇一一年七月二十四日です」

「その一年前だから、つまりその男が現れたのは、二〇一〇年七月……」

寺島さんがそう言いながら目を見開いて、④のメモを指差した。

④　3年前（2010年）の7月頃から、鮎川さんがストーカー被害に遭う。

「ぴったりだ！」

「完璧《かんぺき》ですね。犯人の特徴も、時期もばっちりだ」

根岸さんと寺島さんがうなずき合った。

「もちろん、その時シンゴとやらが、部屋の中に盗聴器を仕掛けたという明確な証拠はありません。ただ、その時期に鮎川さんに無断で部屋に入る理由なんて、他に考えられません」

寺島さんがみんなに向けて言った。

アタシもそれに続けて、腹立ち紛れに言った。

「そもそも、アタシに無断で部屋に入った時点で、もう立派なストーカーだし。……ていうか、結局シンゴだったのかよ、あのクソ野郎！」

と、そこでアタシは、みんなの視線に気付いた。

「……あ、いや、何でもありません」

みんなが顔を伏せながら笑った。

——それにしても、真相は案外あっけなく分かるものだった。

意外ではあるけど、シンゴがアタシの部屋に盗聴器を仕掛けたとしか考えられない。シンゴは作業服を着る仕事なんてしてなかった。きっと部屋から出たところを誰かに見られた時に、何かの業者だとか言い訳するために着たのだろう。実際香村さんに見つかったけど、そうやって切り抜けたわけだ。

「これで、全部疑いは晴れましたね」

寺島さんが、最後の④のメモを裏返した。先生にかかった疑いは、文字通り真っ白になった。

その様子に、アタシは感激した。そして、寺島さんに何か言葉をかけようとした時。

「ありがとうございました。おかげさまで、父の潔白が証明されました」

晴美さんが目に涙を浮かべながら、寺島さんの前まで寄って行って、頭を下げた。

「あ、いえ」

照れた様子の寺島さん。

「本当に、父の名誉のために、一人で立ち上がってくれて、感動しました」

晴美さんは感激のあまり、両手で寺島さんの手を取った。寺島さんの耳が一気に赤くなる。

——と、その時。

「ちょ、ちょっと待った！」

斎木さんが二人の間に割り込んだ。

晴美さんは、驚いて寺島さんの手を離した。

「晴美ちゃん。元はと言えば、寺島君たちが坪井先生を最初に疑い出したんだよ。そこにおれたちが参加したから、事態がややこしくなっちゃったんだけど、そもそも寺島君がいなければ、最初から坪井先生の疑惑なんて存在しなかったんだよ」

斎木さんは、晴美さんを説得しにかかった。しかし当然、寺島さんは反撃する。

「きったねえ！　最後まで坪井さんのこと疑ってたのはあんたでしょうが！」

「おれは……そう見えたかもしれないけど、心の奥底では、坪井先生がこんな悪いことするはずないって、ずっと思ってたよ」

斎木さんは、びっくりするほど見え透いた嘘をついた。

「嘘つけ！」

当然寺島さんがつっこむ。

「嘘じゃない。ただ、坪井先生がストーカー行為をしたって聞いて、一時的にその気持ちが揺らいでただけだ」

「でもその割には、率先して坪井さんを疑ってましたけどね。ご丁寧にこんなメモまで書いて。それに、途中から『坪井誠造』って呼び捨てにしてたの、あんただけでしたからね」

「君こそ、一回仮病を使って逃げようとしたじゃないか！　そんな奴に言われたくない！」

「仮病じゃありません！　オレは緊張すると腹下す体質なんですう！　本当に甘酒みたいなのがすごい出たんですう！」

不毛な争いに、根岸さんと香村さんが止めに入った。

「まあまあ」

「もういいでしょう」

……そんなやりとりを、アタシは何ともいえない気持ちで見つめていた。

結局、何だったんだろう、この集まりは。

先生のすべての容疑が晴れた時、アタシも思わず感激しちゃったけど、よく考えたら斎木さんの言う通りなんだよね。そもそも、先生の容疑っていうのは全部アタシたちがでっちあげただけで、それがなければ何の問題もなくお通夜は終わってたはず。元々本当にいい人だった先生のことを、わざわざ一回ものすごく悪い殺人犯なんじゃないかって疑って、結局やっぱりいい人でしたっていう結論に持っていっただけ。マイナスがゼロに戻っただけ。お手本のようなマッチポンプ。得たものなんて一つもない。

「……というかそもそも、鮎川さん。おれたちをけしかけたのは君だよな！」

斎木さんが、口論を続けていた寺島さんからくるっと向き直って、アタシを指差した。

「えっ、アタシ？」

やばい。捕まっちゃった。

でも、たしかにその通りなんだよね。最初に騒ぎを大きくしちゃったのは、明らかにアタシだったんだよね。やばい、どう言い訳しよう……。

なんて思ってた、その時。

「みなさん、ありがとうございます！　おかげで、父も喜ぶと思います」

意外な言葉が、上から降ってきた。みんな一斉に顔を上げた。


〈坪井晴美〉


私がつい感激して、寺島さんの手を取ってお礼を言ったのがきっかけで、斎木君が怒って、なんだか大騒ぎになっちゃって、ああどうしようって思っていた時。

「みなさん、ありがとうございます！　おかげで、父も喜ぶと思います」

座布団の上で立ち上がり、声を張り上げたのは、長い間沈黙を守っていた友美だった。

「人は二度死ぬ。一度目は肉体が死んだ時、二度目は生きている人の心の中から消えた時——父が気に入っていた言葉です。その父は結局、連続殺人犯でもストーカーでもない、ただのいい人でした。でも、もし予定通り、父がただのいい人として葬られ、このメンバーが集まることもなかったら、果たしてみなさん、父のことを死ぬまで覚えていてくれたでしょうか?」

舞台仕込みのよく通る声で、友美は朗々と語った。

「昔住んだアパートの大家さんがいい人だったからって、一生忘れなかったでしょうか。中学時代の恩師を、果たして晩年になっても思い出す機会があったでしょうか?」

友美は、寺島さん、斎木君と順に見て言った。二人は視線を落として考えているようだった。

「この先の人生で、みなさんの身の回りであらゆることが起こる中で、その新しい記憶に埋もれさせることなく、ただいい人だった父のことを、一生忘れないでもらえたでしょうか?」

友美の問いかけに、寺島さんが小声で答えた。

「たしかに、一生忘れなかったかというと……それは難しいかもしれません」

友美はそれを聞いて小さくうなずくと、しみじみと言った。

「でも、今日の出来事は、たぶんみなさん、一生忘れないですよね。後にも先にも、こんなお通夜は二度と経験することがないと思います」

「たしかに、その通りだ」

「わたしも、今までいろんな人のお通夜や葬式に出てきたけど、こんなのは初めてだったわ」

根岸さんと香村さんが、口々に言った。

「だから、よかったんです。みなさんがこんな奇妙な話し合いを開いてくれたおかげで、父の二度目の寿命は、数十年延びたと思います。あたしは娘として、それに感謝しています。本当にありがとうございました」

友美はそう言って、もう一度頭を下げ、座布団に座った。思わず拍手したくなるほどのスピーチだった。


〈斎木直光〉


「晴美ちゃん、お父さんを疑って本当にすまなかった」

おれは頭を下げた。晴美ちゃんは「いいのよ、全然」と返してくれたが、おれは目も合わせられず、逃げるように靴を履いて、控室から出た。

それにしても情けない。とんだ醜態をさらしてしまった。元はといえば、「盗聴」と

「登頂」を勘違いしたせいでとんでもない話に首を突っ込んでしまい、最終的にはおれが一番の悪者になってしまった。その原因は、坪井先生が鮎川と別れた腹いせにストーカー行為をしたという話を、おれが本気で信じてしまったこと。あれをきっかけに冷静さを失ってしまったのだ。

最初は、あの坪井先生が男として最低の次元に身を落としていたと知り、ただショックだった。でも、その他にも信じられないほど重罪を繰り返していたという話を聞くにつれ、おれは徐々に、妙な感覚に包まれていった。

あの坪井先生が、こんなにも悪辣《あくらつ》な人間だったなんて。……その衝撃に、密《ひそ》かにおれの心は躍っていた。口では坪井先生を罵倒《ばとう》しながら、いつしかその極悪な坪井先生像が、おれの心のよりどころになっていた。おれはここまでひどい人間ではない。そう思うことで歪《ゆが》んだ安心感を得ることができた。

しかし、寺島の再登場がきっかけで、坪井先生の無実が一つ一つ証明されていった。おれは、せっかくの心のよりどころが失われてしまうと思って焦った。だが終わってみれば、坪井先生はまったくの無実で、今まで思っていた通りのいい人だったことが再確認されただけだった。

結局、何だったんだこの集まりは。おれに恥をかかせるためだけの集まりだったのか。

いや、もしかすると、最後の最後に坪井先生が、おれに教えてくれたのかもしれない。ストーキングが、男として最低の行為だと自覚しているのなら、もうやめろと――。

おれは、娘の美優を連れて新しい男と再婚しようとする元妻の葉子を、どうしても許すことができなかった。だからつい、しつこく電話したり、手紙やメールを何十通も送ったり、二人が暮らしている葉子の実家の周りをうろついたりしてしまった。

でも、もう潮時なのだ。数ヶ月前に警察から注意まで受けたのだから、とっくに分かっていたはずだ。なのにおれは、まだなんとか葉子の気を引けるんじゃないかという希望を捨てきれなかった。手紙の内容も、「もう一度会えなければ自殺する」とか「お前らの幸せをめちゃくちゃにしてやりたい」とか、葉子を脅すような表現が増えていた。すっかり感覚が狂っていた。もう少し狂えば、下手したら本当に、葉子や美優に危害を加えていたのかもしれない。

ただ、今日でおれは目が覚めた。

あきらめるんだ。葉子と美優は新しい幸せを築こうとしている。おれもおれで、新しい人生を歩んでいかなければならないのだ。

「斎木！」

出口の自動ドアの手前にさしかかった時、後ろで声がした。振り向くと、根岸がいた。どうやらおれを追ってきていたらしい。

「久しぶりに話せて、うれしかったよ」

急に何を言い出すんだこのじじい、と思いながらも、おれは「ああ、どうも」とだけ返した。

「達者でな」

「はあ、先生もお元気で」

おれは渋々会釈をしてから踵《きびす》を返し、さっきよりも急ぎ足で自動ドアを出た。

冷たい夜風に当たりながら、最後の最後に根岸のことを「先生」と呼んでしまったことに気付いて、一人で苦笑した。


〈根岸義法〉


「どうも、たいへん失礼をいたしました」

「いえ、こちらこそ……」

晴美さんと挨拶《あいさつ》、というか謝罪を交わしてから、俺は控室を出た。

廊下の先を見ると、斎木が逃げるように外へ向かっていた。やはり、坪井先生を最後まで疑っていたから、いづらかったのだろう。控室を出る時も、俺たちと目も合わせなかった。そしてそのまま帰ろうとしている。もしかしたら、もう二度と会うことはないかもしれない……。

このまま斎木と別れてしまってはいけないと、とっさに思った。

俺はどうにか小走りで追いついて、後ろから声をかけた。

「斎木！　久しぶりに話せて、うれしかったよ」

その言葉は本心ではあったが、ここまで照れ臭い行動をした自分に驚いた。

斎木は振り向いて、気まずいようなうっとうしいような、複雑な顔を見せた。ただ、最後に「先生もお元気で」と、ようやく俺を先生と呼んでくれた。その後、やはり照れ臭かったのか、斎木は足早に外に出て歩き去った。

その後ろ姿を見送りながら、俺は改めて思った。

まったくもって、奇妙な通夜だった。

通夜ぶるまいの会場で、それまで縁もゆかりもなかったメンバーが集まって、坪井先生にあらぬ疑いをかけ、最後にみんなでそれを取り消した。ただそれだけ。まったく無駄な時間だったといえば、それまでだ。

いや、それどころか、坪井先生の知りたくなかった素顔まで知ることになってしまった。奥さんに先立たれた後とはいえ、孫ほども年の離れた元教え子と関係を持っていたこと。そして、家では俺の陰口を言っていたこと。坪井先生が俺を嫌っていたがために殺人を犯したという事実は、さすがになかったので救われたが、それでもよく考えてみれば、俺が坪井先生に家で陰口を叩《たた》かれていたという、本来なら知らずに済んだ事実を知ってしまったわけで、結局俺は傷ついているのだ。

でも……一方で、こうも思う。こんな不思議な通夜でもなければ、俺は一生、坪井先生の素顔を知ることはなかっただろう。

俺はずっと坪井先生のことを、神様か、聖人君子のような人だと思っていた。しかし実際は、陰口も言うし性欲もある、普通の人だった。いや、六十代で鮎川と関係を持っていたということは、むしろ普通よりスケベな人だ。

俺にとっての神様は、実は人間だった。——でも、それが分かってがっかりするような気持ちはなかった。むしろほっとしたような気もする。俺が嫌われていたと聞いて、当初はショックだったが、今は不思議と悲しくない。むしろ、坪井先生が本心では俺を嫌っていたのに、最後まで表向きはフレンドリーに接してくれたことに対して、感謝の気持ちすら湧いている。

「斎木さんと、仲直りできましたか」

立ち止まって回想に浸っていたら、後ろから追いついてきた香村さんに声をかけられた。

「仲直り、ですか」

俺は聞き返した。

「ええ、根岸さんと斎木さん、元々あまり仲良くなかったんでしょう。最初けんか腰になってるのを見てましたから」

「ああ……」

なんとも気恥ずかしく、言葉を返せなかった。

「でも、大人になってからの仲直りって大変だからね。こんな変なお通夜にならなければ、仲直りできなかったかもしれませんよ」

　香村さんの言葉が胸に響いた。

　たしかにそうだ。俺は通夜の途中で、斎木の存在に気付いていた。でも、もし今日の通夜がごく普通に終わっていたら、話しかけることはなかっただろう。あれだけたくさん会話をして、別れ際にもう一度「先生」と呼ばれることなど、本来なら絶対にありえなかったはずだ。

「わたしも、この集まりがあって、結果的にはよかったと思ってます。一生抱えていかなきゃいけないと思ってた秘密を、みんなの前で話すことができて、いくらか楽になりましたから」

　香村さんの言葉に、俺は大きくうなずいた。

「ああ、それは俺も同じです。むしろ、抱えていた秘密の悪質さという点では、俺の方がずっとひどかったわけで……」

　溝口の遺書を焼き捨てたことを、誰かに言う日がくるとは思わなかった。でも、たしかに俺も、今は気持ちが軽くなっている。

「まあ、あの溝口っていう子の親御さんも、まさか息子が女教師にたぶらかされて自殺したなんて知ったら、もっとショックを受けてたかもしれませんからね。決して、根岸さんが間違ってたなんて言い切れないと思いますよ」

　香村さんがフォローしてくれた。

「ありがとうございます」

また少し、気が楽になった。


〈香村広子〉


……まあ、そう言ってはみたけど、正直言うと根岸さんの告白には引いちゃったけどね。遺書焼いちゃったのはさすがにまずいでしょ。犯罪だもの。

でも、そんな根岸さんのおかげで、わたしの気が楽になったのも事実だった。わたし以上に重い秘密を隠していた人がいると知っただけで、こんなに楽になれるとは思わなかった。

「それじゃ、お元気で」

「ええ。奥さんと智史君のこと、大事にしてあげてください」

根岸さんとわたしは、葬祭センターの自動ドアを出たところで別れた。おそらく、もう二度と会うことはないだろう。

でも、このお通夜のおかげで、そんな元々知り合うはずのなかった人たちに出会い、人に話すはずのなかった秘密を話し、それによってお互い救われた。

亡くなってなお、通夜の参列者を救う。これこそ、坪井さんのすごさだったのかもしれない。

　そう考えると、やっぱり坪井さんは神様のような人だったんだなと、わたしは思った。

〈寺島悠〉
「本当にすみませんでした」

「元はといえば、アタシたち二人の会話からこんな事態に発展しちゃったわけで……」

　オレと鮎川さんが、続けて頭を下げた。

　しかし晴美さんは、笑って許してくれた。

「いえ、いいんですよ、本当に」

　オレたちはほっとしながらも、最後にもう一度頭を下げ、控室をあとにする。先に鮎川さんが靴を履いて、ドアの外に出て、続いてオレが靴を履きかけた時、後ろから声をかけられた。

「あの……」

　振り向くと、今にも触れられそうな距離まで、晴美さんが近付いてきていた。そこからさらに、その気になればキスできてしまうくらいまで顔を近付け、オレにささやいた。

「本当にありがとうございました。父の名誉が回復されたのは、すべて寺島さんのおかげです。……今度また、二人きりでお会いできればうれしいんですけど」

「えっ？」

オレは思わず息を呑《の》んだ。

「これ……」

さらに晴美さんが、走り書きしたメモを渡してきた。そこには、０９０から始まる電話番号が書かれていた。

でもそこで、ドアの外から鮎川さんの声がかかった。

「あれっ、寺島さん？」

どうやらオレが出てくるのが遅いことに気付かれたらしい。

「お電話、待ってます」

晴美さんがささやいたところで、がちゃ、とドアが開く音がした。そこでオレは即座に立ち上がって前を向き、メモをポケットに入れ、晴美さんもさっと後退した。ドアが開き切って鮎川さんが顔を出した時には、二人の間にはちゃんと距離ができていた。

「では、失礼します」

オレはもう一度部屋の中に向かって頭を下げた。そして、ドアを開けてこっちを見る鮎川さんに、何事もなかったかのような顔で会釈しながら、廊下に出た。

「何かあったんですか？」

鮎川さんに尋ねられたが、オレは「いえ、何でもないです」とごまかし、葬祭センターの出口に向かって歩き出した。

でも、心の中では、祝福の打ち上げ花火が何十発と上がっていた。

やったぞ！　これはもう、惚《ほ》れていただいたと考えてよろしいんじゃないでしょうか！

やってみるもんだ。晴美さんの悲しみを少しでも和らげたくて、多勢に無勢の状況の中で、大家さんの無実の糸口を摑《つか》み、そこから大逆転を遂げたオレ。そんなオレの姿勢に晴美さんが惚れたってことだろう。そうだよな。そう考えちゃっていいよな。だってケータイ番号もらった上に、今度二人きりで会いたいって言われてるんだもんな。それにしても、さっき間近で見た晴美さん、本当にキレイで色っぽかったな。なんかもう、人間離れしてた。まるで女神様って感じだったなあ……。

「何ニヤニヤしてるんですか」

鮎川さんが隣を歩きながら、オレの顔を怪訝《けげん》そうにのぞき込む。

「あ、いえ……」

いかんいかん、緩んだ頰を慌てて引き締めてから、オレは取り繕った。

「いやあ、その、いろいろ大変だったけど、丸く収まってよかったなと思いましてね」

「本当です。先生の無実が証明されたのは、寺島さんのおかげですよ」

鮎川さんがオレに賛辞を送ってくれた。

「かっこよかったです、寺島さん」

「ああ、ありがとうございます」

オレはぺこりと頭を下げた。

「本当に、かっこよかったです」

鮎川さんが立ち止まり、なおもオレをまっすぐに見つめて言ってきた。

照れ臭くて、どうしていいか分からなくて、しばし沈黙が流れる。と、鮎川さんがにかみながら尋ねてきた。

「あの、寺島さんって、LINEとかやってますか」

「あ、オレ、実は未《いま》だにガラケーでして……」

「じゃ、番号とアドレス交換していいですか？」

「ああ、はい」

妙にくすぐったい雰囲気の中、オレたちはケータイ番号とアドレスを交換した。

……ちょっと待て。これは鮎川さんとも脈ありってことか？　意味深な視線で「かっこよかったです」って二回続けて言われちゃったぞ。

しかも、改めてよくよく鮎川さんの顔を見ると、意外と結構タイプかもしれない。もしやこれは、晴美さんも含めて、同じアパートの敷地内で三角関係ってことか。まるでAVみたいなシチュエーションじゃないか！

もちろん、どっちがよりタイプかと聞かれれば、オレの女神様こと晴美さんの完全勝利なんだけど、鮎川さんに関しては、大家さんとのツーショット写真を見てるからな。

すぐヤラせてくれそうという点では鮎川さんに分があるな。……って、何を考えてるんだオレは！　場所をわきまえろ、お通夜だぞ！　オレは心中を悟られないよう、必死にニヤニヤをかみ殺した。

しかし、とんでもないタイミングでモテ期が到来したものだ。初めて出てみたけど、お通夜っていいもんだなあ……。


〈坪井晴美〉


「お姉ちゃん、いやに積極的だったじゃない。寺島さんに惚れたの？」

友美に言われて、即座に私は否定した。

「やだ、そんなんじゃないって」

「でも、あの斎木さんよりは、付き合うんだったらよっぽど寺島さんの方がいいんじゃない？」

なおも意地悪く言ってくる友美に、私は言い返した。

「だからそんなんじゃないってば。……分かってるくせに」

「まあでも、廊下での立ち話を聞いた時は本当に驚いたけど、無事に終わってよかったね」

「本当に、ほっとしたわ。これも全部寺島さんのおかげよ」

そう言って私と友美は、窓ガラス越しに目を合わせて、笑い合った。

「さて、片付けようか」

私たちは押し入れを開け、さっきまでみんなで座っていた、六枚の座布団をしまい始めた。


〈鮎川茉希〉


寺島さんと、ケータイの番号とアドレスを交換し終えた。

正直アタシは、彼に好感を持っている。だって、アタシの大切な坪井先生の、名誉を守ってくれたから。……といっても、先生の名誉を、とんだ誤解をして最初に傷つけようとしたのはアタシだったんだけどね。

でも、一人で大勢に向かっていって、先生が悪者だっていう空気を逆転させた寺島さんは、本当にかっこよかった。アタシはそういう、他人のために一人でも立ち上がって頑張るみたいなタイプに弱いのかもしれない。生前の坪井先生もそうだった。周りから浮こうが反対されようが、アタシみたいな落ちこぼれを救うために力を注いでくれた。

……あ、でも、アタシのために怒ってセクハラ店長を殴ったシンゴは、結局どうしようもない男だったんだけどね。

それに、アタシには分かる。寺島さんはたぶん、晴美さんに惚れてるんだよね。しょうがないよね。晴美さんは本当に美人だし、特に今日は大人の色香っていうのか、そういうのが喪服でいっそう際だって、女のアタシでもぞくっとするほどだった。とてもアタシが太刀打ちできるような相手じゃない。

やっぱり、アタシは自重するべきかな……っていうか、先生のお通夜で次の男のことを考えてるなんて、いくら何でも不謹慎すぎるね。ごめんね先生。

「それじゃ、行きますか」

物思いにふけってたら、もう寺島さんはケータイをしまって歩き出してた。

「あ、ごめんなさい」

アタシも後を追う。

と、アタシたちの右手の部屋の、廊下に面したドアが開いた。

そこはちょうど、通夜ぶるまいの会場になってた中ホールだった。ちらっと中が見えたけど、もう大半の参列者が帰ったみたいだった。

そして、ドアを開けて出てきたのは、見覚えのある顔だった。

あの、晴美さんによく似た、でも晴美さんよりちょっと目がつり上がった感じの女性。

廊下でアタシたちが立ち話してたのを最初に聞いて、晴美さんに伝えに行ったという人だ。

彼女はアタシたちに気付いて、声をかけてきた。

「あ、晴美お姉ちゃんとの話し合いはどうなりました？　あたし正直、廊下でみなさんが話してるのもあんまりはっきりとは聞いてなくて、どんな話をしてたのかもいまいち分かってないんですけど……」

「ああ、えっと、ちょっと一言では言い表せないんですけど……」

話せば相当長くなるけど、どこから説明したらいいかな、とアタシが悩んでいた時。

「まあ、なんだかんだで全部丸く収まりましたんで、大丈夫です」

寺島さんが超大ざっぱにまとめてくれた。

すると彼女は、ほっとしたように笑った。

「そうですか。よかったです。……ところで、お姉ちゃんはまだ控室にいますか」

「ええ、いらっしゃると思います」

「じゃ、詳しくは本人から聞けばいいですね。それじゃ、失礼します」

彼女はこちらに会釈して、控室の方へ立ち去ろうとした。

と、その背中に寺島さんが「あ、すいません」と話しかけた。彼女が振り向く。

「あのお……晴美さんとお顔がよく似てらっしゃいますけど、妹さんですよね？」

すると彼女は、笑いながら首を横に振った。

「よく間違われるんですけど、あたし従妹《いとこ》なんです。ユカリっていいます」

寺島さんはそれを聞いて驚いたようだった。

「そうだったんですか？　オレてっきり、女優をやってるっていう、妹の友美さんかと思ってました」

するとユカリさんは、「妹の友美さん？」と聞き返し、きょとんとした顔になった。

「そんな人いませんよ。……晴美お姉ちゃん、一人っ子ですから」

〈坪井友美〉

「それにしても、寺島さんを連れてきたのは正解だったね」

あたしが言うと、姉ははにかんで答えた。

「まあ、私に惚《ほ》れてるのは分かったから、あの完全アウェーの中でも、もしかしたら味方に付いてくれるかと思って連れてきたんだけどね。でも、まさかあそこまでの大活躍をしてくれるとは思わなかったわ」

「だから、ご褒美に付き合ってあげるの？」

あたしが冗談めかして言うと、姉はちょっと怒ったみたいだった。

「だから、そういうんじゃないって言ってるでしょ。あれだけ知恵の回る寺島さんのことだから、今後もちゃんと近くで観察しておかないと危ないでしょうが」

「なるほど、観察ねえ」

「あなたの尻拭《しりぬぐ》いのためにやるんだからね」

「……はい、ごめんなさい」

どうやら本気で姉の機嫌を損ねてしまったみたいなので、あたしは素直に謝った。

その時、ドアがノックされた。

「晴美お姉ちゃん、いる？」

由香里ちゃんの声だった。

それまで、窓に映ったお互いの顔を見て会話をしていたけど、あたしたち姉妹はいったん会話をストップして、ドアの方を振り向いた。そして「は〜い」と返事をする。

もちろん、ドアの外の由香里ちゃんに会話を聞かれた心配はない。あたしたちは、声なんか出さなくても会話できるから。


〈寺島悠〉


オレと鮎川さんは、メゾンモンブランまでの道を並んで歩いていた。徒歩十分ちょっとの道のりだ。外は結構寒くなっていたけど、オレの頭の中は、寒さとか、さっきまでのスケベな妄想よりも、もっと重大な関心事で占められていた。

まさか晴美さんが、一人っ子だったなんて……。

「う〜ん、たしかに晴美さん、妹がいるって言ってたんですけどねえ」

「まだ言ってるの？　寺島さんが勘違いしてたんじゃないんですか」

「いや、たしかに晴美さん本人から聞いたと思うんですよ」

「じゃあ、晴美さんが嘘ついたんじゃない？」

「それはないでしょう。そんな嘘つく意味がないですもん」

オレは、苦笑しながら鮎川さんの言葉を否定した。

でも鮎川さんは、ちょっと間を置いてから、真剣なトーンで言った。

「でも……晴美さんならありえるんじゃないかな。だって晴美さん、ちょっと変わってるじゃないですか」

「変わってる？」

「晴美さん、話し方というか、キャラが急に変わる時なかったですか」

「キャラが変わる……」

オレは思い返してみた。すると、思い当たる場面があった。

「ああ、そういえば……晴美さんが最後に立ち上がって、『こんな奇妙な話し合いをしてくれたおかげで、父はみなさんの心の中で長生きできます』みたいなことを言った時、舞台女優みたいにやけにはきはきしゃべって、急にキャラが変わったような感じでしたね」

「そうだったでしょ？　あとそれから、まだ寺島さんが控室に来てなかった時だけど、晴美さんが急に笑い出して、根岸さんに向かって『父はあなたのこと嫌ってました』とか、ものすごい毒舌を吐いたこともあったんですよ。……その時根岸さんは、息子も教え子も坪井先生にやられたと思ってたから、ショックが大きすぎて控室を出て行っちゃったんです。そしたら晴美さん、自分で根岸さんにひどいこと言ったくせに、今度は急に平謝りしながら、根岸さんの後を追って行ったんですよ」

「へえ、そんなことがあったんですか」

「その後、根岸さんと晴美さんが控室に帰ってきた時に、一緒に寺島さんも来たんですけどね」

「ああ、あの前の出来事だったんですか。……別にオレが見た時は、変わった様子はなかったですけどね」

オレが晴美さんと根岸さんに出くわす直前に、二人の間にそんなやりとりがあったなんて、言われなければ絶対に分からなかった。

「それと、他のみんなもちょっと変に思ってたと思うんですけど、晴美さん、深刻な話の最中でも、やたらと窓をちらちら見てたんですよね。急にさっと顔を上げて窓を見る時もあったし、気のせいか窓を見ながらちょっと笑ってるような時もあったし、最初は外が気になってるのかと思ってましたけど、なんだか窓に映る自分の顔を見てたみたいで……」

——オレは、そんな鮎川さんの話を聞きながら考えていた。

鮎川さんの一連の話が本当なら、もしかしたら晴美さんは、なかなかの不思議ちゃんなのかもしれない。いや、年齢的には「ちゃん」って感じでもないから、不思議さんか。でもオレ……そういうタイプも、嫌いじゃないけどね。

いや、待てよ。もしかしたら鮎川さんは、晴美さんがオレにアプローチをかけてきてることに気付いて、わざと晴美さんのイメージが悪くなることをオレに吹き込んでるのかもしれないぞ！　いやあ、だとしたらまいっちゃうなあ。これだからモテる男は辛《つら》いよなあ。

「ちょっと、聞いてます？」

「……あっ、聞いてますよ」

「今またニヤニヤしてたじゃないですか」

「いやいや、そんなことないですよ……」

妙なことを考えていたのがばれそうになり、オレはまた慌てて表情を引き締めた。

まあでもやっぱり、多少不思議さんだったり情緒不安定だったとしても、オレの本命は晴美さんだなあ。鮎川さんには悪いけど。

ああ、早く二人っきりで会いたいなあ。オレの女神様、晴美さんと……。

〈坪井晴美〉

由香里ちゃんが、ドアを開けて聞いてきた。

「話し合い、終わったんだって?」

「うん、無事に終わった」

「大丈夫? 疲れてない? 明日もあるんだから、無理しないでね」

「うん、ありがとう」

由香里ちゃんは相変わらず、優しく私を気遣ってくれた。

「ところで、どんな話をしてたの?」

「後で話すよ。……まだちょっと片付けが残ってるから、由香里ちゃんは戻っていいよ。私もすぐ、あっちのホールに戻るから」

卓袱台《ちゃぶだい》の上にまだメモが残っている。全部裏返しになってはいるが、由香里ちゃんを部屋に上げてうっかりメモを見られたりしたら大変だ。

「分かった、それじゃ……」

由香里ちゃんはいったん引き返そうとしたが、またこちらに向き直った。

「そうだ。さっき、坊主頭の若い男の子がね、あたしに向かって、『晴美さんの妹さんで、女優をやってる友美さんじゃないですか』なんて聞いてきたんだよ。晴美お姉ちゃんの妹だって間違えられることはよくあるけど、名前まで指定されちゃったのは初めてだよ。……しかも、友美って、今の晴美お姉ちゃんの芸名だよね？　彼、変な勘違いしてるみたいだったよ」

由香里ちゃんは笑いながら話した。

「あら、ちゃんと説明したつもりだったんだけどね。伝わってなかったのかな？」

私も笑って応じた。二人で笑い合った後、由香里ちゃんはドアを閉めて引き返した。

それを見送ってから、私は窓に映った顔を見て、友美を叱った。

「友美、私の名をかたって、寺島さんにそんな説明してたの？　だめでしょ、他人に私たちの『設定』を話しちゃ」

すると、窓に映った私の怒り顔が、すぐ笑顔に変化して、友美の声が心の中で響く。

「ごめんごめん。でも、まあ大丈夫だよ。今度寺島さんに会った時に、あれは冗談だったとか適当に言っておけばいいじゃない」

それを聞いて私はまた、怒った顔になる。

「簡単に言うけど、友美のおふざけの責任を取るのはいつも私なんだからね」

そこでまた私は笑顔になり、友美の声が心の中に響く。

「ごめんって。機嫌直してよお姉ちゃん」

――傍《はた》から見たら、私が一人で窓ガラスに向かって、にらめっこの練習でもしているように見えるだろう。

でもこれが、私たち姉妹の「会話」だ。お互いに顔を見た方が、相手の表情も分かって話しやすいから、鏡とか窓に自分の顔を映して会話することが多い。まあ別に、こうしなければ話せないわけではないんだけど、子供の頃からずっとこうしてきた。会話せずに別々にものを考えることもできるんだけど、やっぱりそこは同じ肉体や脳を共有している者同士だから、ある程度お互いの考えている内容は読めてしまう。

それにしても、友美は私の中に現れてから三十年以上、ずっとこの調子だから困っちゃう。

友美は、私が五歳の時に、突然心の中に現れた。だから一応私の五歳下という設定になっている。ただ、精神年齢は変わらないから、そこは本物の姉妹と比べて、おかしいといえばおかしいんだけど。

五年前に、鬱《うつ》になった私が精神科を受診するようになると、

「解離性同一性障害、俗にいう多重人格です」

なんて診断を、何人かの医者に下された。でも、そんな医者が勝手に決めた線引きなんてどうでもいい。私たち姉妹は、他人にカテゴライズされるために生きているわけではないし、精神科の医学書通りに存在しているわけではない。

そもそも多重人格というのは、よほど異常な環境で育たないと発現しないように、一般的には思われているふしがあるが、必ずしもそうではない。一見とても平和な、理想

的な家庭で育っても、外からは見えにくい精神的な抑圧によって発現しうるということを、私たちが証明している。

父、坪井誠造は、たしかに素晴らしい人格者だった。教育の神様と呼ばれることもあった。そんな父がいる坪井家は、周囲からはきっと、温かい理想的な家庭だと思われていただろう。

でも、どんな栄養でも摂《と》りすぎれば害があるように、体に必要不可欠な酸素でも濃度百%の中に放り込まれれば人は生きていけないように、あれほどの善意の塊と共に暮らすと、並の人間ではむしばまれてしまうのだ。

母が、まさにそうだった。

母は、父と結婚したことだけが取り柄の、優しさも正義感も上っ面だけの、凡庸な人間だった。凡庸であるがゆえ、カリスマ的な父に心酔していた。

でも父は、よその子供の教育のためにその身を捧《ささ》げてしまう。遅くまで残業し、休日も部活や課外活動で忙しい。愛する人は家を空け、帰ってきても書斎にこもってなお仕事。残されるのはいつも、自分と一人娘だけ——。ただ、母はそんな状況の中でも、「もっと家庭を大事にして」などと、父に主張をぶつけるようなことは一度もなかった。そんなことをして、理想の学校教育のために身を粉にして働く父の足を引っ張れば、自分が悪者になってしまう……母はそんな恐れを抱いていたのかもしれない。

その結果、母の八つ当たりの対象は、いつも私になってしまった。

幼い頃の私は、父のいない食卓で、箸《はし》の持ち方が悪い、食べ方が汚いと、些細《ささい》なことでいつも母になじられ、ヒステリックに叩《たた》かれた。でもその際に母は、決して私の体に痕《あと》が残らないようにしていた。――父のような、隙のない善人は、時に周りの凡人たちの心のひずみを増幅させてしまうのだと、私は幼くして知った。

そして時折、母はこんなことをつぶやいていた。

「女の子だから厳しくしてるのよ」

「男の子だったらこんなに厳しくはしないいんだけど……」

「あんたが男の子だったらよかったんだけど……」

――その気持ちは、父も同じだったのかもしれない。

たまの休みに連れて行ってくれた山登りも、体を使った外遊びも、父が私とやりたがった遊びは、いつも男の子向けのものだった。私は幼心に、せっかく遊んでくれている父に気を遣い、楽しそうに振る舞っていたけど、本当は体力的にも精神的にも無理をしていた。

私はずっと、家の中に逃げ場がなかった。一人ですべて抱え込まなければならなかった。せめて味方が欲しかった。きょうだいが欲しかった。でも弟ができたら、両親の愛情を全部奪われてしまうかもしれない。だから妹が欲しかった。ただ、両親の間にもう子供はできなかった。

――その結果、五歳の私の心の中に、友美が生まれたのだろう。

多くの多重人格者は、別の人格同士が自由にコミュニケーションをとったり、仲良く会話したりすることはなかなかできないらしい。でも私たちは違う。私たちはたとえるなら、姉妹で車でドライブしている感じだ。自由に運転も代われるし、片方が運転してる間に、もう片方と会話もできる。それに、運転していない方も、助手席に座って、運転手が見ているのと同じ景色を見ることができる。

もっとも、運転のスタイルは全然違う。私は慎重なのろのろ運転だけど、友美は一般道でも百キロ以上出してかっ飛ばしてしまう感じで、交通ルールも平気で無視する。まさに両極端だ。

……ああ、でも、厳密にはドライブとは違うのかな。車の運転って、運転手の同意なしに強引に代わるってことはできないものね。

友美は、主人格の私が、人生のいろんな場面で「我慢の限界」を超えてしまうと、強引に体を乗っ取って、好き放題やってしまうのだ。そして困ったことに、なぜか私の方からは、友美が運転している体を乗っ取ることができない。だから友美の暴走を止めることもできないし、友美が事故を起こしまくった後で、再び運転をバトンタッチされることもある。

要するに、ストレスを溜《た》め込むのが私で、発散するのが友美。そして、友美のストレス発散の後始末まで私がさせられてしまうことが、よくあるのだ。

友美は小学生の頃から、父に連れて行かれた登山の途中に「面白くない」とごねて逃げ出して山道で迷子になったり、母と些細なことから口喧嘩《くちげんか》になって、頭の悪い母を論破して言い負かしたりしていた。でも今考えれば、あの頃はまだかわいかった。それが将来的に、殺人まで犯すようになっちゃったんだから、本当に悪い子だわ……。

「悪い子？　あたしはお姉ちゃんの分身なんだからね。お姉ちゃんだって悪い子なんだからね」

友美が私の思考内容を察したようで、私に向かって怒り出した。

「はいはい、ごめんなさい」

私は友美をなだめながら、卓袱台《ちゃぶだい》の脇に腰を下ろした。そして、すべて裏返しになっていたメモをもう一度表にして、一枚一枚眺めた。

①　22年前（1991年）の10月某日の夜、調布市立柴崎中学校の屋上から、溝口竜也（高1）が自殺に見せかけられ転落死。

溝口竜也。懐かしい名前だ。初恋、初キス、初体験、そして初殺人の、記念すべき相手だ。

高校に上がったばかりの頃、私が駅前で柄の悪い男たちにナンパされているところを竜也が助けてくれて、それがきっかけで交際が始まった。まるで漫画のような出会いだった。それからどんどん関係は発展し、夏には体の関係を求められ、私も応じた。竜也は多少強引ではあったけど、それも愛されているからだと思っていたから、決して悪い気はしなかった。

ただ、そこから先は漫画のようにはいかなかった。

その年の秋、竜也が二股《ふたまた》をかけていることを知ってしまったのだ。しかもその相手は、彼の出身中学の内田という女教師で、中二の終わり頃からずっと付き合っているということだった。私が問いただすと、竜也は悪びれもせずに言った。

「内田先生も、俺以外に何人もの男と付き合ってる、自由恋愛・フリーセックス主義者なんだ。俺もそれを知った時はショックだったけど、先生の考え方についていくことに決めた。それからお前と付き合ったんだ。言っとくけど、俺が本当に好きなのは内田先生だ。もし、『他の女と付き合わないで』なんて寝ぼけたことをぬかすようだったら、迷わずお前と別れるからな」

――私はその日泣いた。一晩中泣いた。

でも、そこで友美が主人格を入れ替わり、そして宣言した。

「お姉ちゃん。あたし、あいつを殺すから」

最初は冗談だと思ったけど、友美は本気だった。一気に殺人計画を練り、竜也の筆跡をまねて遺書を書き、竜也の母校で内田の勤務先の、調布市立柴崎中学校の下見をした。

ちなみにその時になって初めて、その学校が父の勤務先でもあることに気付いたのだけど、だからって友美は計画を躊躇《ちゅうちょ》することはなかった。

そして当日の夜。まず友美は、早寝したふりをして、両親にばれないように子供部屋の窓から家を抜け出した。そして柴崎中学校の近くの、周りに人気《ひとけ》のない公衆電話から、竜也の家に電話をかけた。幸運にも、電話に出たのは竜也本人だった。

「あなたと内田先生に復讐《ふくしゅう》するために、あたし柴崎中学校の屋上から飛び降りて死ぬことにしたから。明日の朝一番に、あたしの死体が柴崎中の校庭で見つかるでしょうね。もちろん遺書には、ちゃんと自殺の理由も書いてあるから。それじゃさよなら」

友美が、心が壊れてしまったかのような迫真の演技で伝えると、竜也は大慌てで電話を切った。私も中学時代から演劇をやってはいたけど、この頃からすでに、友美の方がずっと演技が上手だった。

友美は、非常階段とはしごを登って屋上に到着した。このルートで簡単に屋上まで登れてしまうことは、以前竜也との雑談の中で聞いていたし、実際に下見で確認もしていた。友美は屋上の、胸の高さほどのフェンスの手前でスタンバイした。

竜也は二十分ほど経ってから、息を切らせてやって来た。その気配を察して、友美はフェンスに両手をかけ、震えながら、今にも飛び降りそうな感じの背中を竜也に見せた。背後で竜也が息を呑《の》み、すぐに抱きついてきた。まったく予想通りの行動だった。

竜也の胸で泣きまねをする友美。「馬鹿なこと考えるなよ」などと言いながら、ほっとした様子の竜也。

そこで友美は、文字通りの必殺技をお見舞いした。

柔道の肩車だ。

痩《や》せていた上に、まさか女に担ぎ上げられるとは思っていなかったであろう竜也は、あっさりフェンスの向こうに転落した。

実は、まだ竜也を殺そうなんて考えてもいなかったその年の夏に、私は父から肩車を教わっていたのだ。

夏休みの高校演劇の大会で、私が所属する演劇部は活劇物を披露する予定で、夏休み前から稽古《けいこ》を始めていた。私は格闘シーンに参加することになっていて、せっかくだから見栄えのいい派手なアクションをやってみたかったので、「相手を持ち上げて投げ飛ばすような技で、女でもできるものって何かないかな？」と父に相談した。すると、それからしばらくして、学校が夏休みに入った頃、父は私に肩車を教えてくれたのだ。

そもそも、竜也をあの方法で殺す計画は、せっかく習得した肩車を活用しようと考えて、友美が立てたのだった。

竜也を落とした後、屋上から降り、用意していた遺書を竜也のズボンのポケットに差し込み、家に帰った。その様子を、この肉体のいわば助手席で見ているだけだった私でさえ恐ろしかったのに、平然とやってのけた友美はさすがだった。

「いやいや、今考えれば、あの計画はずさんだったよ。当時の筆跡鑑定の精度だって、あの程度じゃごまかせないぐらい高かっただろうし、遺書に竜也の指紋を付けることも忘れてたしね。あの遺書がもし見つかってたら、偽装がばれてたかもしれないよ」

友美が、私の回想に対してコメントした。

「でもまさか、あれを根岸先生が燃やしてくれてたなんて、感謝しなきゃいけないよね。今日になって二十年来の謎が解けたんだから、びっくりしたわ」

そう。竜也を殺してから、テレビや新聞の報道、それに父を通じて、自殺偽装が成功したことは知ることができた。でも遺書が見つからないという情報に、私たちは戸惑っていたのだ。

「根岸さんは、遺書を焼き捨ててくれた上に、お父さんに肩車を教えてくれてたんだもんね。竜也殺し成功の陰のMVPは、根岸さんだったんだね」

友美が笑って言うのを聞きながら、私は①のメモをびりびりに破って、傍らのゴミ箱に入れた。そして次に、②のメモを手に取った。

② 5年前（2008年）の8月、晴美さんを退職に追い込んだ、問題児の菅野少年（小5）が、夜の公園で頭を殴られ一時意識不明。

竜也殺害以降、長らく友美はおとなしくしていた。特に高校三年生ぐらいまでは、呼びかけても反応がなかったので、てっきり殺人の反動で友美が消えてしまったのだと思っていた。

でも、友美は長い間寝ていただけだった。まあ、ハードな運転をしてへとへとに疲れた後、運転を交代してからはしばらく助手席で眠りたくなるのと同じだろう。

目覚めてからも、友美が殺人まで犯す機会はなかなか巡ってこなかった。やったことといえば、大学時代にセクハラ常習犯だった教授を尾行し、女子高生の援助交際の客になっていることを突き止めて証拠写真を撮り、匿名で大学にリークして懲戒免職に追い込んだことや、演劇の道に進むのを許してくれなかった母に地味な復讐を始めたことぐらいだ。まあ、それだけ私が、十代後半から三十代前半までは、そこそこ順調な人生を送れていたということだろう。

でも、そんな友美が久しぶりに大暴れしたのが、五年前だった。菅野拓磨とその母親が、私にストレスを与えすぎたばっかりに、眠れる猛獣を起こしてしまったのだ。

まずは家庭訪問の時、身勝手な菅野の母親の言動にとうとう友美の怒りが爆発し、この肉体を乗っ取ると、菅野の母親と取っ組み合いの大ゲンカを始めてしまった。友美は菅野の母親と殴り合ったあげく、最後は物を投げつけられながら菅野家を後にした。

その噂が広まって、結果的に私はますます窮地に陥ることになり、鬱《うつ》を患い、夏休み前に休職に追い込まれた。すると友美は、仕返しに菅野拓磨を殺すことを決意したのだった。

「でも、やっぱり久しぶりだったから、失敗しちゃったんだよねえ」

友美が、私の思考を読みながら、当時を振り返った。

「あのクソガキが、母親がパチンコに行ってる夜に、よく家の近くの公園に出てくるっってことを調べてさ、演劇部仕込みの男装をして待ち伏せて、特殊警棒で思いっ切り殴ったんだよね。ただ、もう二、三発殴ってとどめを刺そうとしたところで、通行人が現れちゃったんだよね。それでも手応《てごた》えはあったから殺せただろうとは思いつつ、警棒を持って自転車で逃げ帰ったんだけど、結局あのガキは殺せなかったからね。それを電話で知らされた時は、驚いて受話器を落としちゃったっけね。——それにしても、この事件をみんなの前で明らかにしたのは賭《か》けだったけど、お姉ちゃんよくやったよ」

笑顔で言った友美に、私は少しむっとして返した。

「友美が、私に言うように促してきたからでしょ。私だってハラハラしたわ」

控室にみんなを集めて聞き出した疑惑は、どれも私たちの犯行だったから、本当は疑いを少しでも遠ざけたかった。当初は、父の犯行だという説を否定することも考えた。でも、父を疑う雰囲気がみんなの間で高まりすぎていたから、いったん乗ることにしたのだった。もし、父を擁護するためにみんなに向かって論戦でも挑んだら、うっかり口を滑らせて、犯人以外は知り得ないことまで言ってしまう可能性だってある。安全第一で、みんなとの対立を避ける作戦だった。そしてそれはうまくいった。

「それにしても、菅野の事件に関しては、寺島さんがあんな見当違いのことを言ってくれたから助かったわ」

私が言うと、友美も笑ってうなずいた。

「本当だよね。あたし、寺島さんが得意そうにしゃべってる時、必死に笑いこらえてたもん」

　ほんの二十分ほど前の、この部屋でのやりとりを思い出してみる。

「晴美さん。この公園って、晴美さんの家から道一本挟んだ、あの大きい公園ですか？　よく大家さんが掃除してた……」

「ああ、はい、そうです。ふたば公園です」

　――実際は、あの事件の現場になった公園は、うちのすぐ近くのふたば公園ではない。うちからはもうちょっと遠くて、菅野家に近くて、もっと小さい、まったく別の公園だ。寺島さんがあんなことを言い出した時点では、彼が何を考えているのか、何を思い出したのか、見当も付かなかった。ただ、私に有利になることを言おうとしてくれていることだけは雰囲気で分かったので、即座に同意したのだった。

「もしかして……この菅野って子は、色白で、小太りで、小学五年生にしては割と大柄で、あと子供のくせにちょっと髪染めてませんでしたか？　いかにもヤンキーの家の子って感じで」

「……どうして知ってるんですか？」

　――本物の菅野拓磨は、色黒で、体格は平均的で、坊主頭だ。寺島さんが言った特徴とは似ても似つかない。

　要するに寺島さんは、菅野拓磨殺害未遂事件とはまったく関係のないただの事故を、たまたま事件と同時期に、ふたば公園で目撃していただけなのだ。でも、それを無理矢理事件と結びつけてみんなの前で発表してくれたおかげで、父への疑いは晴れた。

寺島さんの迷推理に感謝しつつ、私は②のメモを細かく破って捨て、③のメモを手に取った。

③　４年前（２００９年）の年末、根岸さんの息子の智史君（16）の乗ったバイクが、道路に張られたロープに引っかかり転倒。智史君は意識不明になり重大な後遺症。

この頃、坪井家には受難が続いていた。

私は鬱病から回復できないまま教師を辞め、それからまもなく母が死んだ。父にとっては、それまで妻と娘の平和な三人家族だったのに、娘が心を病み、妻が死に、一気に不幸の底に突き落とされたような状況だったろう。

なのに父は、自分の心も整理できていないというのに、十年以上会っていなかった元同僚の根岸さんから、家庭の相談を受けていた。根岸さんといえば、昔は父が家で「ねぎっちゃん」と呼んで、暴力的だとか、あんなのは教育とは言えないだとか、陰口を叩《たた》いていた相手だ。

でも、私が「そんな人からの相談断ればいいのに」と言っても、父は「考え方の違う相手でも、本当に困っている時には助けてあげなくちゃいけないんだ」などと、いつものように不気味なほどの正義感を発揮して、親身になって相談に乗っていた。しかし、その相談はどんどん深刻の度を深めていた。父は相談内容のすべては教えてくれなかったけど、根岸さんの息子がとんでもない不良で、暴走族に入って困っているということは聞き出すことができた。

父は、どうすれば問題を解決できるかと、根岸さんと同様に、いや下手したらそれ以上に悩み苦しんでいた。一方で、私の具合も心配しなければならず、しかも定年後に始めたNPOの仕事も忙しくなっていた。父はお人好《ひとよ》しすぎるあまりに、他人の心配だけで今にも倒れてしまうのではないかというぐらい、根を詰めすぎていた。

ここは、父の気苦労を一つでも減らしてあげなくてはいけないな、と私は思った。友美も同じことを思っていたようで、あの犯行に至ったのだった。

「まあ、あの時も智史を殺せはしなかったけど、事故に見せかけて寝たきりにすることができたし、猛スピードのバイクを引っかけてちぎれたロープも全部回収したつもりだったし、お父さんの肩の荷も下りたようだったし、万々歳だと思ってたよね。……でもまさか、あのロープの切れ端が現場に残ってた上に、あれがそんなに珍しい物だったなんて、今日初めて知ったわ。新しくロープを買ったら足がつくかもしれないと思って、うちの物置に置いてあったロープを使ったんだけど、むしろ逆効果だったんだね」

友美が当時を振り返った。

「難なく完全犯罪にできたと思ってた事件でも、実は結構危ない橋渡ってたんだわ」

「今後は気を付けないとね」

私たちはそう言い合って、③のメモを破り捨てた。

あの後父は、母の死を乗り越えて、NPOの活動にますます精を出していった。

一方、私はいっこうに鬱状態から回復できず、明るい展望が見えなかった。

そんな時だった。友美が画期的な提案をしてきたのは。

「そうだったね、お姉ちゃん」

友美も、あの時のことを思い出しているようだった。


〈坪井友美〉


あたしは、落ち込んでる姉に言った。

「むしろ今がチャンスじゃん」って。

まず、母が死んだのだ。娘に女優の夢を断念させて、無理矢理教師にさせて、その後鬱になった時も、「努力が足りない」とか、「私だって体調が悪いけど頑張ってるんだから あなたも頑張りなさい」なんて、心ない言葉を投げ続けた母が死んだのだ。

それに、教師も辞めたのだ。姉は、父みたいな教師になれなかった自分のふがいなさを、相当悔しがっていたみたいだったけど、あんなの元々は第二希望の仕事だ。挫折《ざせつ》したからって気にすることはないと、あたしは思っていた。

むしろ、今こそ第一希望の夢を叶《かな》えるべきだ。すぐに劇団のオーディションを受け、一人暮らしを始めよう。――あたしは姉にそう提案した。

でも姉は、乗り気でないようだった。まあしょうがない。心が疲れているのに、新しいことを次々と始めるなんて、エネルギーの要ることを求めるのも酷な話だ。

そこであたしは言った。

「じゃ、これからは当分あたしがこの体をコントロールする。それでいいでしょ」

姉は、長期間にわたって主人格を譲るのには、さすがに抵抗があったみたいだった。でも、あのまま姉が主人格のままだったら、ほとんど何もできず、もう若いわけでもないのに貴重な時間がどんどん過ぎてしまっていただろう。あたしがしばらく説得すると、姉は折れてくれた。「その代わり、あまり無茶はしないでね」という条件付きで。

それ以来、この体はほとんどあたしが運転してる。

つまり、戸籍上は「坪井晴美」であるこの体は、この世に生まれてから、教師を辞めて一年弱経ったところまでが姉で、それ以降はあたしが主に動かしているのだ。もちろん、途中で短期間交代することはよくあったけど。

で、父が死んでから今日にかけて、今は久しぶりに姉が運転している。鬱《うつ》病が治りきっていないところで喪主をやるのは大変だろうとあたしは止めたんだけど、姉は志願したのだ。

「だって、世間知らずの友美に比べて、私じゃないと分からないことも多いし、それに友美だけに運転させたら、親戚《しんせき》とケンカしたりするかもしれないでしょ」

姉があたしの思考を読んで、反論してきた。

「ま、それもそっか」

たしかにあたしにとって、親戚のジジイババアと話を合わせて付き合うなんて最も苦手な作業だ。それに親戚が実際にやってきてみたら、教師を辞めて女優になったことを批判する奴が続出した。時々あたしの人格が表出してそいつらに反論すると、とたんに睨《にら》まれ、そのたびに姉がフォローする状況だった。もしあたし一人で運転してたら、とっくに殴りかかっていたかもしれない。やっぱり姉に主人格を頼んで正解だった。

……さて、根岸智史を半殺しにして、姉と運転を代わってからのことだけど、あたしは一気に事を進めた。「リフレッシュするために自活したい」と父に申し出て、一人暮らしを始め、劇団のオーディションを受けて合格した。ちなみに、その時から芸名として「坪井友美」を名乗っている。まあ、あたしにとってはむしろ本名なんだけど。

ただ、一人暮らしを始める段階では、どうせ反対されると思っていたから、父に女優になる決意は伝えていなかった。だから、この展開に父は驚いていた。心を病んで教師を辞めた娘が、三十過ぎて女優を目指したことを、内心では大いに心配していたことだろう。でもそんな心配をよそに、あたしは順調に新生活をスタートしていた。

そんな頃だった。鮎川茉希の存在を知ってしまったのは。

あたしは④のメモを手に取る。

④　3年前（2010年）の7月頃から、鮎川さんがストーカー被害に遭う。ドアにスプレーで落書き／ポストに脅迫状／ネットで中傷／盗聴器を部屋に仕掛けられる。

あたしは目黒区で一人暮らしを始めていたけど、ちょくちょく実家には帰っていた。姉も父には会いたがっていたから、帰ると喜んだし、父の前では姉が主人格になることが多かった。

ところがあの日、たしかに連絡もなしに帰ったあたしも悪かったんだけど、あたしが実家の門から庭に入ると、離れのアパートに向かって歩く父の後ろ姿が見えた。父はあたしには気付かず、やけに浮き立っているように見えた。気になって後をつけると、父は102号室の中に入った。それっきりなかなか出てくる様子がない。しばらくすると、中から微《かす》かに、女のあえぐような声が聞こえた。まさかと思ってドアに耳を付けて聞いてみると、それは間違いなく、父と若い女がまぐわう声だった。

102号室に、父の元教え子の鮎川という女が引っ越してきたという話は聞いていた。しかしまさか、父が元教え子に手を出すなんて、あまりにもショックだった。しかも、さらに調べてみると、父は鮎川の家賃を肩代わりしていることが分かった。

今日聞いた話では、鮎川は父と「交際していた」とだけ表現していたけど、実態は援助交際だったのだと思う。それを察したあたしは、当然大きなショックを受けた。なんとかしてやめさせなくてはならないと思った。

そこで、とりあえず102号室の玄関前に隠しカメラを仕掛け、監視を始めた。その結果、鮎川と父との関係はやがて解消されたことが分かったけど、鮎川はすぐに別の男と付き合い出した。シンゴという名前の、茶色の長髪にあごひげを生やした、頭の悪そうな男。鮎川とよくお似合いだと思ったが、すぐに不仲になっていった様子だった。

この分だと、あの売女《ばいた》はシンゴと別れてまた父を誘惑しないとも限らない。あたしはそう警戒して、一時は鮎川を殺してしまおうかとも考えたが、さすがにそれだと父に与える悲しみが大きすぎる。そこであたしは、今にも別れそうになっていたシンゴの仕業と見せかけて、鮎川に嫌がらせを繰り返し、アパートから退去させることにした。

玄関の外のカメラだけでは情報不足なので、あたしはマスターキーを使い、102号室に侵入して盗聴器を仕掛けた。今日の鮎川の話の中で、盗聴器を業者に回収させた時、他にも電波の反応があったと言っていたのは、玄関前のカメラの影響だったのかもしれない。

なお、盗聴器を仕掛ける際、あたしは菅野拓磨を殴った時と同様、男装をした。作業服を着て、シンゴに似せたメイクをして、鮎川が仕事に出かけた後に102号室に侵入した。もし近隣住民に見つかった時に、シンゴか、または何かの業者か、どちらにでも間違えてもらえるようにという意図の変装だった。実際、盗聴器を仕掛けて出てきたところで、お隣の香村さんのおばさんと鉢合わせしたが、電気屋だと勘違いしてもらえたのだった。

その後あたしは、盗聴・盗撮で得た情報や、密《ひそ》かに鮎川やシンゴを尾行し身辺を探って得た情報も参考にしながら、脅迫状をポストに投函《とうかん》したり、鮎川の名前で寺島さんの部屋に苦情の手紙を入れたり、ネット上で中傷したり、実家にあったスプレーでドアに落書きしたりと、鮎川に思いつく限りの嫌がらせをしてシンゴの犯行に見せかけた。しかし、鮎川は思っていた以上に図太く、退去しないどころか、盗聴器を自ら発見して業者に除去させた。

その上、まさか今日になって、鮎川が一連の嫌がらせを父の犯行だと勘違いするとは思わなかった。父が同時期にパソコンを教わったり、盗聴器を扱っていた電器店に出入りしていたのが原因だったようだ。

たしかに、父がいつの間にかパソコンを覚えていた時は、あたしも驚いたけど、父はＹｏｕＴｕｂｅで寺島さんのコンビを含む若手芸人のライブの動画を見たり、人のブログや掲示板に真面目なコメントを書き込んだり、ネット通販で買い物したりと、ただ純粋にパソコンを覚えたくて寺島さんに教わっただけみたい。

一方、盗聴器を売っていた店に父が出入りしていた事情については知らない。まあ、その店も一応まともな電器店を装っていたのだろうから、たまたまそういういかがわしい物も取り扱っている店で、父は普通の電化製品を買っただけだろうと思うけど。

結局、一連の嫌がらせは、鮎川を追い出すという目標を達成できなかった上に、今日の騒動につながってしまったのだから、あたしの今までの犯罪キャリアの中でも一番の失敗だったといえるだろう。ただ最後は、変装姿を香村さんに見られていたことが、かえって功を奏した。

さっきの話し合いの中で、ストーカー疑惑を残すのみとなった時のことを思い出す。あたしは何気ない一言で、周りを誘導したのだ。

「父以外の人間が鮎川さんの部屋に嫌がらせをした瞬間を、誰かが目撃してくれていればいいんですけどね。寺島さんが菅野君の事故の瞬間を目撃してたみたいに……」

――あれは、男装したあたしを見た時のことを、香村さんに思い出させるための発言だった。香村さんは自発的に思い出してはくれなかったけど、鮎川がまんまと作戦に引っかかり、香村さんに話を振って、結果的に香村さんの証言を引き出すことができた。

しかし、あの鮎川という女、ずいぶんとあたしの手を煩わせてくれた。父が死んだ以上、もう躊躇《ちゅうちょ》する理由はない。さっさと消してやろうかな……。

「ほら、だめよ友美。そんな無駄な殺生をしても、ろくなことはないわ」

と、あたしの思考内容を察した姉にたしなめられた。あたしは苦笑して答える。

「冗談よ。もうわざわざ殺すほどの相手じゃないもの。……これからあたしたちの邪魔になるような行動をしなければね」

その代わり、これから先何かに勘付いて、あたしたちの邪魔をしてくるようだったら分からない。もちろんそれは、寺島さんとて例外ではない。なんといっても今日の騒動を引き起こしたのはあの二人だったようだし、若くて変に勘が働くようだから、姉の言った通り、しっかり観察・監視をしておかなければいけないだろう。

あたしは④のメモを破り捨て、⑤のメモを手に取った。

⑤　**去年の海の日（2012年7月16日）、根岸さんが勤める小学校の、白子海岸の臨海学校で、教え子の林君（小6）が水死。**

「あの、これなんだけどさあ。……友美、やってないよね？」

姉が、おそるおそる尋ねてきた。

「もちろんやってないよ、これはただの事故でしょ」

あたしは笑って答える。

「ああよかった、私が気付かない間にやってたのかと思った」

姉はほっとしたようだった。

実は、おとどしぐらいから姉は、あたしがこの体を運転している間、助手席で深く眠り込んでしまうことが増えたのだ。また、起きていてもぼおっとしていることも多い。やっぱり病気は深刻みたいで、未《いま》だに自分の殻の中に引きこもってるような状態なのだ。

まあ、生まれてから三十年以上、主人格としてこの体を運転し続けてきたわけだから、ゆっくり休んでほしい。

それはそうと、根岸さんの臨海学校での事件。これぱっかりは本当に、ただの事故だ。たまたま父が、同じ日に同じ名前の海岸に行っていたから疑われてしまっただけ。しかし、根岸さんの学校もずいぶんと雑な臨海学校をやったものだ。泳ぎのうまい子ほど離岸流に乗って沖に流されてしまう恐れがあるのは常識だろう。閉鎖的な教育を続けてきた私立学校の弊害が、顕著に表れてしまったような事故だったと思う。

あたしは⑤のメモを破り捨て、⑥のメモを手に取る。

⑥ 去年（２０１２年）の10月12日、香村正男さん（75）が、認知症による徘徊の途中、目黒区の神社の階段から事故に見せかけられ転落死。

「友美、これは……」

再び言いにくそうに切り出した姉に、あたしは苦笑いしながら打ち明けた。

「ああごめん、これはあたしがやったの」

「そうだったの……」

姉は一気に落ち込んだ表情になった。

「知らないうちに人を殺しちゃうようじゃ、私も安心して休めないわよ」

「ごめんごめん。……でも思い知ったよ。やっぱり無計画に人を殺すのは危ないね」

あたしは、去年のほろ苦い経験を思い出した。

あの夜あたしは、一人暮らしをしている目黒区のアパートから、夕食後に散歩に出た。服装は、父のお下がりの、練馬区立氷川台中学校のジャージ。動きやすく肌触りもよく、人目を気にしなくてもいい夜中の散歩ではよく着ていた。

と、その散歩中に偶然、香村さんのおじさんに出くわしたのだ。

おじさんの徘徊で、香村さんのおばさんが大変な苦労をしているとは聞いていたけど、まさか杉並区から目黒区まで歩いてしまうとは驚きだった。黙々と歩くおじさんに、あたしは「香村さん、あたしです。隣の坪井の……」と話しかけてみたけど、おじさんはあたしのことをまったく認識できていないようだった。「うるさい！」と小さく吠《ほ》えて、あたしを振り切って黙々と歩いて行ってしまった。昔の、温和で優しいおじさんの面影はまるでなくなっていた。

あたしはとっさに思った。

この様子だとおばさんの苦労は相当なものだろう、もう楽にしてあげよう、と。

三十段ほどある神社の階段を登り始めたおじさんを追い越し、先に上まで着くと、神社に人がいないのを確認した。そして、階段を登り切ったおじさんを両手で突いた。

しかし、あっさり落ちてくれるかと思ったら、おじさんはギリギリのところで両手をバタバタさせながらバランスをとり、あたしの着ていたジャージの胸元を摑《つか》んだ。

あたしまで巻き添えで落ちそうになり、慌てておじさんの手を振り払って、なんとか突き落としたから助かったけど、ワッペンをちぎり取られたのに気付いたのは家に帰ってからだった。

「なるほどね、そういうことだったんだ」

姉は、納得したような、ちょっと悲しそうな、複雑な顔でうなずいた。

「でも、その校章ワッペンがまさかファッションアイテムになっていたとはね。結果的にそのおかげで助かったのね」

「まあ、鮎川に助けられたのは癪《しゃく》だったけどね」

あたしはいまいましい思いで、⑥のメモを千切って捨てた。

「やっぱり、衝動的に人殺しちゃだめだわ。一番安全なのは、ゆっくり時間をかけて、自然死だと思われるように殺すことだね。……お母さんと、お父さんみたいに」

あたしはそう言いながら、⑦のメモを手に取った。

⑦　近所に毒入り野菜を配布

「お母さんはまだしも、なにもお父さんまで殺さなくてもよかったのに……」

姉は、またも悲しそうな顔でため息をついた。まあ無理もない。

母を始末した時は、姉も合意の上だったけど、父に関しては、姉が長い眠りについている間にあたしの独断でやったので、姉は未だに納得いっていないようなのだ。

「でも、女優の夢をあきらめて結婚しろとか言ってきたんだよ。殺すしかないじゃん」

あたしは姉に反論した。あたしだって、できれば父を殺したくはなかった。

――まあ、母に関しては、殺したことを一切後悔はしていないけど。

大学時代、あたしは何かに使えるかと思って、理学部の薬品棚からヒ素化合物の瓶を盗んでおいた。騒ぎにならなかったところを見ると、管理がずさんで気付かなかったのか、もしくは大学側が揉《も》み消したのか。まあいずれにしろ、あたしは数百人分の致死量のヒ素を入手し、長年保管していた。

その後、演劇の道に進むことに猛反対してきた母に、本格的に殺意を抱き、母が愛飲していた美容ドリンクや、母の好きな菓子、それに化粧水などに、ほんの少しずつヒ素粉末を混入させるようになった。何年も続けているうちに、計画通り徐々に母は弱っていった。五年前に姉が鬱《うつ》病になった際、母が「頑張れ」とか「努力が足りない」とか、鬱病患者への禁句を連発するようになってからは、いっそう量を増やした。

その効果で、母は四年前に死んだ。急性ヒ素中毒ならばれる可能性もあるけど、慢性の場合は、集団中毒でもない限りヒ素の可能性などなかなか検討されないということも、ちゃんと予習済みだった。

しかし、その後父も、あたしに女優の夢をあきらめさせようとしたり、お見合いを勧めてくるようになってしまった。もう少し娘の希望を尊重してくれる進歩的な父親だと思っていただけに、がっかりだった。

父もはや、夢の実現を妨害する存在でしかない。あたしはそう判断して、母と同じように死んでもらうことにした。実家の冷蔵庫の中の食べ物や飲み物、父が手入れに凝っていた庭の畑の土などに、ヒ素を少しずつ混入させた。

ただ、母の時と違って困ったのは、父が畑で採れた野菜を、ご近所やアパートの入居者にも配ってしまったことだ。少々食べる程度ならさして影響はないと思っていたけど、あれほど苦味や体調不良を感じた人がいるとは思わなかった。

ヒ素は本来無味無臭だけど、おそらく庭の畑にヒ素入りの水を撒《ま》いたことで、植物自体の生育が悪くなって苦味が生じたのだと思う。実際あたしも、父から送られてきたトマトを試しにかじってみたところ、やっぱり苦味を感じた。すぐに吐き出して全部捨てたけど。

「それにしても、お父さんに毒入り野菜を食べさせられたってみんなが言い出した後、友美が手を挙げた時は、本当にビックリしたわよ」

姉が、いかにも心配したという口調で言った。

「まあ、実際あたしは苦い野菜を食べたわけだし、お父さんがあたしまで殺そうとしたってことにした方が、あたしたちが疑われるリスクをより減らせると思ってね……。寺島さんが活躍してくれる前は、遺産がみんなへの賠償金に消えるのも覚悟で、お父さお父さんを捨て石にするつもりだったんだ。ただ、そうするとあたしの女優人生もかなり損害を受けちゃうって思ってたから、ちょっと投げやりになって、いくつか突拍子もないことをやっちゃったけどね」

あたしが苦笑いしながら、あの時の心理状態を振り返ると、姉は怒ったように言った。

「ほんとにもう、何回もびっくりさせられたわ。特に根岸さんに失礼なことを言った時なんか、みんなから絶対に変に思われたよ」

「あたしだって、まさかあの後、寺島さんがあそこまで大逆転してくれるとは思ってなかったからさ。それが分かってたら、あの時ももうちょっと考えて慎重に行動したよ」

「衝動的に行動するのもいい加減にして。後先考えずに、お父さんまで殺しちゃったんだから」

姉の一言に、今度はあたしの方がカチンと来た。

「ちょっと待ってよ。お父さんのことはちゃんと計画的に殺したんだから一緒にしないで。お父さんはもうあたしの夢の妨げでしかなかったから、殺すしかなかったの。しかも、これで当分経済的には安定するんだからね」

演劇は、衣装代にチケットノルマに、なにかとお金がかかる。しかも、あたしたちが今、劇団の稽古《けいこ》場に近いという理由で住んでいる目黒区は、家賃も物価も高い。だからまとまったお金が必要だったというのも、父に死んでもらった理由の一つではある。

メゾンモンブランは売却するつもりだ。父の死に備えて、すでにある程度手筈《てはず》は整えてある。父は定年後、知り合いの不動産屋に勧められるままにアパート経営を始めて、お人好《ひとよ》しだから馬鹿みたいに安い家賃で貸していたけど、あんなアパート、相続しても税金や維持費ばっかりかかるだけ。売却した方がよっぽど賢明だ。その後取り壊しになろうが知ったこっちゃない。それで得たお金と、父の生命保険や遺産も合わせれば、あたしたちは惨めったらしいアルバイトなんかしなくても、当分食べていけるだろう。

ただ、父と対立したまま逝かせてしまったのは誤算だった。あたしだって、育ててもらった恩義は感じていた。最後は父と和解し、あたしが殺したのだと気付かせずにちゃんと看取《みと》ってあげるというシナリオだったのだ。

でも、体調が悪いままずいぶん長く生きた母と違い、父は思いのほかあっさり死んでしまったため、最期のタイミングを見誤ってしまったのだ。ああ、最期を看取ってあげることさえできれば、何の心残りもなかったのに……。

と思いかけて、あたしは気付いた。

——父は、あたしに殺されたことに、本当に気付いていなかったのだろうか。

あたしはふと、最後の電話での、父との会話を思い出した。

そのうちに、あたしの背中に、冷たい汗が湧き出してきた。

あの時の電話。苦しそうに乱れた呼吸で「一度家に帰ってこないか」と言った後、父はこう続けた。

「一度、ちゃんと……話し合いたいんだ。将来の、こととか……」

でもあたしは、その提案を突っぱねた。

「話し合いなんてしたくない。どうせお見合いしろとか言うんでしょ？　お父さんは、あたしのことなんて全然分かってくれてない！」

「そんなことはない。……父さんは、お前のことは……何でも分かってるよ」

そして、父はごほごほと咳《せき》をした後、なんとも切なそうな口調で言ったのだ。

「なあ、このまま……独身でも、いいのか」

――あの言葉を、心の中で何度も反芻《はんすう》してみる。

あれは「独身でも」ではなかったんじゃないか。

「毒で死んでも」だったんじゃないか。

父は、あたしに毒を盛られていたことに気付いていたんじゃないか。だからあの電話の後、庭の畑の野菜をたくさん送ってきたんじゃないか。いつも段ボールに必ず入っていた手紙も添えられていなかった。あれは、庭の畑にヒ素入りの水を撒き、冷蔵庫の飲み物にもヒ素を混入していたあたしの行動に、死に際になって勘付いたのだという、父からの無言のメッセージだったんじゃないか……。

「もう、友美、ひどいじゃない！　お父さんに、最後の最後にそんな思いをさせてたなんて、あんまりよ！」

姉があたしの思考を読んで、とうとう泣き出してしまった。でも、あたしは言い返す。

「うるさいわね。本当にお父さんが気付いてたかどうかなんて、もう分かんないわよ」

そう、あたしが深読みしすぎているだけかもしれない。今となっては、生前の父の心の内なんて分からないのだ。分からない以上、いつまでもあれこれ考えていてもしょうがないのだ。あたしは姉にガツンと言ってやった。

「そうやって終わったことをうじうじ言ってるから、いつまでも鬱のままなんだよ」

「そんな……ひどいこと言うのね」

「とにかく、女優坪井友美は、これからも自分のためだけに生きていくんだからね。今はあたしが主役でお姉ちゃんが脇役なんだから、従ってもらうからね。ほら、もう通夜ぶるまいに戻らないと、由香里ちゃんが心配しちゃうよ。むかつく親戚《しんせき》たちのご機嫌をとって当たり障りのない話をするのは、お姉ちゃんの仕事なんだからね。よろしく頼むわよ」

あたしは一方的に姉に告げ、最後の一枚のメモを破り捨てて立ち上がり、ドアに向けて歩き出した。すると姉は、泣きながら漏らした。

「最初はいとおしかったけど、今では恐ろしいわ。私の中に友美がいることが……」

それを聞いて、あたしは思わず苦笑した。

「ちょっとお姉ちゃん、誤解してない？　その考え方は間違ってるよ」

あたしはもう一度、控室を振り返る。そして窓ガラスの中で、にやりと笑顔を作った。

「今はもう、あたしの中の裏の顔が、お姉ちゃんなんだからね」

解説

吉田大助

日本を代表する「伝統芸能」、ちょっと言い方を変えると日本伝統の「物語文化」である能や狂言、歌舞伎は、ひとつのサプライズを物語の根幹に据えているケースが多い。物語の前半で紹介されていた主人公のキャラが、後半でがらっと変わる——「正体は実は○○でした！」だ。善人が実は大泥棒だったとか。町民が実はお殿様だったとか。美女が実は幽霊だったとか。

演者が顔に仮面、いわゆる能面を付ける、能の話をするのが一番分かりやすいかもしれない。仮面を付けているからこそ観客は、仮面の下を想像する。仮面とは、素顔が別にあることを観客に知らせるシグナルだ。そんなシグナルを発した人物が、後半で素顔=本来の姿を露《あら》わにする。「待ってました！」と、ドライブが掛かる。能面の中でもっとも古い「翁」の面を使った演目は、次のような物語で知られている——お爺《じい》さんの正体は、実は神様でした。

こうした物語文化からの影響をもっとも色濃く受け継いでいる小説ジャンルは、実はミステリかもしれない。その最新にして最先端の成果が、第三十四回（二〇一四年度）横溝正史ミステリ大賞を受賞した『神様の裏の顔』だ。著者の藤崎翔《ふじさきしょう》は、元お笑い芸人という異色の経歴を持つ。そんな人物が書いたこの物語は、タイトルに偽りなし。「神様の正体は、実は……」というサプライズを根幹に据えながら、ホラーの感触とブラックな笑いを満載にした、かつてない読み心地の本格ミステリだ。

一人称の語り手が次々にバトンタッチしていく、群像劇形式で物語は進む。幕開けは、通夜のシーンだ。葬儀場には大勢の弔問客が参列し、本気の涙を流している。六十八歳で急逝した坪井《つぼい》誠造《せいぞう》は、都内中学校の校長を長く務め、教え子たちに慕われる人格者だった。定年退職後は、就学困難な子供たちを支援するNPOに参加。家の隣に建てたアパートは格安な家賃設定をし、管理人として隣人として、店子の面倒を手厚くみていた。語り手たちは口を揃えて言う。あの人は、「神様」のような人だった、と。

序盤戦は、教員時代の同僚や教え子、実の娘やアパートの店子らが登場し、「神様」との思い出を回想する。そのことが引き金となり、自身の半生を振り返ることにもなる。これがまさしく、十人十色。新人作家のデビュー作は登場人物が少なく、同世代で集められる傾向も強いが、著者は老若男女のさまざまな人生を見事に書き分けてみせる。

序盤で格別魅力的なのは、故人の同僚である根岸《ねぎし》義法《よしのり》の語りだ。その名前が初めて登場するのは、故人の教え子であるとともに根岸の教え子でもある、斎木《さいき》直光《なおみつ》の語り。葬儀場で根岸を見かけた瞬間、学生時代のネガティブな記憶が蘇《よみがえ》り、心の中で罵倒《ばとう》の限りを尽くす。「脳味噌《のうみそ》まで筋肉のスパルタ体育教師。（中略）顔もゴリラ、体もゴリラ、頭の中身もゴリラ。もはやただのゴリラだった」。ん？　もしかしてこの小説は、笑っていいやつなのかな……と思い始めたところで、根岸（ゴリラ）の語りが始まる。「俺だって本当は、坪井先生のように生徒に好かれる人気の先生になりたかった。（中略）ある深刻な事情のために、俺は鬼教師にならざるをえなかったのだ」。そこから明かされる真実は、本人にとってはまぎれもなく悲劇。だが、赤の他人の目から見ればそれは、どうにもこうにも喜劇だ。この小説は、笑っていいやつだ！

シリアスでホラーな空気は、実にやっかいだ。いったん漂い始めると周囲に侵食し、文章全体を支配し始める。作家は生真面目さに捕らわれ、物語は自由度を失い、読者には過度の緊張をもたらすことになりかねない。それを解決する方法が、笑いだ。おかしみが放たれ、それまでの空気が乱れて、緊張感がふわっと解きほぐされる。元お笑い芸人である著者は、笑いがもたらす効用を肌感覚で知っている。だからこそ要所要所で、細かく笑いを放り込んでいく。ページをめくる手が止まらないよう、物語の終着地点まで必ず、読者を連れていけるように。

さて、そもそもこの小説のタイトルは、『神様の裏の顔』だ。タイトルを知らずに、小説を読み始める人はほとんどいない。だから読者は、「神様」こと坪井誠造の真っ白なエピソードが語られるたびに、「裏の顔」の真っ黒さを想像することになる。その想像通りに……いや想像以上に、「神様」はどうやら「悪魔」なのではないか？

正体を突き止めるためには、読者は知っているけれども登場人物同士は知らない（この共犯関係の演出が快感！）、それぞれが胸に抱える秘密の情報を突き合わせなければいけない。ところが、彼らは「神様」の通夜がなければ出会うことすらなかった他人同士だ。全員が集まって秘密を告白し合うなんて、奇跡でも起きなければ不可能ではないか。全三七七ページの真ん中で、まさかの奇跡が起こる。その奇跡とは何か？　ギャグだ。笑いによって物語のギアを一段上げる、著者ならではの見事な演出だ。

かくして物語は、登場人物たちが全員集合して語り合う後半戦に突入する。我も我もと証言を重ねるうち、これまでの伏線が次々に回収され、「神様の裏の顔」が露《あら》わになっていく。ところが、なのだ。正体は「実は」の奥には、更なる「実は」が潜んでいた。

後半戦のメインとなる全員集合の議論シーンは、空気のエンターテインメントだ。人は空気に飲み込まれてしまうと、自分の意見を抑え、湧き出る違和感を飲み込んで、大勢に身を委《ゆだ》ねてしまおうとする。もっと自由な意見交換をするためには、誰かが空気をがらっと変える必要がある。〈どうでもいいことでもしゃべるしかない。それで少しでもこの重い空気が紛れればいいんだ〉。ある人物のその思いが、議論にブレイクスルーをもたらす。それまでとは別の角度からの証言がもたらされ、新たな推理が次から次に連鎖して、まったく異なる結論が導き出されることになる。

満場一致で有罪判決をくだすと思いきや、ひとりの陪審員の真摯《しんし》な意見から判決が無罪へと引っくり返る――レジナルド・ローズ脚本の米国産ドラマ&映画『十二人の怒れる男』を思い出した。それに加えて、同作を元ネタにした筒井《つつい》康隆《やすたか》の小説&舞台『12人の浮かれる男』や三谷幸喜《みたにこうき》の映画&舞台『12人の優しい日本人』のことも。こちらの二作のブラックな笑いもまた、『神様の裏の顔』には入り込んでいる。

……ところが、なのだ！　「実は」の「実は」には、もう一つ「実は」が待ち構えているのだ。もう一度書こう。日本の伝統芸能の歴史を受け継ぎ、ハリウッドの古典を含むさまざまな物語の記憶にタッチして現れた本作の根幹にある想像力は「正体は実は○○でした！」だ。その結末に驚いたなら、もう一度頭から読み直してみてほしい。もっと驚くことになるはずだから。その巧みな小説技術とおもてなし精神に気付き、新たなミステリ作家にしてエンターテイナーの誕生を、喜ぶことになるはずだから。

この一冊で期待をかきたてられた方のために、著者の経歴を紹介しておきたい。

藤崎翔は一九八五年生まれ、茨城県出身。高校卒業後、お笑い芸人として一旗揚げることを夢見て上京し、「セーフティ番頭」というコンビを結成する。ネタ担当で、ミステリ的な伏線や大オチのある、言葉で読んでもしっかり面白いコントを得意としていた（気になる人は「藤崎翔　コント・学園天国」で検索）。だが、まったく売れなかったそう。テレビ出演は『爆笑オンエアバトル』に五回挑み、一度オンエアされたきり。

コンビで六年間活動した後、逃げるようにして相方の元を去り、お笑い芸人の夢を諦《あきら》める。ホームヘルパーの資格を取り、堅実に生きていくことを心に誓った、はずだった。しかし、わずか半年で「面白い物を作ってお金を儲《もう》けたい」という欲望がうずき出す。そこで脳裏に浮かんだのが、芸人時代にネタの幅を広げるために読みあさっていた、小説というジャンルだった。清掃業のアルバイトをしながら投稿を繰り返し、四年後に見事、ミステリ作家の登竜門とされる横溝正史ミステリ大賞を射止めることに。選考委員の有栖《ありす》川《がわ》有栖《ありす》、恩田《おんだ》陸《りく》、黒川博行《くろかわひろゆき》、道尾秀介《みちおしゅうすけ》の四氏から絶賛を受けてのデビューだった。

著者は二〇一六年七月現在、さらに二冊の本を出している。『私情対談』(二〇一五年六月刊)と、『こんにちは刑事《デカ》ちゃん』(二〇一六年四月刊)だ。

第二作『私情対談』は、雑誌の対談記事という形式が採用されている。ベストセラー女性作家と人気女優、W杯代表候補のサッカー選手……。ところが記事の発言の合間に、丸括弧( )で心の声が語られていく。途中で心の声のボリュームが増大し、話者の心の奥底に潜んだ秘密が明らかになっていく。秘密と秘密が意外な形でぶつかり合い、記事をまたいでとんでもない化学反応を引き起こしていく、異形の連作ミステリだ。

第三作『こんにちは刑事《デカ》ちゃん』は、推理力には自信ありの五十路のベテラン刑事が、犯人に撃たれ殉職した——と思いきや、赤ちゃんに生まれ変わって事件解決に挑む。見た目は赤ちゃん、中身はハゲ親父。個々の事件のトリック&サプライズも高品質だが、このシチュエーションで思いつく笑いは全部取るぜ精神が爆発。ネタ密度満点のユーモア・ミステリとして、抜群の達成を誇る。

どちらもデビュー作同様、「裏の顔」がポイントになっている。「正体は実は〇〇でした!」を取り入れた物語作りは、藤崎翔の代名詞と言っていいだろう。王道にして、異色。独特な個性を持ったミステリ作家の進化を、これからも追い掛けていきたい。まずはひとまず、出発地点となる本作を、二読三読、一緒に味わい尽くしませんか?

本書は二〇一四年九月に小社より刊行された単行本を加筆・修正の上、文庫化したものです。

この作品はフィクションです。実在の人物、団体等とは一切関係ありません。

神様《かみさま》の裏《うら》の顔《かお》

藤崎《ふじさき》 翔《しょう》

平成28年 8月25日　初版発行
平成28年 12月10日　7版発行

発行者●郡司 聡

発行●株式会社KADOKAWA
〒102-8177　東京都千代田区富士見2-13-3
電話 0570-002-301（カスタマーサポート・ナビダイヤル）
受付時間 9:00〜17:00（土日 祝日 年末年始を除く）
http://www.kadokawa.co.jp/

角川文庫 19915

印刷所●株式会社暁印刷　製本所●株式会社ビルディング・ブックセンター

表紙画●和田三造

ISBN978-4-04-104606-7　C0193